HARALD JACOBSEN

Fördekartell

MÖRDERISCHE SCHATTEN Der vorzeitig pensionierte Bundespolizist Henrik Bargen, der heute als Privatdetektiv tätig ist, lebt auf einem historischen Kutter im Flensburger Museumshafen. Als der Kommandeur der Marineschule Mürwik ihn um die Überprüfung eines Doppelmordes aus dem April 1945 bittet, glaubt Bargen an einen einfachen Auftrag. Er ahnt nicht, dass der Tod eines Historikers, der vor kurzem in der Ostsee ertrank, sowie der Mord an zwei Männern in Glücksburg mit seinen Recherchen zusammenhängen. Bargen kooperiert mit der Kripo und gerät in einen Strudel von Gewalt, denn dunkle Mächte stellen sich der Aufklärung des Falls mit äußerster Brutalität entgegen. Die blutige Spur zieht sich von Riga über Wismar bis hinauf nach Nordschweden. Privatdetektiv Bargen zweifelt an seinen Kräften, doch die Geister der Vergangenheit treiben ihn unermüdlich voran.

© A. Biedermann

Harald Jacobsen wurde 1960 in Langenhorn im schönen Nordfriesland geboren. Seit frühester Kindheit inspirierte ihn die Welt, in der er lebte, zum Erfinden und Verfassen eigener Geschichten. Der Autor durchlief eine Ausbildung im belletristischen Schreiben und setzt seitdem sein Interesse für Kriminalistik in Romane um, deren Handlungen bevorzugt in Schleswig-Holstein angesiedelt sind. Heute lebt Jacobsen mit seiner Ehefrau am Rande von Hohenwestedt in ländlicher Idylle, wo er seine Krimis in aller Ruhe entwickelt und zu Papier bringt.

Bisherige Veröffentlichungen im Gmeiner-Verlag:
Reuter ermittelt an der Ostsee (2015)
Kielbruch (2014)
Mordsregatta (2013)

HARALD JACOBSEN

Fördekartell

Ostsee-Krimi

GMEINER SPANNUNG

Immer informiert

Spannung pur – mit unserem Newsletter informieren wir Sie regelmäßig über Wissenswertes aus unserer Bücherwelt.

Gefällt mir!

Facebook: @Gmeiner.Verlag
Instagram: @gmeinerverlag
Twitter: @GmeinerVerlag

Besuchen Sie uns im Internet:
www.gmeiner-verlag.de

Im Ehnried 5, 88605 Meßkirch
Telefon 07575/2095-0
info@gmeiner-verlag.de

1. Auflage 2018

Lektorat: Dominika Sobecki
Herstellung: Mirjam Hecht
Umschlaggestaltung: U.O.R.G. Lutz Eberle, Stuttgart
unter Verwendung eines Fotos von: © LoloStock / Fotolia.com
Druck: CPI books GmbH, Leck
Printed in Germany
ISBN 978-3-8392-2311-6

Personen und Handlung sind frei erfunden.
Ähnlichkeiten mit lebenden oder toten Personen
sind rein zufällig und nicht beabsichtigt.

PROLOG

Der Krieg war für die Menschen in Flensburg noch nicht beendet. Voller Schrecken hatten sie die Ankunft der Reichsregierung unter Führung von Großadmiral Karl Dönitz zur Kenntnis genommen.

»Hört dieser Wahnsinn denn niemals auf?«, stöhnte Gerda Siehm.

Die 50 Jahre alte Frau scherte sich nicht darum, ob ihre Worte vom allgegenwärtigen Blockwart gehört werden konnten. Der Abend des 4. Mai 1945 war ungewöhnlich mild, und so hatte die Wohnungsinhaberin das Fenster der Küche weit geöffnet. Laut Aussagen der Nachrichtensprecher im Radio war nicht mehr mit Fliegerangriffen zu rechnen, trotzdem saß Frau Siehm im Dämmerlicht. Ihr gegenüber am Küchentisch hockte ein Mann, der nur selten sprach. Anneliese Siehm, die 23 Jahre alte Nichte von Gerda, hatte ihn eines Tages mitgebracht.

»Der Werner müsste jetzt von seinem Einsatz eigentlich auch bald nach Hause kommen. Vermutlich will er dann gleich Anneliese besuchen«, sprach Gerda weiter.

Es beruhigte Gerda immer, wenn ihre Nichte so wie jetzt nebenan in ihrer Kammer schlief und sich vom anstrengenden Nachtdienst im Krankenhaus erholte. Seit fast zwei Jahren war Anneliese nun schon mit Oberbootsmann Werner Schlichting verlobt.

Allerdings behagte ihr das merkwürdige Doppelleben ihrer Nichte nicht, die als Krankenschwester in der nahe gelegenen Diakonissenanstalt arbeitete. Schon mehrfach hatte sie Menschen, die sie bei ihrer Arbeit kennengelernt hatte, in deren Not geholfen. Meistens begab Anneliese sich dabei selbst in Gefahr, da sie gegen bestehendes Recht verstieß. Gerda akzeptierte es, konnte aber Werners Reaktion darauf nicht einschätzen.

»Ich breche gleich auf, Frau Siehm. Danach sehen Sie mich vermutlich nie wieder. Vielen Dank für Ihre Gastfreundschaft«, erwiderte der Mann.

Seine Worte kamen genauso unerwartet wie der plötzliche Aufbruch. Gerda Siehm hatte nicht einmal bemerkt, wie er seinen Pappkoffer geholt hatte. Vielleicht hatte der Fremde ihn aber auch schon vorhin mitgebracht, als er zu ihr in die Küche gekommen war.

»Wohin wollen Sie denn?«

Auf einmal erfasste Gerda Neugier und sie hätte gern mehr über diesen schweigsamen Mann erfahren. Seiner Aussprache nach musste er irgendwo aus dem slawischen Raum kommen. Eventuell aus dem Baltikum, denn sein Deutsch war trotz einwandfreier Grammatik von altmodischen Floskeln geprägt.

»Zurück, Frau Siehm. Jetzt, wo die Alliierten den Krieg gewonnen haben, kann ich endlich wieder in meine Heimat reisen. Die Schatten werden mich nicht aufhalten.«

Schatten? Für Gerda war der Ausdruck befremdlich, und doch schien der Unbekannte die Worte bewusst gewählt zu haben. Möglicherweise meinte er die Schatten des Krieges.

»Leben Sie wohl, Frau Siehm. Vergessen Sie einfach, dass es mich gibt. Das wäre besser«, verabschiedete sich der Mann.

Verblüfft erhob Gerda sich und schüttelte die dargebotene Rechte. Dann wandte der Mann sich um und ging über den schmalen Flur zur Wohnungstür. Bevor er sie öffnete, lauschte er einige Sekunden angestrengt. Dann verließ er die Wohnung, ohne sich nochmals umzudrehen. Kopfschüttelnd sah Gerda auf die Tür, die ins Schloss gezogen wurde. Sie kehrte zurück in die Küche und saß kaum zehn Minuten am Tisch, als es laut an der Wohnungstür klopfte. Das versetzte Gerda Siehm in Unruhe, da nur offizielle Menschen dermaßen fordernd anklopften.

»Wer ist da?«, fragte sie.

»Gestapo. Öffnen Sie die Tür, Frau Siehm!«

Die Geheimpolizei war das Schreckgespenst der Menschen, und so öffnete Gerda Siehm mit zittrigen Fingern die Wohnungstür. Zu ihrer Überraschung entdeckte sie einen einzelnen Marinesoldaten im Hausflur, der die Wohnungsinhaberin wortlos zurückdrängte und eilig die Tür hinter sich schloss.

»Wo ist er?«, herrschte der Soldat sie an.

Auch ohne erklärende Worte wusste Gerda Siehm sofort, von wem der Mann sprach. Ihr Unterbewusstsein registrierte die Abzeichen des Soldaten und erkannte, dass ein Hauptbootsmann der Reichskriegsmarine vor ihr stand.

»Ich weiß es nicht«, antwortete sie wahrheitsgemäß.

Als der Soldat die Hand erhob und zum Schlag ausholte, bemerkte Gerda ein seltsames Flimmern in seinen Augen. Dann begann ihr kurzes und brutales Leiden. Genauso sollte es auch ihrer Nichte Anneliese ergehen.

KAPITEL 1

Das Wetter veränderte sich radikaler als erwartet. George Seymore kämpfte mit der Takelage, die sich ungewöhnlich widerspenstig zeigte. Aus dem Augenwinkel nahm der Historiker die angeleuchtete Kirche von Neukirchen wahr. Automatisch wanderte Seymores Blick über die Flensburger Förde, um das Gegenstück in Kegnæs zu suchen.

Die Dänen nutzen ihre Energie für bessere Dinge, als einen Kirchturm anzuleuchten, dachte der Historiker.

Doch das schwierige Segelmanöver forderte Seymores Konzentration, sodass er keine Gedanken mehr an die beiden Kirchen verschwendete. Trotz seiner großen Erfahrung gelang es ihm nicht, die vom stark auffrischenden Ostwind strapazierte Segelfläche zu verringern. Immer wieder suchten seine Blicke nach dem Problem in der Takelage.

»Das verdammte Piekfall klemmt.«

Der Historiker hatte endlich erkannt, warum er das Gaffelsegel nicht bergen konnte. Anders als bei modernen Segelbooten waren auf seinem historischen Gaffelsegler die Fallen noch außen am Mast angebracht. Als sich der Wind verändert hatte, hatte Seymore umgehend reagiert und begonnen die Segelfläche zu minimieren. Während sich das Topsegel ohne Weiteres hatte bergen lassen, stellte sich das Gaffelsegel quer. Sosehr der Historiker auch zog, das Piekfall bewegte sich keinen Millimeter weiter nach unten.

»Da wirst du wohl aufentern müssen«, brummte George zu sich selbst.

Es war ein gefährliches Manöver unter diesen Bedingungen, zumal der Engländer allein an Bord war. Seymore prüfte die automatische Steuerung, warf einen Blick auf das Radarbild und fand keinen Grund, nicht in die Takelage aufzusteigen. Sorgsam sicherte der Historiker sich mit einem Gurt und begann den vorsichtigen Aufstieg. Es war länger her, dass er auf hoher See hatte aufentern müssen. Bisher hatte das Reffen der Segel immer ohne Schwierigkeiten funktioniert, weshalb Seymore solche waghalsigen Manöver erspart geblieben waren.

»Na also. Gib schon nach, du Miststück.«

Als George Seymore das verklemmte Piekfall erreicht hatte, atmete er auf und machte sich an die Arbeit. Der scharfe Ostwind bedrängte den Segler am Mast noch weit stärker als an Deck. Schon nach kurzer Zeit spürte Seymore die Kälte am ganzen Körper und bemerkte eine zunehmende Steifheit der Finger. Alle paar Sekunden musste er sich Tränen aus den Augenwinkeln wischen und dann den Blick neu fokussieren. Der Wind schaffte es immer noch nicht, die dichten Nebelschwaden zu verjagen. Seymore hatte unterschätzt, wie schnell die Front bis in die Flensburger Förde vordringen würde.

»Ich hätte es geschafft«, fluchte er missmutig.

Aus dem Augenwinkel glaubte der Historiker eine Bewegung wahrgenommen zu haben. George Seymore unterbrach seine Bemühungen und starrte angespannt auf die dunklere Stelle im Nebel. Sie löste sich jedoch wieder auf und er stieß unwillkürlich ein erleichtertes Seufzen aus. Seine Segeljacht war in dieser Nebelfront kaum zu erkennen und würde auf dem Radarbild anderer Schiffe nur einen winzigen Fleck ausmachen. Möglicherweise störte das Wetter die Darstellung auch so sehr, dass man Seymores Jacht schlicht übersah. Es war eine prekäre Lage, in die ihn das verklemmte Piekfall gebracht hatte. Unter beständigen Flüchen erhöhte Seymore seine Bemühungen. Der harte Aufprall traf ihn völlig unerwartet.

»Da war doch ein anderes Schiff!«, schoss es ihm durch den Kopf.

Verzweifelt kämpfte der Historiker um sein Gleichgewicht, doch der zweite Stoß raubte ihm jede Chance. Mit einem Aufschrei stürzte Seymore in die Tiefe und spürte voller Erleichterung, wie ihm die Gurte ins Fleisch schnitten. Das Sicherungsseil verhinderte den tödlichen Absturz. Voller Entsetzen starrte der englische Historiker auf die Schiffswand, die sich nur einen Meter neben ihm entlangschob. Der Hochseeschlepper überrollte die Jacht und drückte sie unbarmherzig unter Wasser. Das nahm Seymore zunächst an, doch dann registrierte er die als Prallkörper eingesetzten alten Autoreifen und gleichzeitig spürte er, wie der Druck seines Gurtzeuges nachließ. Seine Rettung währte nur wenige Sekunden, bevor Seymore hart auf das Deck der Jacht stürzte. Knochen splitterten, und dann spülte ihn eine Welle davon. George Seymore war zu schwer verletzt, um sich aus eigener Kraft retten zu können. Von seinen Lippen löste sich ein Gebet, während das andere Schiff bereits im Nebel verschwand. Seymores Jacht richtete sich wieder auf und trieb mit der Strömung immer weiter von seiner Position weg.

KAPITEL 2

Als der Privatermittler Henrik Bargen das Dienstzimmer des Kommandeurs der Marineschule in Mürwik betrat, nahm er zuerst die vielen Papiere auf dem Besprechungstisch wahr. Dann schaute er zu den Bildern diverser Kriegsschiffe, auf denen der Schiffsoffizier vermutlich gedient hatte. Sie bedeckten die halbe Wandfläche über der Sitzgruppe neben dem Schreibtisch.

»Treten Sie näher, Herr Bargen. Lars Oltmann. Wie ich sehe, sind Ihnen die alten Akten bereits aufgefallen«, begrüßte ihn der Kommandeur.

Die vier goldenen Streifen auf den Schulterklappen blitzten kurz auf, als der Leiter der Marineschule die Papiere umfasste. Seine Gesichtshaut war nur leicht gebräunt und deutete mehr Zeit hinter dem Schreibtisch als auf einem Schiff an. Als Kommandeur einer Schule blieb Oltmann vermutlich nur wenig Zeit, um aufs Wasser zu kommen. Das kurz gehaltene, braune Haar war von vielen silbernen Fäden durchzogen.

»Hat mein Auftrag etwas damit zu tun?«, fragte Henrik.

Der Anruf seines alten Freundes von der Bundespolizei hatte ihn in die Marineschule geführt. Er war Thorben noch einige Gefallen schuldig. Er hatte Henrik nach dem Anschlag in Priština aus dem Wrack des Wagens gezerrt und später für ihn gelogen. Mehr als den Namen des Leiters der Marineschule wollte Thorben beim Telefonat aber nicht verraten, daher kannte der Privatermittler noch keine Details.

»Ich befürchte es, Herr Bargen. Aber dazu kommen wir später. Darf ich Ihnen einen Kaffee oder etwas anderes zu trinken anbieten?«

Der Kapitän zur See schaute seinen drahtigen Besucher mit den rotblonden Haaren fragend an. Henrik akzeptierte den Kaffee und wurde kurz darauf angenehm überrascht. Das Getränk war tatsächlich genießbar. Er lehnte sich in dem Ledersessel zurück, nachdem er einen flüchtigen Blick auf einen der Aktendeckel geworfen hatte. Die Schrift wirkte sehr alt, und der Einband trug Flecken, die durch langes Liegen in einer nicht wirklich dafür geeigneten Umgebung verursacht worden waren.

»Woher kennen Thorben und Sie sich eigentlich?«, fragte er.

Ein flüchtiges Lächeln ließ Oltmann jünger wirken, als er es vermutlich war. Henrik glaubte eine Spur von Wehmut in den grünen Augen zu erkennen.

»Er war einige Zeit mit meiner kleinen Schwester liiert, bevor sie sich einen Langweiler von der Uni ausgesucht hat«, antwortete Oltmann.

Diese Episode aus Thorbens Leben kannte Henrik zur Genüge. Auf den Streifenfahrten durch Priština hatte er öfter von Mareike gesprochen, und immer schwang Sehnsucht in Thorbens Stimme mit.

»Mareike?«, fragte Henrik.

Der Kommandeur nickte überrascht und stellte fest: »Dann hat er sie also immer noch nicht vergessen?«

»Nein, die Trennung ist Thorben echt nahegegangen«, erwiderte Henrik.

Für einen Moment schwiegen die Männer, bevor sich Oltmann mit einem Räuspern meldete.

»Was wissen Sie über den englischen Historiker, der vor

einer Woche mit seinem Segelboot in der Außenförde ums Leben gekommen ist?«, wollte er wissen.

Es gab eine Untersuchungskommission, die es als Unfall eingestuft hatte. Das wusste Henrik aus den Zeitungen und einem bierseligen Gespräch mit Bastian Kraft. Der Oberkommissar der Flensburger Kriminalpolizei hatte von der Untersuchung berichtet.

»George Seymore war Historiker und liebte alte Segelboote. Er war auf dem Weg zur Rumregatta, an der er teilnehmen wollte, und geriet offenbar in eine Schlechtwetterfront. Dabei muss Seymore ungesichert auf den Mast aufgestiegen sein, wo sich ein Piekfall verklemmt hatte. Er ist abgestürzt und hat sich den Kopf angeschlagen, bevor er ins Wasser fiel. Mehr weiß ich auch nicht«, fasste Henrik es zusammen.

»Ja, so weit die offizielle Darstellung.«

Die Skepsis in Oltmanns Stimme war nicht zu überhören, was Henrik aufhorchen ließ. Er nippte an seinem Kaffee.

»Sie bezweifeln die Unfalltheorie?«

Kapitän Oltmann antwortete nicht sofort, sondern forschte in Henriks Gesicht. Es schien fast so, als wenn er vor einem entscheidenden Schritt stand und vorher ergründen musste, ob er ihn auch tun wollte. In seinen Augen konnte Henrik den aufkommenden Entschluss erkennen. Aus dem Vorzimmer kamen die leisen Geräusche der Sekretärin, die telefonierte. Oltmann hatte beide Fenster gekippt. Auf dem Innenhof brüllte eine Stimme Befehle, dann startete ein Motor.

»Mister Seymore kam nicht nur wegen der Regatta nach Flensburg, Herr Bargen. Er wollte einige Dokumente in unserem Archiv überprüfen. Diese Akten hier.«

Damit kehrte das Gespräch zu den ausgebreiteten Papieren auf dem Besprechungstisch zurück. Von ihnen ging ein dumpfer Geruch aus, der Henrik vage an einen schlecht gelüfteten Keller erinnerte.

»Stehen die Recherchen in einer Verbindung zu seinem Tod?«

Der Kommandeur zögerte erneut einen Sekundenbruchteil, und sofort beschlich Henrik ein ungutes Gefühl.

»Es geht um einen Doppelmord, der in den ersten Maitagen des Jahres 1945 entdeckt wurde. Sind Sie mit den Details der Morde an Gerda und Anneliese Siehm vertraut?«

Henrik forschte in seinem Gedächtnis, ohne eine Erinnerung zu finden. Es gab einfach viel zu viele solcher Fälle, in denen seit dem Ende des Zweiten Weltkrieges in Flensburg das Leben eines Menschen vorzeitig beendet worden war.

»Nein, leider nicht. Setzen Sie mich bitte ins Bild, Herr Oltmann.«

KAPITEL 3

Die Ausführungen des Kapitäns zu den Morden im Frühjahr 1945 beschäftigten Henrik auf der Fahrt in die Innenstadt. Der Mörder hatte eindeutig die Uniform eines Marinesoldaten getragen, wobei es eine Auffälligkeit gab.

»Der später vom Kriegsgericht verurteilte Werner Schlichting war Oberbootsmann bei der Kriegsmarine. Der einzige Augenzeuge hatte jedoch einen Hauptbootsmann gesehen. Dieses Detail wurde leider großzügig übersehen, Herr Bargen«, sagte Kapitän Oltmann.

Bei dem Augenzeugen handelte es sich um den damaligen Blockwart, Johann Petersen. Er galt als überzeugter Nazi und schnüffelte ständig im oder am Haus herum. Seine Beobachtungen konnten daher als zuverlässig angesehen werden, was der Abweichung im militärischen Rang des Mörders durchaus einiges an Gewicht verlieh.

»Erst einmal fange ich mit der Gegenwart an, Herr Oltmann. Sollten sich bei dem Tod von Mister Seymore tatsächlich Ungereimtheiten ergeben, übernehme ich den Fall«, entschied Henrik.

Der Kapitän zur See akzeptierte dieses Vorgehen und versicherte ihm, dass der Ermittler jederzeit freien Zugang zu den Unterlagen erhalten würde. Dazu überreichte er ihm einen Gastausweis, den Henrik bei der Hauptwache vorzeigen musste. Vorerst war der Privatdetektiv sich noch nicht sicher, ob er diesen Ausweis überhaupt benötigen würde.

Kurze Zeit später betrat er die Inspektion, in der sich die Räume der Kriminalpolizei befanden. Die Gänge und Geräusche waren denen in der Marineschule sehr ähnlich. Nur die Uniformen waren andere. Eine Frau mit zwei Akten im Arm kam auf Henrik zu. Ihre dunkelblonden Haare hatte sie zu einem Pferdeschwanz zurückgebunden. Sie schenkte Henrik ein Lächeln zur Begrüßung, das ihre Augen einschloss.

»Moin, Frau Thoms. Wie geht es Ihnen?«

Henrik begrüßte die sympathische Oberkommissarin, die er im Verlauf der Ermittlungen in einem Serienmörderfall kennen und schätzen gelernt hatte.

»Wir haben wieder reichlich Fälle auf dem Tisch, Herr Bargen. Und selbst?«, erwiderte Helga Thoms.

Die Oberkommissarin gehörte zum Team von Hauptkommissarin Sonja Martenson. In ihrer Abteilung wurden alle Fälle betreut, die von besonderer Schwere waren. Aus den Medien wusste Henrik, dass zurzeit wieder einmal die Rockerbanden den Ermittlern viele Überstunden einbrachten.

»Ich interessiere mich für den Tod von George Seymore. Hatten Sie zufällig mit den Ermittlungen zu tun?«, antwortete er.

In Helgas Gesicht leuchtete Neugier auf. Sie machte zwei Uniformierten Platz, die über den Flur zur Hintertür rannten. Dort ging es zu dem Parkplatz, auf dem die Einsatzfahrzeuge standen. Henrik stand so dicht neben der Oberkommissarin, dass er einen schwachen Geruch von Limonen aufnahm.

»Es gibt also Menschen, die Zweifel an der Unfalltheorie haben?«, fragte sie.

»Möglicherweise schon. Bevor ich mich auf intensive Nachforschungen einlasse, würde ich gern die Meinung der zuständigen Ermittler einholen. Habe ich eine Chance bei Ihnen?«

Henrik lächelte Helga zu, die ihn schelmisch angrinste.

»Immer doch, Herr Bargen. Leider waren aber Bastian und Jo mit den Ermittlungen betraut«, erwiderte sie.

Da Henrik den Weg zum Büro des bulligen Oberkommissars kannte, trennte er sich von Helga Thoms. Es war angenehm, wenn man ihn hier fast wie einen Kollegen behandelte. Normalerweise schätzten Kriminalbeamte keine neugierigen Privatermittler. Auch dann nicht, wenn es ehemalige Hauptkommissare der Bundespolizei waren.

Henrik wusste diese ungewöhnliche Behandlung durchaus zu würdigen und ging entsprechend zurückhaltend vor.

»Moin, Herr Bargen. Suchen Sie Kraft?«

Henrik hatte vergeblich nach Bastian Kraft in dessen Büro gesucht und wandte sich gerade zum Gehen, als Kommissar Johann Fechner ihn ansprach. Der fast scheu wirkende Ermittler hatte wie meistens seinen Laptop dabei, was in der Abteilung öfter Anlass zu gutmütigem Spott gab.

»Jo und sein elektronischer Partner« war nur eine von vielen Bemerkungen.

»Moin, Herr Fechner. Entweder zu Bastian oder zu Ihnen«, erwiderte Henrik.

Jos Augenbrauen schossen vor Überraschung in die Höhe.

»Zu mir? Womit könnte ich Ihnen denn helfen?«, wollte er wissen.

Henrik kam ohne lange Vorrede auf den Tod des englischen Historikers zu sprechen. Am Schluss wiederholte er die Zweifel seines Auftraggebers und wovon er seine Übernahme der Ermittlungen abhängig machen wollte.

»So, so, Sie also auch«, murmelte Jo.

»Ich auch? Was meinen Sie denn damit?«, hakte Henrik nach.

Jo schob ihn in sein kleines Büro. Er setzte sich hinter seinen Schreibtisch, nachdem er die Tür zum Gang geschlossen hatte, und deutete drängend auf den Besucherstuhl. Neben drei grauen Metallschränken mit Schubladen blieb nur Platz für diesen einen Stuhl. Henrik setzte sich und rückte näher an den Schreibtisch, um die Tür nicht unmittelbar im Nacken zu haben.

»Erzählen Sie. Warum bezweifelt Ihr Auftraggeber, dass es ein Unfall gewesen ist?«

Es war nicht Henriks Art, über seine Auftraggeber zu sprechen, doch bei dem Team von Hauptkommissarin Martenson machte er eine Ausnahme. Er vertraute auf die Verschwiegenheit der Ermittler.

»Seymore war nicht nur wegen der Rumregatta in Flensburg. Er wollte dem Archiv der Offiziersschule in Mürwik ebenfalls einen Besuch abstatten«, erwiderte Henrik.

Er legte nur indirekt die Identität seines Auftraggebers offen, was Jo jedoch nicht weiter zu stören schien.

»Handelte es sich um eher allgemeines Interesse, oder beabsichtigte Seymore einer bestimmten Angelegenheit auf den Grund zu gehen?«, bohrte Fechner weiter.

»Es geht um einen sehr alten Doppelmord, der bis heute nicht aufgeklärt wurde.«

Henrik akzeptierte das vorsichtige Nachhaken des Polizisten. Sein Blick traf auf den von Jo. Der Kommissar rang mit sich. Henrik ließ ihm die nötige Zeit, da er sehr gespannt darauf war, was in dem klugen Kopf des Ermittlers vor sich ging.

»Gerda und Anneliese Siehm, richtig?«, fragte Jo.

Henrik nickte stumm.

»Demnach glaubt Ihr Auftraggeber nicht an die Schuld von Oberbootsmann Schlichting. Ich übrigens auch nicht«, sprach Jo weiter.

Es war sehr ungewöhnlich, dass er so eindeutig gegen die offizielle Version Position bezog.

»Sie haben sich die Unterlagen, an denen Seymore interessiert war, angesehen und fanden darin Ungereimtheiten, die Sie an der Schuld des Oberbootsmannes zweifeln lassen«, stellte Henrik fest.

»Ja. Aber ein längeres Telefonat mit der Tochter des Historikers hat die Zweifel verstärkt. Seymore jagte seit vielen

Jahren einem Gespenst nach. Hat Ihr Auftraggeber auch die sogenannten Schattenkrieger erwähnt?«

Henrik hörte zum ersten Mal diesen Begriff, wie er freimütig eingestand.

»Das ist eine wirklich interessante Fußnote des Zweiten Weltkrieges, der unser Opfer nachging. Sie führte ihn unter anderem eben auch in unsere schöne Stadt, um die Archive der Offiziersschule zu durchforsten«, fuhr Jo fort.

Henrik war begierig darauf, mehr über diese seltsamen Krieger zu erfahren, doch ihr Gespräch wurde unterbrochen. Die Leiterin der Abteilung steckte ihren Kopf zur Tür herein.

»Herr Bargen? Besuchen Sie Jo privat, oder benötigen Sie unsere Unterstützung für einen Ihrer Fälle?«, fragte Hauptkommissarin Martenson.

Ihre braunen Augen forschten in seinem Gesicht.

»Es geht um einen Datenabgleich. Jo hat mir geholfen, soweit die Vorschriften es erlauben«, antwortete Henrik ausweichend.

Dann erhob er sich und nickte dem Kommissar dankend zu, der nur knapp den Kopf neigte. Während Henrik sich an Sonja Martenson vorbeischob, streifte sein Arm ihre Hand. Es war angesichts der Enge eine ungewollte Berührung, die jedoch zu einem intensiven Blickkontakt führte. Schließlich räusperte die Hauptkommissarin sich und bat Jo zu einer Besprechung mit dem Team.

Da scheint tatsächlich mehr an der Geschichte dran zu sein, als ich bisher vermutet habe, dachte Henrik.

Er verließ das Gebäude der Kriminalpolizei und schlenderte, in Gedanken versunken, zurück zu seinem Kutter. Den historischen Haikutter hatte er nach seiner Frühpensionierung zu einem Wohnschiff umgebaut und einen Liegeplatz im Museumshafen von Flensburg gefunden. Die »Sinje« war eine Gaffelketsch, die 1937 in Skagen gebaut worden war. Der Begriff »Haikutter« war damals von Fischern für Boote geprägt worden, die über eine motorisierte Winsch für die Netze verfügten. Dieser neue Bootstyp war in ihren Augen so gefräßig wie ein Hai. Durch die motorisierte Winsch konnten größere Netze ausgebracht werden, wodurch automatisch der Fang erheblich umfangreicher ausfiel. Für Henrik war das Wohnschiff der ideale Ausgleich, um sein aufbrausendes Temperament zu beherrschen. Die Arbeit an dem Schiff beruhigte ihn.

KAPITEL 4

Jeder Schritt strengte Ewald Kohnfeld enorm an. Mit seinen 92 Lebensjahren zählte er in der Seniorenwohnanlage zu den ältesten Bewohnern. Kohnfeld hatte ein sehr abwechslungsreiches Leben geführt, von dem ihn in den zurückliegenden Tagen ein scheinbar abgeschlossener Teil eingeholt hatte.

»Früher hätte ich diese lächerliche Strecke in zehn Minuten bewältigt«, grummelte er vor sich hin.

Ewald war immer stolz auf seine körperliche Präsenz gewesen, doch im Laufe der Jahre musste auch er dem Alter Tribut zollen. Schwer atmend stützte er sich auf den Gehwagen und sog gierig die kühle Luft ein. Der ehemalige Seemann konnte auch heute noch sofort die Windrichtung einschätzen und sich auf das damit verbundene Wetter einrichten. Am Himmel über Glücksburg zogen dunkelgraue Wolkenbänke entlang, die für Dämmerlicht sorgten. Einzelne Windböen wirbelten das trockene Laub zwischen den Bäumen auf. Eine Krähe erhob sich vom Fußweg, als Kohnfeld sich ihr näherte. Ihr krächzender Protest war weithin hörbar, doch niemand nahm es zur Kenntnis.

Ostwind bedeutet Kälte und vermutlich bald den ersten Schnee, dachte er.

Wie so oft in der jüngeren Vergangenheit wanderten seine Gedanken zurück zu seiner Zeit als Marineoffizier im Zweiten Weltkrieg. Damals lernte Ewald nicht nur einen großen Teil Skandinaviens besser kennen, sondern auch die Karelische Landenge. Er gehörte zu einer Gruppe von Offizieren, die für eine Ausspähung der russischen Angriffskräfte im Winterkrieg dorthin geschickt worden waren. In den weiteren Kriegsjahren blieb die Gruppe aktiv, die später auch einige Unteroffiziere im Bootsmannrang umfasste. Die Kriegsmarine traute den Angaben der Wehrmacht genauso wenig wie den Verlautbarungen der Partei.

»Kohnfeld?«

Die heisere Stimme riss Ewald aus seinen Kriegserinnerungen und ließ ihn erschrocken zusammenfahren.

»So etwas wäre mir früher auch nicht passiert.«

Er war wütend auf seine nachlassenden Kräfte.

Der ganz in Schwarz gekleidete Mann löste sich aus dem Schatten einer Buche. Der Treffpunkt in dem kleinen Kurpark an der Glücksburger Bucht war gut gewählt. Zu dieser Jahreszeit gab es nur wenige Freizeitsportler, die sich hierher verirrten. Ewald musterte den weitaus jüngeren Mann abschätzig. In seinen Augen zehrten er und seinesgleichen von den mutigen Leistungen der »Schattenkrieger«, zu denen Kohnfeld gezählt hatte. Parasiten, die selbst keinen Anteil geleistet hatten.

»Was ist denn so verflucht dringend, dass wir uns unbedingt an diesem unwirtlichen Ort treffen müssen?«, fragte er.

Ewald legte seine ganze Autorität in die Stimme, doch das asthmatische Keuchen klang einfach nur schwächlich und verbraucht.

»Jemand stöbert in den Archiven und zerrt die ›Schattenkrieger‹ wieder ans Licht«, erwiderte der Mann.

Trotz des einsetzenden Dämmerlichtes konnte Ewald sein Gegenüber gut erkennen. Ihm wollte partout dessen Vorname nicht mehr einfallen, obwohl es der Enkel eines seiner Kameraden war. Selbst sein früher so exzellentes Gedächtnis ließ ihn mehr und mehr im Stich.

»Unsinn! Die wesentlichen Akten befinden sich bei den Russen unter Verschluss. Ihr Jungspunde macht euch mal wieder unnötig ins Hemd«, antwortete er.

In den ersten Nachkriegsjahren trieb Ewald genau wie seine überlebenden Kameraden die Sorge um, ob die Alliierten von der Existenz ihrer besonderen Einheit erfahren hatten. Als jedoch Jahr um Jahr verstrich und niemand sich dafür zu interessieren schien, änderte sich ihr Denken. Die Gruppe umfasste 1948 immer noch über 30 ehemalige Kämpfer, die regelmäßig Kontakt hielten. Heute lebte nicht einmal mehr eine Handvoll von ihnen.

»Sagt Ihnen der Name George Seymore etwas?«

Erneut unterbrach die Stimme von Traubnitz' Enkel den Fluss von Ewalds Erinnerungen.

»Dieser Engländer, der schon seit Jahren nach uns sucht?«, fragte er.

»Genau der. Er hat sich Zugang zu den russischen Archiven verschafft und wollte sein neues Wissen mit den Unterlagen abgleichen, die immer noch in der Marineschule lagern«, bestätigte Rainer Traubnitz.

Der Name des Enkels war unversehens aus den Tiefen seines Gehirns an der Oberfläche aufgetaucht. Es verblüffte Ewald Kohnfeld immer wieder, wie sprunghaft sein Verstand neuerdings arbeitete.

»Dann muss man den Mann eben eliminieren«, forderte er kalt.

Fröstelnd zog Ewald den Mantel enger um seinen ausgemergelten Körper und schaute nervös über die Schulter. Wenn diese Unterhaltung nicht bald beendet wäre, müsste er den Weg zurück im Dunkeln finden. Kein schöner Gedanke.

»Schon erledigt«, lautete die knappe Erwiderung.

»Und warum stehen wir dann hier in der Gegend herum?«, herrschte Ewald seinen Gesprächspartner an.

Traubnitz ließ ein flüchtiges Lächeln aufblitzen, dem jede Wärme fehlte. Ewald spürte ein lange nicht mehr gekanntes Gefühl in sich aufsteigen. Seine Instinkte warnten ihn, doch es war bereits zu spät.

»Du bist der letzte noch lebende Zeitzeuge, Kohnfeld. Glaubst du ernsthaft, wir würden das Risiko eingehen, dass man dich zum Sprechen bringt? Wir wissen schließlich, dass jeder Mensch seinen Preis hat. Auch du, nicht wahr?«, fragte Rainer Traubnitz.

So wütend Ewald über seinen geschwächten Körper war und sosehr er sich über die verringerte Lebensqualität beschwerte, er wollte leben. Jeder Tag zählte, und deswegen wehrte er sich. Zuerst wollte der alte Kämpfer sein Heil in der Flucht suchen, doch Traubnitz verstellte ihm mühelos den Weg.

»Mach es dir nicht unnötig schwer, alter Mann. Du hast lange genug gelebt und von den verbotenen Früchten aus der Vergangenheit gezehrt. Jetzt sind wir dran«, stellte Traubnitz gelassen fest.

Er unterschätzte Ewald und baute zu sehr auf seine körperliche Überlegenheit. Was Rainer Traubnitz jedoch fehlte, war die Erfahrung des alten Kämpfers. Der ehemalige Offizier war seit dem Kriegsende nie unbewaffnet aus dem Haus gegangen. Jetzt rettete ihm diese scheinbar überflüssige Gewohnheit das Leben.

»Du willst mich töten? So einfach im Vorbeigehen?«, fragte Ewald angewidert.

Rainer Traubnitz zuckte mit einem spöttischen Lächeln die Schultern.

»Ja, warum denn nicht?«, fragte er.

Die Ablenkung hatte Ewald gereicht, um die 08 aus der Manteltasche zu ziehen und sie dem jüngeren Mann in die Magengegend zu drücken. Traubnitz erstarrte und schaute ihm fassungslos in die Augen.

»Weil ich mich nicht einfach umbringen lasse, du dämlicher Idiot«, knurrte Ewald und zog den Abzug durch.

Es war ein lange vermisstes Gefühl, das Rucken einer Pistole in seiner Hand zu spüren. Der Schuss wurde durch ihre beiden Körper gedämpft. Rainer Traubnitz torkelte zurück, kein Laut kam über seine weichen Lippen. Außer dem kleinen Einschussloch in der wattierten Jacke war nichts zu sehen.

»Für diese Arroganz wirst du jetzt leiden müssen. Sterben kann ein sehr langer, schmerzhafter Prozess werden, wenn man sich einen Bauchschuss einfängt«, kommentierte Ewald ungerührt.

Sein Blick hing an den vom Schock gezeichneten Augen des sterbenden Mannes. Ewald hatte nicht erwartet, diesen Anblick noch einmal zu erleben. Er genoss es eine Weile, bevor er sich streckte und die Luger zurück in die Manteltasche schob. Nach einem abschließenden Rundblick versetzte er dem bewusstlosen Traubnitz einen Tritt, damit er vom Weg ins Unterholz rollte.

»Ihr wollt mich also aus dem Weg haben. Das war ein sehr dummer Fehler, den ihr schon bald bereuen werdet«, murmelte Ewald.

Dann setzte er sich langsam in Bewegung und drehte sich erst nach über 50 Metern noch einmal um. Die Dämmerung verlor sich mittlerweile in der Dunkelheit des Herbstabends. Er konnte Rainer Traubnitz nicht mehr sehen und nickte zufrieden. Es musste schon mit dem Teufel zugehen, wenn jemand auf den sterbenden Mann stoßen sollte. Ewald glaubte nicht daran und setzte unbeirrt seinen Weg zum Seniorenheim fort. Erneut krächzte ein Rabe.

KAPITEL 5

Für Hauptkommissarin Sonja Martenson hatte der Tag bei einem Glas Rotwein und einer Liebesschnulze im Fernsehen friedlich ausklingen sollen. Der Anruf aus ihrer Dienststelle beendete diesen Plan und sorgte für eine weitere Auseinandersetzung mit ihrem Lebenspartner.

»Ich bin es langsam leid, Sonja. Wir haben selten genug gemeinsame Abende, und dann kann ich doch wohl erwarten, dass du zu Hause bleibst«, nörgelte Holger Schreiber.

Wie gewöhnlich übersah der Techniker, dass die geringe Anzahl gemeinsamer Abende genauso seinem Beruf geschuldet war. Er arbeitete bei der Flensburger Schiffbau-Gesellschaft im Bereich Konstruktion und musste regelmäßig Überstunden schieben, die so nicht vorgesehen gewesen waren. Von seinem Fernsehsessel aus warf er ihr einen vernichtenden Blick zu. Sonja schwang die Beine von der Couch und legte automatisch die Decke zusammen, die sie zuvor über die angewinkelten Beine ausgebreitet hatte. Sie erhob sich und stellte im Vorbeigehen das Weinglas auf die Spüle in der winzigen Pantryküche.

»Ich komme wenigstens noch. Du vergisst sogar, mich anzurufen, wenn es wieder einmal später wird«, konterte sie entnervt.

Sonja schlüpfte in die gefütterte Jacke und prüfte, ob die Taschenlampe funktionierte. Da der Strahl mit ungeminderter Kraft den Winkel neben dem Schuhschrank ausleuchtete, verstaute Sonja die Lampe wieder in ihrer Umhängetasche.

Holger hatte sich erhoben und lehnte nun im Türrahmen. Sein Gesicht war gerötet vom Alkohol.

»Ah, jetzt also wieder diese Leier. Meine Arbeit ist natürlich bei Weitem nicht so wichtig wie die der Frau Hauptkommissarin«, gab Holger zurück.

Vor gar nicht allzu langer Zeit hätte Sonja sich auf diese Diskussion eingelassen, um ihn zu besänftigen. Heute sparte sie sich jeden weiteren Kommentar und zog gleich darauf die Haustür hinter sich ins Schloss. Es gab weder einen Abschiedskuss noch einen um Verzeihung bittenden Blick. Vor nicht allzu langer Zeit hätte Sonja so um ein wenig mehr Verständnis gebeten, ohne es je zu erhalten. Auf dem kurzen Weg von der Eingangstür des Mehrfamilienhauses zum wartenden Dienstwagen packte der böige Wind mehrfach zu. Im Fernsehen hatte der Wettermoderator ein über die Ostsee hereinkommendes Tief angesagt. Sonja eilte auf den Passat zu und öffnete die Beifahrertür.

»Das passende Wetter für einen Mord, was Chefin?«, fragte Bastian Kraft.

Während Sonja hastig die Tür schloss, grinste der hünenhafte Oberkommissar sie breit an. Es gab einen stehenden Satz über Bastian: »Stählerne Muskeln und ein weiches Herz.«

Der Motor heulte auf und dann jagte der Passat los. Die Signallampe auf dem Dach warf zuckende Blaulicht-Strahlen in die Umgebung und die Sirene jaulte ununterbrochen vor sich hin. Am Telefon hatte Jo nur die wenigen bisher bekannten Fakten genannt.

»Ein männliches Opfer mit einem Bauchschuss. Der Tatort befindet sich in einer Parkanlage in Glücksburg. Der Hund eines Mannes hat den Toten entdeckt«, sagte er.

»Weißt du mehr über das Opfer?«, fragte Sonja.

Mit lässiger Selbstsicherheit steuerte Bastian den Dienstwagen über die Straßen, die um diese Zeit immer noch gut befahren waren. Aus den dunklen Wolken fiel beständiger Regen, der in Zusammenwirkung mit den vielen Blättern die Fahrbahnen gefährlich glitschig werden ließ.

»Nein. Wenn wir Pech haben, ist der Türsteherkrieg wieder ausgebrochen und wir haben das erste Opfer«, erwiderte er.

Diese Auseinandersetzungen hatten dem Team von Sonja in den zurückliegenden zwölf Monaten immer wieder Kummer bereitet. Ständig kämpften Albaner, Russen und Rockerbanden um die begehrten Türsteherpositionen. Hier wurde viel Geld umgesetzt, und das lockte natürlich entsprechende Kriminelle an.

»Lieber nicht spekulieren. Wir werden es bald erfahren, und dann ist immer noch genügend Zeit, sich zu ärgern«, antwortete Sonja.

Sie registrierte den verwunderten Seitenblick, doch ihr ging immer noch der Streit mit Holger nach. Vermutlich waren ihre und Holgers Gemeinsamkeiten längst verbraucht. Sonja hatte bereits mehrfach über eine Trennung nachgedacht. Noch fehlte ihr die Kraft dazu.

»Du bist einfach zu feige«, sagte sie sich regelmäßig, ohne die erforderlichen Konsequenzen aus dieser Selbsterkenntnis zu ziehen.

»Da wären wir, Chefin.«

Bastians Bemerkung erlöste Sonja aus ihren trüben Gedanken. Sie stiegen aus, um unter dem Absperrband hindurchzugehen. Vom Parkplatz bis zum Tatort waren es gut 50 Schritte, die Sonja automatisch zählte. Die Spezialisten der Kriminaltechnik hatten einen Bereich neben dem Spazierweg hell ausgeleuchtet. Im Licht der vier starken Scheinwerfer konnte Sonja die beständigen Regentropfen erkennen. Beim Anblick der Kriminaltechniker in den weißen Schutzanzügen musste sie unwillkürlich an zu große Maden denken.

»Können Sie uns schon mehr verraten, Doktor?«

Der grauhaarige Rechtsmediziner stand einen Meter von der abgedeckten Leiche entfernt und tippte auf einem Tablet herum. Er hob den Kopf und musterte sie leicht abweisend.

»Der Mann ist circa 40 Jahre alt und wurde durch einen aufgesetzten Schuss getötet.«, antwortete er dennoch ausführlich.

Zu der eigentlichen Tatzeit wollte er sich weniger klar äußern.

»Ich denke, Sie können von einem Zeitfenster zwischen 16:00 und 18:00 Uhr ausgehen. Genaueres wie immer nach der Obduktion«, legte er sich nur ungefähr fest.

Sonja nickte ihm dankend zu und wandte sich an Helga, die an diesem Abend zusammen mit Jo die Rufbereitschaft hatte. Ihre Mitarbeiterin hatte sich dazu entschlossen, die Chefin zu dem Fall hinzuzuziehen. Dafür musste es zwingende Gründe geben, die Sonja nun erfahren wollte.

»Bei dem Opfer handelt es sich um Rainer Traubnitz, 42 Jahre alt. Wir konnten seine Brieftasche, ein Handy und reichlich Bargeld sowie Kreditkarten sicherstellen«, sagte Helga.

»Raubmord fällt als Motiv also aus. Sonst noch etwas?«, kommentierte Sonja.

»Der Mörder muss Traubnitz gekannt haben oder wirkte sehr vertrauenserweckend. Der Schuss aus einer großkalibrigen Waffe wurde aus unmittelbarer Nähe abgegeben. Er war quasi aufgesetzt«, fuhr Helga fort.

Sie war neben dem Leichnam in die Hocke gegangen und schlug das weiße Tuch so weit zurück, dass ihre Vorgesetzte einen Blick auf die Wunde werfen konnte. Es war kein schöner Anblick. Sonja musste sich wie immer überwinden, die Augen nicht schnell abzuwenden.

»Nur ein Schuss? Musste der Täter nicht annehmen, dass sein Opfer noch nach Hilfe rufen konnte? Immerhin hatte er ja sein Handy bei sich«, staunte sie.

»Der Rechtsmediziner geht von einem schnellen, inneren Verbluten aus, Chefin. Der Tote hat höchstwahrscheinlich sofort das Bewusstsein verloren und ist nicht wieder zu sich gekommen. Die Spuren an Jacke und Hose deuten darauf hin, dass der Täter sein Opfer vom Fußweg hierher gestoßen hat«, erwiderte Helga.

Sie deutete mit dem Zeigefinger auf die Schmutzspuren an der Kleidung des Toten. Schließlich zog Helga das Tuch wieder über den Leichnam. Sie hatte die Reporter bemerkt, die sich an der Absperrung drängelten und auf die uniformierten Polizisten einredeten. Mehrfach flammten Blitzgeräte auf.

»Die Geier sind eingetroffen«, sagte sie.

Sonja warf einen kurzen Blick hinüber zur Absperrung. Sie würde später mit den Journalisten sprechen müssen, aber zuerst wollte sie mehr über den Toten erfahren.

»Traubnitz? Der Name löst nichts bei mir aus. Gibt es irgendeinen Eintrag über ihn, der uns weiterbringen könnte?«, fragte sie.

Ihre Mitarbeiterin verzog das Gesicht. Das war eine sehr ungewöhnliche Reaktion von der eher zurückhaltenden Helga.

»Mir sagte der Name auch nichts, bis ich mehr über seine Familie in Erfahrung bringen konnte. Sein Vater heißt Oswald Traubnitz und ist der Inhaber der Traubnitz Mining Corporation«, antwortete sie.

Erst als Helga ihrer Chefin auf dem Notebook die Website der Unternehmensgruppe zeigte, konnte Sonja etwas mit der Firma anfangen. Ihr Blick löste sich wieder vom Monitor und kehrte zum Leichnam zurück. Sie bemerkte braune Pilze, die an einem Baumstamm wuchsen. Der linke Schuh des Opfers lag darin.

»Oswald Traubnitz ist Bergbauingenieur und hat unmittelbar nach dem Zweiten Weltkrieg eine weltweit operierende Minenbaugesellschaft aufgebaut. Begonnen hat alles in Finnland. Rainer Traubnitz ist einer seiner beiden Söhne«, erklärte Helga.

Damit war klar, warum sie ihre Vorgesetzte an den Tatort gerufen hatte. Sonja hasste es, wenn Klatschreporter den Tod eines prominenten Opfers ausschlachteten. Sobald der Name »Traubnitz« durchgesickert war, würden auch Fernsehteams im Kurpark und in der Inspektion aufschlagen. Holger würde wieder einmal allein schlafen gehen müssen.

»Dann informiere ich lieber schon einmal Albrecht. Wenn wir ein so prominentes Opfer haben, muss er die Medienarbeit übernehmen«, sagte Sonja.

Der Leiter des Dezernates würde sich wenig über ihren Anruf freuen. Vorher mussten sie aber noch klären, ob bereits der Grund für Traubnitz' Anwesenheit in Glücksburg bekannt war. Darum kümmerte sich Helga.

»Wir haben eine Buchungsbestätigung für das Hotel gefunden. Traubnitz ist erst heute im Laufe des Tages angereist. Jo hat den Manager und das Personal befragt. Als Reisegrund hat Traubnitz lediglich vage von Treffen mit Geschäftsfreunden gesprochen«, lautete Helgas Auskunft.

Mit einem leisen Seufzen wandte Sonja sich ab und zog ihr Handy aus der Tasche. Während sie auf das Rufzeichen lauschte, ging ihr Blick hinüber zur Absperrung. Immer mehr Reporter versammelten sich dort und warteten ungeduldig auf Angaben zu dem Fall. Eine Motte flatterte durch das Licht eines der Scheinwerfer. Fröstelnd zog Sonja die Schultern hoch und verfolgte die Schwaden ihres Atems.

KAPITEL 6

Es war Kalles Vorschlag gewesen, auf ein oder zwei Gläser Bier in die Kneipe zu gehen. Henrik hätte sich denken können, dass sein Liegeplatznachbar im Museumshafen mehr Sitzfleisch entwickeln würde. Der ehemalige Inhaber einer Baufirma hätte in jedem Mafiafilm einen hervorragenden Paten abgegeben. Karl-Heinz Sörensen war mittlerweile fast 70 Jahre alt, verfügte aber über die Konstitution eines 40-Jährigen. Wer sich von den grauen Haaren und seinem braun gebrannten Faltengesicht täuschen ließ, konnte eine böse Überraschung erleben.

»Ein Bier noch, und dann ist wirklich Schluss«, stellte Henrik kategorisch fest.

Kalle zwinkerte vergnügt und hob sein leeres Glas in die Höhe, um den Barmann auf sich aufmerksam zu machen. In der Hafenkneipe versammelte sich jeden Abend nahezu die gleiche Schar an Stammgästen, zu denen auch Kalle gerechnet wurde. Henrik begleitete seinen Liegeplatznachbarn nur gelegentlich, um in der verrauchten Kneipe am alten Holztresen einige Gläser Bier zu trinken. Hier gab es sogar noch eine Musikbox, die selten stumm in der Ecke auf den Einwurf einiger Münzen wartete.

»So verbringen also Seebären ihren Feierabend«, meldete sich Bastian zu Wort.

Henrik wandte überrascht den Kopf und schaute den glatzköpfigen Oberkommissar an.

»Könnte ich glatt zurückgeben. Immerhin treibst du dich ja ebenfalls hier rum«, erwiderte er grinsend.

Kalle musterte den Ermittler aus leicht verhangenen Augen. Er hatte Bastian schon mehrfach auf dem Haikutter seines Nachbarn gesehen.

»Von wegen, mein Freund. Ich komme direkt von einem Tatort und muss nur schnell eine Kleinigkeit essen. Mehr Zeit habe ich leider nicht«, protestierte der.

Bastian zog sich einen frei werdenden Barhocker heran und bestellte Kartoffelsalat mit zwei Bockwürsten bei dem Barmann, der Kalle und Henrik zwei frisch gezapfte Biere hinstellte.

»Größere Sache?«, fragte Henrik neugierig.

Bevor er antwortete, schaute Bastian sich prüfend um. Keiner der anderen Gäste interessierte sich für ihr Gespräch. An einem der Tische grölten die Männer und Frauen mehr oder weniger gekonnt das Lied aus der Musikbox mit. Die Gäste am Tresen unterhielten sich leise oder starrten stumm in ihr Bier.

»Jemand hat Rainer Traubnitz, einen Sohn von Oswald Traubnitz, erschossen. In Glücksburg im Wald«, antwortete er.

Während Henrik den hochgewachsenen Ermittler mitleidig anschaute, stieß Kalle einen leisen Pfiff aus.

»Der olle Traubnitz war eine harte Nuss. Sein älterer Sohn ist vom gleichen Kaliber und wird vermutlich persönlich Druck machen. Diese Ausbeuter verfügen über eine Menge Einfluss«, stellte er trocken fest.

Für Henrik war es neu, dass Kalle sich über einen seiner Bekannten ausließ. Normalerweise war er mehr der mundfaule Typ und sprach sehr wenig über sich oder sein Leben. Es musste am Alkohol liegen, dass der frühere Bauunternehmer sich so gesprächig zeigte.

»Sie kennen die Familie Traubnitz?«, fragte Bastian neugierig.

Doch Kalle zog sich schon wieder in sein Schneckenhaus zurück und brummelte nur eine unverständliche Antwort. Henrik machte Bastian ein Zeichen, damit der nicht weiter nachfragte. Er würde versuchen, seinem Liegeplatznachbarn mehr Informationen zu entlocken.

»Ziemlich üble Angelegenheit. Der Mörder hat dem Traubnitz die Mündung einer großkalibrigen Waffe in den Bauch gedrückt und geschossen«, raunte Bastian seinem Freund ins Ohr.

Seine Ausdrucksweise war nicht unbedingt druckreif, doch Henrik nahm es als Anzeichen für seine Aufgewühltheit.

»Besuch mich bald einmal wieder«, forderte Henrik beim Abschied von Bastian.

Der nickte zustimmend und eilte aus der Kneipe. Henrik trank den letzten Schluck Bier aus und winkte dem Barmann, um zu zahlen. Kalle setzte zu einem weiteren Protest an, doch dieses Mal blieb Henrik stur.

»Ich habe noch die Flasche Rum von letzter Woche. Was

hältst du von einem Absacker auf meinem Kutter?«, schlug er vor.

Sofort leuchteten die blauen Augen im vom Wetter gegerbten Gesicht auf. Wenige Minuten später schlenderten sie gemächlich zurück in Richtung Museumshafen. Als sie an der Ampel warten mussten, deutete Kalle mit seinem Daumen auf das Haus der Privatbrauerei in ihrem Rücken.

»Wieso drängeln die Leute sich eigentlich in diesem Schuppen, wenn es doch so viele gemütliche Kneipen in der Umgebung gibt?«, wollte er wissen.

Sie diskutierten diese wichtige Frage, bis Henrik die Rumflasche aus dem Schrank holte und heißes Wasser aufsetzte. Er musste Kalle nicht fragen, wie er seinen Rum trinken wollte.

»Ein wenig heißes Wasser, eine Prise Zucker und viel Rum natürlich«, würde die Antwort lauten.

Da auch ihm der Sinn nach einem kräftigen Grog stand, bereitete er das Getränk ungefragt zu.

»Lecker. Genau das Richtige bei so einem Schietwetter.«

Kalle leckte sich genüsslich über die Oberlippe und schmunzelte vor sich hin.

»Worüber freust du dich denn so?«, fragte Henrik.

»Du willst mich aushorchen, und deswegen schenkst du mir so großzügig von deinem Rum ein«, erwiderte Kalle.

Es ergab keinen Sinn, den Ahnungslosen zu mimen.

»Gut erkannt. Erzähl mir mehr über Oswald Traubnitz. Wie hast du ihn kennengelernt?«, gestand Henrik.

Zuerst zierte Kalle sich ein wenig, doch langsam lockerte der Rum seine Zunge. So erfuhr Henrik von seinen Anfangszeiten als Bauunternehmer und wie er dadurch mit der Familie Traubnitz in Kontakt geraten war.

»Die hatten sich damals gerade in Südafrika in eine Minengesellschaft eingekauft. Der Abbau in Finnland war stark rückläufig, und sie suchten in Flensburg nach neuen Partnern«, berichtete Kalle.

Aus einem Grog wurden drei und Henrik musste sich schwer zusammenreißen, um den Ausführungen seines Gastes aufmerksam lauschen zu können. Er erfuhr viel über die Familie Traubnitz, und als er weit nach Mitternacht in seine Koje stieg, drängte sich eine von Kalles Bemerkungen in den Vordergrund. Dummerweise übermannte ihn der Schlaf, bevor Henrik den Gedanken zu fassen bekam.

KAPITEL 7

Der Kommandeur der Marineschule war sichtlich unzufrieden. Henrik war unrasiert und trug eine deutliche Alkoholfahne spazieren. Bei seinem Gelage mit Kalle hatte er völlig vergessen, dass er diesen Termin vereinbart hatte. Zwei Aspirin-Tabletten überdeckten die schlimmen Kopfschmerzen, doch da er sich für die Pünktlichkeit und gegen eine Rasur entschieden hatte, entsprach sein äußeres Erscheinungsbild offenkundig nicht den Vorstellungen von Kapitän Oltmann.

»Wie haben Sie sich entschieden, Herr Bargen?«, fragte der.

Der Motor von Henriks Kutter verlangte nach einer Generalüberholung, daher hatte er überhaupt keine Wahl.

»Ich habe mit dem Ermittler gesprochen, der für die Untersuchung des Todesfalles verantwortlich war. Es gibt einige Unklarheiten, die jedoch nicht ausreichen, um eine offizielle Mordermittlung einzuleiten«, erwiderte er.

Mit einem Nicken forderte der Kommandeur ihn auf weiterzureden.

»Da George Seymore allein an Bord war, kann ich mir nicht vorstellen, dass er ohne Sicherung in den Mast aufgestiegen wäre. Der Kriminalpolizei fehlt es jedoch an einem Motiv sowie passender Gelegenheit für einen Täter.«

Wenn es einen Mord gegeben hatte, musste er mitten in der Flensburger Förde geschehen sein.

»Heißt das nun, dass Sie diese Ermittlung übernehmen wollen, oder nicht?«, zeigte Kapitän Oltmann sich ungeduldig.

Es wäre der perfekte Moment gewesen, einfach zu bejahen und sich an die Arbeit zu machen. Doch es gab eine Frage, die Henrik unbedingt zuvor geklärt haben wollte.

»Warum wollen Sie mich dafür bezahlen, dieser Sache auf den Grund zu gehen? Seymore war vermutlich kein Freund von Ihnen.«

Die Falten auf der Stirn des Kommandeurs waren ein Zeichen dafür, dass er dieser Frage offenbar gern aus dem Weg gegangen wäre.

»Nein, aber ich bin mit seinen Recherchen vertraut. Als er vor einigen Monaten sein Gesuch an mich richtete, ob er sich in dem Archiv der Schule umsehen dürfe, wurde ich neugierig«, erklärte Kapitän Oltmann.

In seiner Freizeit begab er sich selbst ins Archiv, um einen Blick in die ausgewählten Akten zu werfen. Dabei stieß er auf die Protokolle der Kriegsgerichtsverhandlung und erkannte schnell, dass der Prozess nicht ordnungsgemäß abgelaufen war.

»Das waren Marineoffiziere, die sich zu diesem unwürdigen Schauspiel herabgelassen haben. Ich möchte erfahren, warum sie es taten und wer wirklich der Mörder der beiden Frauen war. Können Sie das verstehen?«, schloss Oltmann seine Ausführungen mit einer Frage.

Henrik bezweifelte sehr, dass es ausschließlich darum ging.

»Ja, kann ich. Ich schlage vor, dass ich mich zunächst ins Aktenstudium stürze und mir ein eigenes Bild mache. Danach entscheiden wir dann, ob ich mit den Ermittlungen weitermache oder nicht«, schlug er vor.

Es war nicht die Lösung, die dem Kommandeur vorgeschwebt hatte, aber er akzeptierte sie trotzdem. Kapitän Oltmann ließ Hauptbootsmann a. D. Adams kommen, der sich um die Geschichte der Marine in Flensburg kümmerte und dabei auch gleich das Archiv pflegte. Dem kantigen Gesicht des pensionierten Soldaten war keine Regung abzulesen. Seine Figur war die eines gut trainierten Sportlers, der sich niemals gehen lassen würde. Das dunkelblonde Haar trug er immer noch militärisch kurz, und in den braunen Augen lag ein harter Schimmer.

»Das ist Herr Bargen. Er erhält freien Zugang zur Schule und dem Archiv. Unterstützen Sie ihn bitte bei seinen Nachforschungen. Bei Rückfragen melden Sie sich bei mir«, wies Kapitän Oltmann ihn an.

Kay Adams trug zwar Zivilkleidung, doch seine gesamte Haltung war die eines altgedienten Bootsmannes. Er stand kerzengerade vor dem Schreibtisch des Kommandeurs und musterte Henrik mit skeptischen Blicken. Zivilisten hatten seiner Auffassung nach nichts in den Liegenschaften der Bundesmarine zu suchen. So interpretierte Henrik seine Haltung. Er konnte sie bis zu einem gewissen Grad durchaus nachvollziehen.

»Jawohl, Herr Kapitän«, erwiderte Adams dennoch zackig.

Auf dem Weg zum Archiv forderte er Henrik auf, seinen Besucherausweis sichtbar an der Jacke zu befestigen.

»Falls Sie sich verlaufen, muss man erkennen können, dass Sie kein unbefugter Eindringling sind«, erklärte er.

Ganz beiläufig erwähnte Henrik, dass er das Prozedere aus seiner Zeit bei der Bundespolizei gut kannte und sich selbstverständlich an die gängigen Regeln halten würde. Ein überraschter Seitenblick streifte sein Gesicht. Die Bartstoppeln und die Alkoholfahne hatten eindeutig die Meinung des alten Bootsmannes über Henrik festgelegt.

»Sie waren bei der Bundespolizei?«, fragte er.

Zufrieden über das Gelingen seines kleinen Tricks, gewährte Henrik einen kurzen Einblick in seine Lebensperiode als Hauptkommissar.

»Verdammt ärgerlich so eine Rückenverletzung«, murmelte Adams mitfühlend.

Ab diesem Augenblick änderte sich sein Verhalten Henrik gegenüber grundlegend. Das Archiv war im Dachboden des Stabsgebäudes untergebracht. Adams hatte einen winzigen Raum, der nur über ein Dachfenster mit Tageslicht versorgt wurde, als Arbeitsraum eingerichtet. Es gab einen alten Schreibtisch sowie einen ausrangierten Holztisch mit dunkelgrüner Fläche. Hier sollte Henrik sich ausbreiten, während Adams am Schreibtisch arbeiten wollte. Er suchte eigenhändig die Akten heraus, um sie dann auf der Tischplatte vor Henrik abzulegen. Als Henriks Magen eine Stunde später vernehmlich knurrte, schaute Adams ihn schmunzelnd an.

»Frühstück musste heute wohl ausfallen?«

»Es gab eine nächtliche Befragung eines Zeugen, den ich zuvor mit einigen Gläsern Grog gesprächig machen musste«, erklärte Henrik.

Ein verstehendes Grinsen blitzte im Gesicht des ehemaligen Hauptbootsmannes auf.

»Da kann ich Abhilfe schaffen, Herr Bargen. Was würde Ihr Magen zu einigen gut belegten Mettbrötchen sagen?«

Das waren die schönsten Worte, die Henrik an diesem Vormittag vernommen hatte. Er zückte sein Portemonnaie und drückte Adams einen Schein in die Hand.

»Das wäre die Rettung, Herr Adams. Außerdem finde ich, dass es in Gesellschaft gleich viel besser schmeckt«, erwiderte Henrik.

Der Wink kam an, und so verschwand Adams, um ihnen belegte Brötchen und eine Thermoskanne mit Kaffee in der Kantine zu besorgen.

Mit reichlich Kaffee und etwas im Magen sollte ich den Tag überstehen, dachte Henrik.

In seiner aktuellen Verfassung war stundenlanges Aktenstudium nicht unbedingt die beste Arbeit, aber damit fing seine Ermittlung nun einmal an. Mit einem leisen Seufzen schlug Henrik die erste Akte auf, die ganz oben auf der Wunschliste des englischen Historikers gestanden hatte.

KAPITEL 8

Es war der Geruch von altem Schweiß, der Helga unangenehm in die Nase stieg. Sie wartete im Aufenthaltsbereich des Seniorenheimes auf die Pflegerin, die eine Beobachtung gemacht hatte.

»Frau Thoms?«

Die schmale Frau wirkte eigentlich zu zart, um die schwere Arbeit in der Altenpflege körperlich bewältigen zu können. Sie musste Helgas Altersgruppe angehören.

»Oberkommissarin Thoms von der Kriminalpolizei Flensburg. Sie sind Frau Lucht?«

Helga hielt ihren Dienstausweis so, dass die Frau die Legitimation überprüfen konnte. Elke Lucht nickte und deutete dann mit der Hand auf den Seitenausgang, durch den man in den kleinen Park am Gebäude gelangte.

»Können wir an der frischen Luft miteinander sprechen?«, bat sie.

Das Wetter war nicht unbedingt verlockend. In kurzen Abständen gingen kräftige Regenschauer über dem nördlichen Schleswig-Holstein nieder. Dennoch willigte Helga ein. Kaum war die Tür hinter den beiden Frauen ins Schloss gefallen, zog die Altenpflegerin eine Zigarettenschachtel aus der Jackentasche.

»Sie auch?«, fragte sie.

Helga lehnte die angebotene Zigarette ab und stellte sich so, dass der kräftige Wind die Flamme am Feuerzeug nicht sofort wieder ausblasen konnte. Im aufsteigenden Rauch war unverkennbar eine starke Note Menthol enthalten.

»Sie waren gestern Abend in der Nähe des Kurparks und haben einen Mann dort gesehen. Stimmen diese Angaben so weit?«, fragte sie dann.

Sie schlenderten gemächlich den schmalen Weg am Haus entlang. Hin und wieder schaute einer der Bewohner aus dem Fenster. Als eine ältere Dame zaghaft eine Hand zum Gruß erhob, lächelte Helga und winkte zurück.

»Ja, das stimmt. Das Abendbrot sollte in weniger als zehn Minuten serviert werden und da wunderte es mich schon sehr, als ich Herrn Kohnfeld im Kurpark entdeckte«, antwortete Elke Lucht.

Helga notierte sich den Namen und die ungefähre Uhrzeit.

»Wie heißt Herr Kohnfeld mit Vornamen?«

»Ewald. Er ist vor drei Wochen 92 Jahre alt geworden und schon sehr gebrechlich. Er unternimmt nur selten lange Ausflüge mit dem Gehwagen, und schon gar nicht, wenn das Abendbrot demnächst ansteht«, erwiderte die Altenpflegerin.

Weitere Fakten sammelten sich auf der Seite in Helgas Notizbuch, die in ihr jedoch immer größere Zweifel auslösten. Ein so alter Mann, der zudem noch ausgesprochen gebrechlich sein sollte, kam wohl kaum als Mörder in Betracht. Möglicherweise konnte Ewald Kohnfeld aber ein Zeuge sein.

»Ist Ihnen sonst noch etwas aufgefallen? Verhielt Herr Kohnfeld sich anders als üblich?«, bohrte Helga nach.

Die Altenpflegerin zog ein letztes Mal an der Zigarette und drückte sie dann in einem Sandkübel aus. Die große

Anzahl ähnlicher Kippen ließ Helga annehmen, dass mehr Raucher hierherkamen, um ihrem Laster zu frönen.

»Er bewegte sich zügiger als üblich, aber das lag wahrscheinlich daran, dass er das Abendbrot nicht versäumen wollte«, antwortete Elke Lucht.

Einen Augenblick schauten beide Frauen einem Eichhörnchen zu. Das kleine Raubtier hatte die Menschen misstrauisch beäugt und suchte jetzt einen sicheren Platz in den Ästen einer Tanne auf.

»Sonst nichts?«

Die Altenpflegerin setzte sich wieder in Bewegung und schob dabei die Hände in die Seitentaschen ihrer Fleecejacke. Der Wind trug erste Anzeichen von Winterkälte mit sich.

»Nö, sonst war alles wie immer. Später habe ich noch kurz mit Herrn Kohnfeld darüber gesprochen«, sagte sie.

Helga schaute Elke Lucht von der Seite her fragend an.

»Er war so wortkarg wie immer. Vielleicht hat er sich überschätzt und ist zu weit gelaufen«, ergänzte sie.

Sie kehrten ins Seniorenheim zurück. Dumpfe Wärme empfing Helga, die am liebsten sofort wieder ins Freie gegangen wäre.

»In welchem Zimmer wohnt Herr Kohnfeld?«, fragte sie.

Die Altenpflegerin führte Helga an die richtige Tür, bevor sie sich verabschiedete.

»Kommen Sie bitte in den nächsten Tagen zu uns in die Inspektion, Frau Lucht. Wir müssen Ihre Aussage noch zu Protokoll nehmen«, sagte sie.

Dann klopfte sie an und wartete ab, bis eine Männerstimme sie ins Zimmer bat. Kaum hatte Helga die Tür geöffnet, spürte sie einen kühlen Luftzug im Gesicht.

»Schneller, schneller. Es zieht«, drängte Ewald Kohnfeld.

Hastig schlüpfte Helga ins Zimmer und zog sofort die Tür hinter sich zu. Ihr Blick streifte Bilder von unterschiedlichen Kriegsschiffen. Ewald Kohnfeld saß in einem Ohrensessel unmittelbar vor einer Terrassentür, die weit geöffnet war. Während er Helga aus wässrigen Augen anschaute, staunte sie über die fast zerbrechlich wirkende Gestalt des alten Mannes.

»Wer sind Sie?«, fragte er schließlich.

Beschämt holte Helga die Vorstellung nach und entschuldigte ihr schlechtes Benehmen.

»Von jungen Leuten ist man so etwas gewohnt«, brummelte Kohnfeld.

Es fiel Helga schwer, die erforderlichen Fragen zu stellen. Kohnfeld strahlte eine ganz eigene Form von Distanziertheit aus, die sie verunsicherte. Es dauerte eine Weile, bis Helga der passende Vergleich einfiel.

So als wenn man in der Grundschule zum Direktor gerufen wird, dachte sie.

Helga sammelte ihre Gedanken und kam auf den Grund ihres Besuches zu sprechen.

»Wir benötigen Ihre Zeugenaussage, Herr Kohnfeld. Ein Augenzeuge hat uns berichtet, dass Sie gestern am frühen Abend im Kurpark spazieren waren«, erklärte sie.

Der Mimik des alten Mannes war nicht anzusehen, ob er ihr überhaupt zuhörte.

»Wann genau waren Sie im Park?«, erkundigte Helga sich.

Kohnfeld wollte sich nicht genau festlegen, kreiste die Zeit aber so ein, dass es mit den Angaben von Elke Lucht übereinstimmte. Seine Stimme schien befehlsgewohnt und passte nicht zu dem gebrechlichen Körper.

»Sind Ihnen andere Spaziergänger aufgefallen?«, fragte Helga.

Nach und nach entlockte sie dem älteren Mann eine Aussage, die jedoch keine erhellenden Informationen enthielt.

»Haben Sie möglicherweise Geräusche wie die Fehlzündung eines Motors vernommen?«, bohrte sie nach.

Für diesen Vergleich erhielt Helga einen strafenden Blick.

»Ich erkenne einen Schuss, wenn ich ihn höre. Schließlich habe ich noch gedient, junge Frau!«, erboste er sich.

Ihr Blick wanderte unwillkürlich zu den Fotografien. Ewald Kohnfeld folgte Helgas Blick und gab zum ersten Mal ungefragt Auskunft.

»Ich war bei der Kriegsmarine. Oberleutnant, um genau zu sein. Das waren harte Zeiten, und die haben mich gelehrt, keinem Politiker mehr zu trauen«, sagte er.

Helga spürte, dass es ein Thema war, bei dem Kohnfeld erheblich lebendiger wurde. Eigentlich war die Befragung beendet und sie hätte sich verabschieden sollen. Trotzdem bat sie ihn, mehr über seine Zeit bei der Marine zu erzählen. Eine Viertelstunde lang erhielt Helga eine sehr lebhafte Darstellung, wie Ewald Kohnfeld den Weltkrieg erlebt hatte.

»Sie sind sich sicher, dass Sie keinen Schuss gehört haben?«, fragte sie erneut.

Mehr als ein abschätziges Schnauben hatte Kohnfeld für diese Frage nicht übrig. Helga nutzte die Gelegenheit, um sich zu verabschieden. Auf dem Weg hinaus aus dem Seniorenheim traf sie noch einmal auf die Altenpflegerin.

»Na, konnte Kohnfeld Ihnen weiterhelfen?«, fragte Elke Lucht.

»Nicht in Bezug auf den Fall. Dafür habe ich einige neue Dinge über den Zweiten Weltkrieg erfahren«, erwiderte Helga schmunzelnd.

Lucht seufzte vernehmlich und verdrehte dabei die Augen.

»Ja, das ist sein großes Thema. Er und noch einige andere unserer älteren Bewohner sprechen sehr viel über diese grausige Zeit. Man sollte eigentlich annehmen, dass es schönere Dinge gibt, über die man sich unterhalten kann«, erwiderte sie.

Diese Ansicht teilte Helga, die sich verabschiedete und den Rückweg in die Inspektion antrat. Kurz vor dem Ortseingang von Flensburg verdunkelte sich der Himmel schlagartig und ein schweres Gewitter ging über der Fördestadt nieder. Helga spürte einen nagenden Zweifel in Bezug auf Kohnfelds Aussage. Sie hatte etwas gehört oder auch im Zimmer gesehen, das nicht dorthin zu gehören schien.

KAPITEL 9

Das laute Donnern schreckte Henrik auf. Er hatte sich in die Lektüre der Akten vertieft und dabei die Gegenwart um sich herum vergessen.

»Das wird die Luft reinigen«, kommentierte Adams trocken.

Er trat in den Raum und deutete in Richtung des kleinen Fensters, vor dem soeben ein weiterer Blitz den Himmel erhellte. Wenige Sekunden danach rollte ein schwerer Donnerschlag über die Gebäude der Marineschule hinweg.

»Das passende Wetter für eine ausgiebige Lesestunde«, antwortete Henrik lakonisch.

Ein Blick auf die Armbanduhr zeigte ihm, dass er nunmehr über fünf Stunden in dieser Kammer hockte. Die Schmerztabletten hatten mittlerweile angeschlagen und die verzehrten Mettbrötchen sorgten dafür, dass Henrik keinen Hunger verspürte.

»Lust auf einen frischen Kaffee?«, fragte der Hauptbootsmann a.D.

»Sehr gern. Meine Augen können eine Pause vertragen«, erwiderte Henrik.

Als er sich erhob, schoss ein stechender Schmerz durch seinen Rücken. Henrik stöhnte leise auf und rieb sich über die Stelle, wo ihn die Splitter getroffen hatten.

»Ein Andenken aus Priština?«, fragte Adams.

»Ja, kommt und geht. Langes Sitzen taugt leider überhaupt nichts«, antwortete Henrik.

Er war Adams dankbar, dass er das Thema nicht weiter vertiefte, sondern ihn in sein Büro führte. Auf dem Tisch standen eine Thermoskanne und daneben ein Teller mit vier Berlinern. Henrik liebte dieses Gebäck und warf Adams einen anerkennenden Blick zu.

»Ah, dachte ich mir's doch. Sie gehören auch zu den Menschen, die einem Berliner nur schwer widerstehen können«, freute der sich.

»Erwischt.«

In den nächsten Minuten konzentrierten sie sich darauf, den Inhalt der Thermoskanne und die Berliner zu vernichten. Nachdem Henrik sich bereits die dritte Tasse Kaffee eingeschenkt hatte, lehnte er sich zufrieden zurück. Die

Schmerzen waren dem vertrauten dumpfen Gefühl gewichen, welches er wie einen alten Freund begrüßte. Es war der Tribut für seine Unbeherrschtheit, die ihn damals zu dem Alleingang bewegt hatte.

»Sagt Ihnen der Begriff ›Schattenkrieger‹ etwas?«, fragte er Adams.

In den Akten war er mehrfach aufgetaucht und schien das bevorzugte Forschungsobjekt des toten Engländers gewesen zu sein. George Seymore hatte bei seiner Anfrage an Kapitän Oltmann nur solche Dokumente aufgelistet, die einen Bezug zu den »Schattenkriegern« annehmen ließen. So weit konnte Henrik es bereits eingrenzen, obwohl er kaum ein Drittel der Akten gesichtet hatte.

»Als ich 1968 hier als Frischling anfing, dienten noch einige Veteranen aus dem Zwoten an der Schule. Von ihnen konnte man so manche Geschichte hören, und darunter zähle ich auch die über diese ominösen ›Schattenkrieger‹. So wie die von mysteriösen U-Booten, die noch im April '45 von Kiel und Flensburg ausgelaufen sein sollen«, antwortete Adams.

Er war offenbar kein Freund solcher Erzählungen. Henrik hakte dennoch nach.

»In den Akten gibt es aber diverse Bezüge auf diese Truppe. Was haben denn damals die Veteranen über sie erzählt?«

Adams füllte seine Tasse nach und rieb sich dann nachdenklich mit den Fingern über die grobporige Nase.

»Vermutlich war das meiste nur wüste Übertreibung, um bei uns jungen Kerlen Eindruck zu schinden. Angeblich soll es diese ›Schattenkrieger‹ bereits ab 1936 gegeben haben«, erzählte er.

Ein Kapitänleutnant hatte den jungen Rekruten regelmäßig Geschichten über heldenhafte Marinesoldaten aufgetischt. Darunter war auch eine gewesen, in der eine Handvoll Offiziere im Spätsommer 1936 zu einer geheimen Operation nach Finnland aufgebrochen waren.

»Nannte er einen genauen Ort oder den Grund der Mission?«, fragte Henrik gespannt nach.

Kay Adams konnte sich noch vage daran erinnern, dass mehrfach das Schärenmeer bei Turku erwähnt worden war.

»Ging es um die Erprobung von Unterseebooten der Klasse II A?«, fragte Henrik gespannt.

Der altgediente Bootsmann schaute ihn überrascht an.

»Richtig. Wie kommen Sie darauf?«

Henrik erzählte von einigen Fundstellen in den bisher gelesenen Akten. Dabei war er auch auf den Einmarsch der Wehrmacht in Norwegen gestoßen.

»Im Rahmen der ›Weserübung-Nord‹, so lautete der Tarnname für den Einmarsch, wurden offenbar viele U-Boote der Klasse II A eingesetzt«, sagte Henrik.

Adams nickte mit düsterer Miene.

»Davon hat der Kapitänleutnant erzählt. Schon vor dem offiziellen Einmarsch sollen die ›Schattenkrieger‹ in einigen der Häfen operiert haben. Ich habe es für reines Geschwafel gehalten«, räumte er ein.

Nach Henriks Ansicht gab es Indizien, die auf eine solche Beteiligung hindeuteten.

»Was haben denn diese alten Geschichten mit dem Mord an dem Historiker zu schaffen?«, wollte Adams wissen.

»Gute Frage. Das weiß ich auch nicht. Vielleicht überhaupt nichts und ich verschwende nur meine Zeit, aber es ist eine Spur, der ich nachgehen muss«, erwiderte Henrik.

Angesichts der auf ihn wartenden Menge an Akten musste er eine Entscheidung fällen.

»Ich denke, dass ich einen Teil der Unterlagen mitnehme und auf meinem Kutter sichte«, sagte er.

»Das wird nicht passieren, Herr Bargen. Diese Akten dürfen keinesfalls die Schule verlassen!«, widersprach Adams energisch.

Er bot Henrik aber ein Zimmer in der Schule an, sodass er dort übernachten und frei über seine Zeit sowie das Archiv verfügen konnte. Das war es nicht, was Henrik sich vorgestellt hatte. Da er sich aber kaum über die Vorschriften hinwegsetzen konnte, akzeptierte er den Vorschlag.

»Ich fahre nur kurz zu meinem Kutter und hole mir Kleidung zum Wechseln«, teilte er mit.

Als Henrik kurz danach über den Parkplatz zu seinem Wagen lief, regnete es in Strömen. Er war zu sehr mit seinen Gedanken beschäftigt, um die Gestalt an einem der Fenster zu bemerken. Jemand verfolgte jede Bewegung des Privatermittlers sehr aufmerksam.

KAPITEL 10

Der Besuch der Oberkommissarin hatte Ewald Kohnfeld aufgewühlt. Ihre Fragen zu seiner Vergangenheit als Soldat lösten eine Flut von Erinnerungen aus. Er saß eine Weile vor der offenen Terrassentür und war gedanklich wieder in

Gällivare. Dort hatten er und drei weitere Kameraden verdeckt operiert. Später zogen sie den Nutzen aus ihrem speziellen Wissen, doch das durfte niemand erfahren.

»Warum haben wir angenommen, dass es niemals herauskommt?«, grübelte Kohnfeld halblaut.

Seine Augen stierten auf den Teppichboden, der von dem eindringenden Regen dunkler gefärbt war. Ewald kannte die Antwort.

Wir konnten uns einfach nicht vorstellen, dass die Sowjetunion so schnell zusammenbrechen würde. Jetzt haben die verdammten Russen auch noch ihre Archive geöffnet, dachte er.

Schon als Michail Gorbatschow sich dem Westen zuwandte und Glasnost predigte, ahnten einige der alten Kameraden das nahende Unheil. Damals lebten noch fünf weitere »Schattenkrieger«, die von ihren Kriegsgeschäften profitiert hatten.

Seine Erinnerungen kreisten eine Weile um die Erlebnisse in Lappland. Die Samen waren ausgesprochen gastfreundlich gewesen und scherten sich weder um Ländergrenzen noch um die politischen Bestrebungen Schwedens oder Finnlands.

»Wir haben sehr schnell erkannt, welche Möglichkeiten sich daraus für uns ergeben«, erinnerte Ewald sich.

Streng genommen hatten nur drei der »Schattenkrieger« die Chancen gewittert und ohne das Wissen ihrer Kameraden noch vor Ausbruch des Krieges begonnen, die erforderlichen Maßnahmen zu planen. So viel Weitsicht konnte man nur bewundern, weshalb Ewald und drei weitere Kameraden kurz vor Ende des Krieges das gewagte Manöver mit Dönitz durchgeführt hatten. Er spürte wieder den Wind in einem Gesicht, so wie damals, als er den Kameraden zum Abschied die Hand gereicht hatte.

»Der Teppich leidet.«

Die Worte sickerten mit Verspätung in Ewalds Verstand. Sein Kopf ruckte hoch und er starrte ungläubig auf den Mann, der ihn kalt lächelnd musterte. Dann schaute Ewald hinunter zu den Füßen des Unbekannten. Die nassen Schuhe ruinierten tatsächlich den Teppich, so, wie er es gesagt hatte. Er blickte wieder auf.

»Wer sind Sie und was wollen Sie hier?«, blaffte Ewald.

Der Mann warf einen Blick auf die Fotografien und deutete dann auf den alten Mann im Ohrensessel.

»Oberleutnant Ewald Kohnfeld. Der letzte lebende ›Schattenkrieger‹«, stellte er fest.

Es war eine ähnliche Formulierung, wie sie am Tag zuvor Rainer Traubnitz gewählt hatte. Schlagartig stieg Angst in Ewald auf, der sich aus dem Sessel erhob. Sein ungebetener Besucher sah stumm zu, wie er sich torkelnd aufrichtete und zwei Schritte auf die Kommode zuging. In der rechten Schublade lag die geladene Luger 08, und Ewald baute darauf, dass auch dieser Mann ihn unterschätzen würde. Ein letzter Schritt trennte ihn vom Möbelstück, als ein harter Stoß seinen Rücken traf. In einem Reflex riss Ewald die Arme hoch, doch seine Rechte wurde blockiert.

»Sicher ist sicher«, sagte der Besucher.

Ewalds Kopf gab ein knirschendes Geräusch von sich. Die Rechte seines Angreifers packte ins Genick des alten Mannes und stieß den Kopf nochmals hart gegen die Kante der Kommode. Ewald Kohnfelds Körper erschlaffte. Der Mann ließ ihn zu Boden gleiten und ging in die Hocke, um den Puls an der Halsschlagader zu prüfen. Mit einem Nicken erhob er sich, ging hinüber an die Wand und nahm die Fotografien ab, die über dem Bett hingen. Sie verschwanden unter der Jacke, bevor der Mann das Zimmer auf dem gleichen Weg verließ, auf dem er es betreten hatte. Er verzichtete darauf, die Balkontür hinter sich zu schließen. Sein Auftraggeber hatte richtige Angaben über Ewalds Angewohnheiten gemacht. Der Auftrag war leicht zu erledigen gewesen und somit die letzte Spur der »Schattenkrieger« getilgt. Es gab jetzt keinen Überlebenden aus dieser Zeit mehr.

KAPITEL 11

Sie hatte keine große Lust, nach Hause zu fahren. Die häufigen Streitereien mit Holger zehrten an ihren Nerven. Vor fünf Minuten war Jo kurz in Sonjas Büro gekommen, um sich zu verabschieden.

»Ja, bis morgen dann«, hatte sie geistesabwesend geantwortet.

Ihr fiel auf, dass er zögerte, doch Sonjas Gedanken waren zu sehr mit anderen Dingen beschäftigt. Bevor sie Jo ansprechen konnte, zog er sich zurück und verließ die Inspektion. Nun saß Sonja bereits eine Weile im Halbdunkeln und starrte hinaus zum Fenster. Während es in ihrer Abteilung ruhig geworden war, vernahm sie die üblichen Geräusche aus dem restlichen Haus. Kollegen riefen einander etwas zu, Türen wurden zugeschlagen und in regelmäßigen Abständen erklang ein Martinshorn.

»Sorgen, Chefin?«

Sonja fuhr erschrocken hoch und stieß sich dabei das Knie an. Helga war lautlos in ihr Büro gekommen und jagte Sonja einen mächtigen Schrecken ein.

»Sorry, das wollte ich nicht«, entschuldigte sie sich.

Mit vor Schmerz heiserer Stimme fluchte Sonja vor sich hin und rieb sich das Knie.

»Nicht deine Schuld. Ich war in Gedanken«, wehrte sie ab.

Der prüfende Blick ihrer Mitarbeiterin sprach Bände. Sonja versuchte gar nicht erst, Helga eine Ausrede zu präsentieren. Sie hatte die Gabe, ihren Mitmenschen anzusehen, wenn sie Probleme hatten, und konnte in der Regel auch die Ursache schnell ergründen.

»Wir hatten gestern schon wieder so einen dämlichen Streit«, gestand Sonja.

»Holger ist also einmal mehr das Thema«, kommentierte Helga leicht säuerlich.

Die beiden Frauen hatten sich bereits mehrfach, meistens unter Zuführung von Rotwein, über die komplizierte Beziehung ausgetauscht. Sonja wusste daher, wie wenig Helga von ihrem Lebensgefährten hielt.

»Ja, leider immer öfter«, erwiderte Sonja.

Sie hörte selbst, wie genervt sie klang. Es konnte unmöglich so weitergehen, aber sie scheute die Konsequenzen ihres Handelns.

»Dann nimm dir frei und besuche einen gewissen Privatdetektiv im Museumshafen. Würde dir guttun«, empfahl Helga ungeniert.

Sonja spürte, wie das Blut in ihre Wangen schoss, und ärgerte sich über diese verräterische Reaktion ihres Körpers. Sie wusste, dass sie ungewöhnlich prüde für eine Frau der Gegenwart war, und verfluchte sich selbst dafür. Im Grunde wartete sie darauf, dass Henrik den ersten Schritt tat und sie quasi eroberte.

»Müsste ich nicht erst einmal klare Verhältnisse schaffen?«, fragte sie.

Helga verdrehte die Augen und seufzte schwer.

»Oh, Sonja. Ich habe ja nicht vorgeschlagen, dass du über Henrik herfällst und ihm die Kleider vom Leib reißt, um seinen Astralkörper dann nach allen Regeln der Kunst zu vernaschen«, protestierte sie.

Diese Vorstellung war gar nicht einmal so übel, räumte Sonja gedanklich ein.

»Sicher?«, fragte sie schmunzelnd.

Die Augenbrauen ihrer Kollegin schossen überrascht in die Höhe.

»Sieh mal einer an. Ich wusste überhaupt nicht, was für herrlich schmutzige Gedanken du in Bezug auf Henrik pflegst«, staunte sie.

Sonja schob ihre Handakte in die Umhängetasche. Sie würde auf dem Heimweg entscheiden, wohin ihre Füße sie tragen sollten. Wenn es nicht in den Museumshafen ging, sondern doch in die Wohnung zu Holger, hatte sie wenigstens eine Lektüre bei sich. Im Moment konnte sie nicht einmal sagen, ob ihr Lebenspartner auf der Werft war oder die Tagesschicht hatte.

»Schön, dass ich dich wenigstens ab und an mal überraschen kann«, sagte sie zu Helga.

Sie verließen zusammen die Inspektion und trennten sich im Eingangsbereich. Helga eilte durch den beständigen

Regen hinüber zum Parkplatz, um ihren Wagen zu holen. Sonja zog die Kapuze über den Kopf, winkte dem wachhabenden Beamten zu und ging hinaus in die Dunkelheit. Sie dachte nicht weiter nach, sondern eilte kurze Zeit später über die Pflastersteine des Museumshafens. Als sie nur noch wenige Meter vom Kutter des Privatdetektivs entfernt war, stieß sie mit Henrik zusammen. Er war in langen Sätzen angerannt gekommen und hatte den Kopf gesenkt gehalten.

»Nette Art, seine Besucher zu empfangen. Rennen Sie alle über den Haufen oder nur mich?«, beschwerte sich Sonja.

Sie hatten einen Sturz vermeiden können, indem sie sich gegenseitig festhielten. Die Reisetasche von Henrik klatschte auf das Pflaster. Er schaute Sonja verwundert an, während sie seine Nähe genoss.

»Sie wollten mich besuchen? Zu schade«, murmelte er.

»Wie ich sehe, sind Sie bereits auf dem Sprung. Es war eine spontane Idee«, erwiderte Sonja.

Sie drängte die aufwallende Enttäuschung zurück und löste sich aus Henriks Armen.

»Ich werde in der Marineschule erwartet. Zu dumm, aber das kann ich nicht mehr verschieben«, sagte er.

Seine offenkundige Zerknirschung tat ihr gut. Gleichzeitig spürte Sonja, wie die Feuchtigkeit ihre Schuhe langsam, aber sicher durchdrang.

»Halb so wild. Ich habe geahnt, dass es nicht passt, und mir daher ein wenig Arbeit eingepackt«, wehrte sie ab.

Sonja griff nach der Umhängetasche, um Henrik die Akten zu zeigen. Gleichzeitig bückte er sich, um die Reisetasche aufzuheben. Ihre Köpfe schlugen zusammen und die Akte rutschte Sonja aus den Händen. Während Henrik sich entschuldigte, bückte er sich und sammelte die übers Pflaster verteilten Unterlagen ein.

»Wir sind schon ein seltsames Paar«, stöhnte Sonja und rieb sich die schmerzende Stelle am Kopf.

Ein kecker Blick aus Henriks blauen Augen traf sie.

»Paar? Sehr interessant«, sagte er leise.

Als Sonja spürte, dass ihre Wangen aufblühten, wandte sie schnell den Kopf ab.

»Das ist aber nicht der Tote aus dem Kurpark in Glücksburg«, stellte er fest.

Er hielt eine Aufnahme von Ewald Kohnfeld in der Hand.

»Nein, er war der einzige Augenzeuge, und nun ist er ebenfalls tot«, antwortete Sonja.

Mit gerunzelter Stirn betrachtete Henrik die Aufnahme, bevor er sie zurück in die Mappe schob.

»Wurde er ebenfalls ermordet?«, fragte er.

Sonja wiegte skeptisch den Kopf.

»Wir müssen natürlich noch den Bericht aus der Rechtsmedizin abwarten, aber bislang gehe ich von keinem Verbrechen aus. Kohnfeld war über 90 Jahre alt und sehr gebrechlich. Vermutlich ist er auf einem nassen Fleck ausgerutscht und unglücklich auf die Kante einer Kommode gestürzt«, gab sie bereitwillig Auskunft.

Es war eine sonderbare Situation. Der Regen durchnässte ihre Jacken, aber sie diskutierten über berufliche Angelegenheiten. So hatte Sonja sich das Treffen mit Henrik wahrlich nicht ausgemalt.

»Ich fahre Sie nach Hause, ich habe Kalles Auto geliehen«, schlug er vor.

Sonja akzeptierte den Vorschlag und nahm die Akte, um sie zurück in die Umhängetasche zu schieben. Zehn Minuten später hängte sie ihre tropfnasse Jacke ins Badezimmer, um das Laminat in der Diele zu schonen.

»Wer ist denn dein neuer Verehrer?«, fragte Holger anzüglich.

Er stand in der Tür und starrte Sonja finster aus leicht geröteten Augen an.

KAPITEL 12

Die Begegnung mit Sonja hatte Henrik abgelenkt. Er setzte sie vor der Tür des Mehrfamilienhauses ab, in dem sie mit ihrem Lebensgefährten wohnte. Sonja dankte ihm artig und stieg so schnell aus dem Wagen, dass Henrik ihr keine Fragen mehr stellen konnte. Also fuhr er weiter in die Marineschule, um sein Aktenstudium fortzusetzen.

»Sie wollte nicht nach Hause«, konstatierte er drei Stunden später.

Er starrte nachdenklich auf die gerade geschlossene Akte. Sie lag auf dem schlichten Schreibtisch, der zur Standardausstattung aller Zimmer der Marineschule gehörte. Die angehenden Offiziere oder Lehrgangsteilnehmer sollten hier lediglich schlafen und arbeiten. Für eine persönliche Note war kein Platz, doch das störte Henrik im Augenblick überhaupt nicht. Ihn beschäftigte weit mehr die Begegnung mit Sonja.

»Kohnfeld?«

Urplötzlich stieg die Erinnerung an die Fotografie aus der Akte in Henrik auf. Er hatte sie zusammen mit anderen Unterlagen vom feuchten Kopfsteinpflaster aufgehoben, um sie der Hauptkommissarin zu reichen. Sein Jagdtrieb war geweckt. Den Namen Kohnfeld hatte er vor wenigen Minuten in der Akte gelesen, und danach suchte Henrik nun. Schließlich stieß er auf eine vergilbte Kommandierung der Reichskriegsmarine, die für einen Oberleutnant zur See Ewald Kohnfeld ausgestellt worden war. Konnte es sich um den gleichen Mann handeln, der vor wenigen Stunden, angeblich durch einen Unfall, gestorben war?

»Wieso hat man dich eigentlich damals nach Flensburg kommandiert?«, fragte Henrik halblaut.

Über eine Stunde musste er sich durch weitere Akten kämpfen, um den Grund für die Kommandierung im Januar 1945 zu erfahren. Offenbar gehörte Oberleutnant Kohnfeld dem Stab der 6. Zerstörer-Flottille an und befand sich an Bord von Z 35, als das Schiff während einer Minenoperation auf eine deutsche Seemine lief und sank.

»Dann müsste es mehr Unterlagen über Kohnfeld geben«, knurrte Henrik.

Seine Augen schmerzten bereits und sein lädierter Rückenwirbel protestierte mittlerweile nachdrücklich. Henrik musste einsehen, dass er seinem Körper eine Ruhepause geben musste.

»Morgen kläre ich, ob Oberleutnant Kohnfeld und Sonjas Opfer dieselbe Person sind«, sagte er unter anhaltendem Gähnen.

Nach einer schnellen Katzenwäsche zog er sich aus und schlüpfte unter die Bettdecke. Nachdem Henrik das Licht gelöscht hatte, lauschte er in die Dunkelheit. Ihm fehlten die vertrauten Geräusche von seinem Kutter sowie die sanften Bewegungen des Schiffsrumpfes. Doch die Erschöpfung sorgte dafür, dass er trotzdem einschlief.

KAPITEL 13

Henrik wurde übergangslos wach. Im ersten Augenblick war er verwirrt, doch dann fiel ihm wieder ein, wo er sich befand. Durch die nicht ganz geschlossenen Vorhänge am Fenster drang ein schmaler Lichtstreifen ins Zimmer. Ein Mann beugte sich über die Akten auf dem Tisch.

»He, wer sind Sie?«, rief Henrik ungläubig.

Der Mann fuhr herum und wollte zur Tür hinaus, doch Henrik sprang ihn an. Die Bettdecke schleuderte er dabei von sich. Die Wut packte Henrik wie ein wildes Tier und ließ rote Schleier vor seinen Augen wogen. Ohne Rücksicht auf seinen schmerzenden Rücken warf er sich auf den Eindringling. Sie stürzten zusammen zu Boden und es entwickelte sich ein Ringkampf. Mehrfach traf ihn die Faust oder ein Ellenbogen des Unbekannten. Henrik versetzte dem Eindringling seinerseits einige schmerzhafte Hiebe, doch dann passierte ihm ein Malheur. Die Bettdecke wickelte sich so um seine Fußgelenke, dass Henrik quasi gefesselt war. Der Unbekannte nutzte die Gelegenheit, um ihm einen harten Boxhieb gegen das Kinn zu versetzen, und dann floh er. Halb ohnmächtig kämpfte Henrik sich aus der Bettdecke und kam torkelnd auf die Beine. Er schaffte es bis zur Tür und drückte den Lichtschalter. An der Decke flammte die Neonröhre auf und gab den Blick frei auf das entstandene Chaos.

»Was ist denn hier passiert?«

Kay Adams stand in der Tür und schaute von dem Bild der Verwüstung zu Henrik. Der schüttelte immer noch leicht benommen den Kopf.

»Jemand ist hier eingebrochen und hat sich die Akten angesehen. Als ich ihn ansprach, wollte er abhauen. Sieger im Kampf wurde leider die Bettdecke«, erklärte Henrik mit Galgenhumor.

Adams hob verwundert die Augenbrauen und trat an den Tisch.

»Können Sie feststellen, ob etwas fehlt?«

Henrik trat ebenfalls an den Schreibtisch und rieb sich das schmerzende Kinn. Seine Hand zitterte.

»Das müssen wir kühlen, sonst laufen Sie die nächsten Tage mit einer Schwellung von der Größe eines Straußeneies herum«, meinte der ehemalige Hauptbootsmann.

»Es fehlt eine Akte. Darin war eine Kommandierung für Oberleutnant Ewald Kohnfeld«, stellte Henrik fest.

Er schob die anderen Akten auseinander, doch ansonsten schienen die Unterlagen komplett zu sein.

Adams bestand darauf, mit Henrik hinüber in den Sanitätsbereich der Schule zu gehen. Er holte einen Stabsarzt aus dem Bett, der in seinem Bereitschaftszimmer bereits geschlafen hatte.

»Es ist nichts gebrochen, Herr Bargen. Kühlen Sie ihr Kinn und das Ohr, damit die Schwellungen nicht zu heftig ausfallen«, sagte der Arzt.

Die Schmerzen am linken Ohr stellten sich erst ein, als Henrik bereits im Behandlungszimmer saß. Der Arzt reinigte die Verletzungen und legte Henrik einen Verband an, der vor allem zwei Kühlpads fixieren sollte. Beim Blick in den Spiegel musste er selbst schmunzeln.

»Als wenn ich mit einem Grizzly gerungen hätte«, frotzelte Henrik.

Kay Adams schüttelte den Kopf, während er seine Handschuhe auszog und zurück in die Seitentaschen seiner dunkelblauen Jacke schob. Neben ihm stand ein Oberfähnrich, der offenbar den Wachdienst an diesem Abend befehligte.

»Wir haben alle Zugänge kontrolliert, Herr Bargen. Keine Unbefugten halten sich im Sicherheitsbereich der Schule auf«, erklärte der Oberfähnrich.

Das hätte Henrik auch arg verwundert, denn der Sicherheitsstandard in der Marineschule war naturgemäß sehr hoch. Die sich daraus ergebende Schlussfolgerung war allerdings wenig erfreulich.

»Demnach war es ein Täter aus dem Schulbereich«, sprach er sie laut aus.

Adams warf dem Oberfähnrich einen finsteren Blick zu, der ratlos die Schultern hob.

»Wir können uns gern umsehen, aber ich verspreche mir nicht wirklich viel davon«, gab er offen zu.

Henrik winkte ab.

»Ich auch nicht. Der Kerl hat sich längst wieder in sein eigenes Zimmer verdrückt und wird kaum verräterische Spuren hinterlassen haben«, stimmte er zu.

Es war nicht gesagt, dass Henriks Schläge irgendwelche

Spuren im Gesicht des nächtlichen Besuchers hinterlassen hatten. Der Oberfähnrich wirkte erleichtert, dass man ihm offenbar keine Schuld an dem Zwischenfall zumaß. Er verabschiedete sich und eilte zurück in sein Büro an der Hauptwache.

»Kapitän Oltmann wird es nicht so einfach auf sich beruhen lassen, Herr Bargen. Ich befürchte aber genau wie Sie, dass wir den Angreifer nur mit viel Glück erwischen werden«, sagte Adams.

Er begleitete Henrik zurück zu dessen Zimmer.

»Wenn Sie wollen, kann ich für einen anderen Raum sorgen«, bot er an.

»Erstens hat der Einbrecher bereits dieses Zimmer ausfindig gemacht, warum sollte es ihm also nicht noch einmal gelingen. Zweitens müsste er schon extrem risikobereit sein, einen zweiten Anlauf zu wagen. Drittens dürfte er die bewusste Akte bereits an sich genommen haben«, wehrte Henrik den Vorschlag ab.

Seine Argumente überzeugten Adams.

»Wieso sind Sie überhaupt noch hier? Schlafen Sie so wenig?«, wollte Henrik dann wissen.

»Nein, das nicht. Ich habe einen Raum neben dem Archiv, in dem ich regelmäßig übernachte. Da es heute Abend so spät geworden ist, wollte ich nicht erst in meine Wohnung fahren«, antwortete Adams.

»Glück für mich. Sie haben den Einbrecher verjagt, denke ich«, sagte Henrik.

»Ach, Quatsch. Der hatte vermutlich wirklich die gesuchte Akte an sich genommen und wollte nur noch weg«, wehrte Adams ab.

Dennoch dankte Henrik ihm und schloss anschließend die Zimmertür ab. Sicher war sicher. Nachdem er die Akten wieder geordnet und die Bettdecke ausgeschüttelt hatte, legte er sich zurück ins Bett. Der Arzt hatte ihn dazu genötigt, zwei starke Schmerztabletten zu schlucken.

»Sie werden es brauchen, Herr Bargen. Das Mittel hat gleichzeitig eine beruhigende Wirkung, damit Sie leichter einschlafen können«, sagte er.

Während Henrik seinen Kopf vorsichtig auf dem Kopfkissen ablegte, spürte er einen dumpfen Schmerz. Ohne das Schmerzmittel wäre es wahrscheinlich kaum auszuhalten gewesen, doch so blieb es erträglich. Obwohl Henriks Gedanken wild durcheinanderwirbelten, versank er nach einer Weile in einen traumlosen Schlaf.

KAPITEL 14

Die Besprechung forderte Sonjas ganze Konzentration, sodass die Erinnerungen an den Streit vom Vorabend in den Hintergrund gedrängt wurden. Der Mord in Glücksburg erhielt erhebliche Medienpräsenz, was den Druck auf die Ermittler erhöhte. Die Familie Traubnitz verfügte über Einfluss und ließ sich permanent über den Fortschritt der Ermittlungen informieren.

»Das Opfer hat nach Aussage seines älteren Bruders keine unmittelbaren Feinde, die ihm den Tod gewünscht haben«, erklärte Bastian soeben.

Noch immer bewegte sich die Ermittlung im Mordfall Traubnitz auf der Stelle. Eine Tatsache, die den Dezernatsleiter zu mahnenden Worten veranlasst hatte.

»Es ist der Sohn einer Industriellenfamilie, und du weißt, was das für uns bedeutet«, hatte Hauptkommissar Albrecht zu Sonja gesagt.

»Die fehlenden Bilder stören mich«, sagte Helga.

Für einen Moment waren Sonjas Gedanken abgeschweift, und so erschloss sich ihr der Sinn des Kommentars ihrer Mitarbeiterin nicht auf Anhieb.

»Bilder?«, fragte sie irritiert.

»Na, die vorher an der Wand von Kohnfelds Zimmer gehangen haben«, erklärte Helga.

Die Besprechung war also in diese Richtung gegangen, über die sich das Team bereits mehrfach den Kopf zerbrochen hatte.

»Das ist eine Frage, die es noch zu klären gilt. Da man aber in der Rechtsmedizin keine Hinweise auf ein Fremdverschulden erkennen kann, müssen wir weiter von einem Unglücksfall als wahrscheinlichster Todesursache ausgehen«, sagte Sonja.

Jo schüttelte den Kopf.

»Du hast Einwände dagegen?«, fragte Sonja.

»Innerhalb kurzer Zeit haben wir es mit zwei sehr fragwürdigen Unfällen zu tun, Chefin. Erst diese merkwürdige Geschichte mit George Seymore und nun Ewald Kohnfeld. Das schmeckt mir einfach nicht«, erwiderte er.

Es war nicht seine Art, aus Prinzip auf seiner Meinung zu beharren. Wenn Jo bei einer Ermittlung auf Ungereimtheiten stieß, hatte es sich in der Vergangenheit meistens als richtig herausgestellt, ihnen auf den Grund zu gehen. Als Sonja den Blick hob, bemerkte sie Henrik. Der Privatermittler hatte sich auf einen der Besucherstühle im Gang gesetzt und wartete offensichtlich auf das Ende der Teambesprechung. Als es gut fünf Minuten später so weit war, ging Sonja hinaus zu ihm.

»Moin. Wollen Sie nur eine Tasse von unserem guten Kaffee schnorren oder was treibt Sie hierher?«, fragte sie.

Ihr burschikoser Auftritt sollte die Verunsicherung überspielen, die sie beim Anblick des Privatermittlers empfand.

»Natürlich der gute Kaffee«, erwiderte Henrik schmunzelnd.

Als er den Kopf leicht drehte, um Jo zuzuwinken, wurden die Schwellungen am Kinn und Ohr sichtbar. Sonja zog scharf die Luft ein.

»Himmel, das sieht ja böse aus! Was ist Ihnen denn passiert?«, rief sie aus.

Jo trat zu ihnen und bestaunte seinerseits die Verletzungen.

»Jemand hat mir meinen Schönheitsschlaf missgönnt. Als ich ihn zur Rede stellen wollte, griff er gleich an«, berichtete Henrik.

Sonja dirigierte ihn in ihr Büro und überließ es Jo, für frischen Kaffee zu sorgen.

»Wann war das?«, fragte sie besorgt.

Henrik berichtete der Reihe nach und kam zum Schluss auf den Anlass für seinen Besuch zu sprechen.

»Jemand hat sich für die Akte interessiert, in der man mehr über Oberleutnant Ewald Kohnfeld und seinen Aktivitäten während des Zweiten Weltkrieges erfahren kann«, sagte er.

»Kohnfeld? Wir sprechen jetzt über den alten Mann, der im Seniorenheim ums Leben gekommen ist?«, fragte Sonja ungläubig.

»Falls er Ewald Kohnfeld heißt und als Offizier in der Kriegsmarine gedient hat, dann ist es wohl dieselbe Person.«

Sonja schaute zu Jo, der bislang der Unterhaltung stumm gefolgt war.

»Was genau ist noch einmal Ihr Auftrag?«, wollte sie dann vom Privatdetektiv wissen.

»Kapitän Oltmann möchte einen alten Mordfall aufgeklärt haben. Am 4. Mai 1945 wurden Gerda Siehm und ihre 23-jährige Nichte, Anneliese Siehm, in Flensburg ermordet. In einem Kriegsgerichtsprozess wurde damals der Oberbootsmann Werner Schlichting verurteilt. Oltmann hält ihn jedoch für das Opfer einer Intrige und möchte, dass ich die erforderlichen Beweise beschaffe«, sagte er.

Sonja schüttelte verständnislos den Kopf.

»Und wie hängt dieser Doppelmord mit den aktuellen Fällen zusammen?«

Henrik wiegte den Kopf.

»Es taucht der Begriff der ›Schattenkrieger‹ auf. Die stecken möglicherweise hinter den Morden. Interessanterweise recherchierte George Seymore über diese mysteriöse Truppe und starb, bevor er sich im Archiv der Marineschule umsehen konnte«, erwiderte er dann.

Jo richtete sich abrupt auf.

»Und Kohnfeld war Oberleutnant der Kriegsmarine und kommt ebenfalls bei einem fragwürdigen Unfall ums Leben. Gleichzeitig soll er der einzige Augenzeuge im Mordfall Traubnitz sein«, warf er in den Raum.

Henrik ließ einen leisen Pfiff vernehmen. Sonja schaute die beiden Männer verwundert an. Jo und Henrik bewegten sich zu sehr auf dem Feld der Spekulation, so spannend ihre Theorien sich auch anhörten.

»Nicht so schnell mit den jungen Pferden«, bremste sie energisch.

Bevor sie weitersprechen konnte, erschien Helga im Büro.

»Tut mir leid, wenn ich stören muss. Frau Lucht ist hier und möchte unbedingt mit der Chefin sprechen«, sagte sie.

Sonja stutzte zwar, erhob sich aber trotzdem. Sie folgte Helga hinaus auf den Gang, um die Altenpflegerin zu begrüßen.

»Ich bin Hauptkommissarin Sonja Martenson und leite die Ermittlungen. Womit kann ich Ihnen behilflich sein?«

Die Altenpflegerin zögerte einige Sekunden, bevor sie ein kleines Paket aus ihrer Tasche zog und Sonja hinstreckte.

»Das wurde vorhin im Heim abgegeben. Es ist eine Fotografie, die Herr Kohnfeld hat rahmen lassen«, erklärte sie.

Einigermaßen ratlos nahm Sonja das Paket an und wusste nicht so genau, was Elke Lucht jetzt von ihr erwartete.

»Warum bringen Sie es hierher?«, fragte sie.

Die Altenpflegerin rang offenbar mit sich. Irgendetwas lag der Frau auf der Seele, weshalb sie in die Inspektion gekommen war.

»Ich glaube nicht, dass Herr Kohnfeld verunglückt ist. Jemand muss den armen Kerl ermordet haben. Er hatte ständig Angst davor, dass es passiert. Deswegen auch die Pistole«, sprach sie schließlich aus, was sie bedrückte.

Verblüfft schaute Sonja zu Helga, die nur leicht den Kopf schüttelte. Sie hörte ebenfalls zum ersten Mal von Kohnfelds Angst und einer Waffe.

»Wir setzen uns ins Besprechungszimmer, Helga. Ich möchte, dass Jo und Henrik dazukommen«, befahl sie.

Als Henrik kurz darauf den Stuhl am Tisch zurechtrückte, bemerkte er die Verwunderung im Blick der Altenpflegerin. Er ahnte ihre Gedanken und versuchte, die Anspannung durch einen kleinen Witz zu lockern.

»Ob Sie es glauben oder nicht, ich habe den Kampf mit einer Bettdecke verloren«, sagte er schmunzelnd.

Sein Plan ging auf, denn nach kurzer Verblüffung brach Elke Lucht in schallendes Gelächter aus. Sonja warf ihm einen dankbaren Seitenblick zu.

»Frau Lucht hat Zweifel an der Unfalltheorie zum Tod von Herrn Kohnfeld geäußert. Außerdem hat sie uns diese Fotografie mitgebracht«, erklärte sie dann den Grund der Zusammenkunft.

Jo zog das Bild zu sich heran, sodass Henrik ebenfalls einen Blick darauf werfen konnte. Als er die Bezeichnung »Z 35« am Bug des Kriegsschiffes entzifferte, tauschte er einen vielsagenden Blick mit dem Kommissar aus.

»Sie kennen das Schiff?«, fragte Sonja.

Henrik berichtete von dem Unglück mit dem Mineneinsatz und davon, welche Rolle Ewald Kohnfeld dabei gespielt hatte. Anschließend ließ Sonja die Altenpflegerin von den Ängsten des ehemaligen Oberleutnants erzählen. Als Elke Lucht die Pistole erwähnte, die Kohnfeld meistens mitgeführt hatte, wurde Henrik hellhörig.

»Können Sie die Waffe beschreiben?«, fragte er.

Die Altenpflegerin war in Bezug auf Waffen völlig unerfahren, aber es gab ein auffälliges Detail in ihrer Beschreibung. Henrik bat Jo, die Abbildung einer Ordonnanzpistole Parabellum 08 zu beschaffen. Während er hinauseilte, kam Helga auf die Besucher von Ewald Kohnfeld zu sprechen.

»Es kamen bis vor wenigen Wochen keine Besucher. Aber vor drei Tagen erkundigte sich ein Mann nach Herrn Kohnfeld«, erklärte Elke Lucht.

Sie hatte ihn nur kurz gesehen, doch ihre Beschreibung ließ Sonja aufhorchen. Helga nahm ein Bild von Rainer Traubnitz aus der Akte.

»Könnte dies der Mann gewesen sein?«, fragte sie.

Die Altenpflegerin betrachtete die Aufnahme angestrengt, doch sie blieb unschlüssig.

»Eine gewisse Ähnlichkeit existiert zwar, aber das ist nicht der Mann«, sagte sie schließlich.

Enttäuscht über diesen Fehlschlag zog Helga die Fotografie zurück. Gleich darauf musste Elke Lucht sich die Ausdrucke ansehen, auf denen die Luger 08 dargestellt war. Dieses Mal zögerte sie keine Sekunde.

»Ja, das ist die Waffe«, war sie sich ihrer Sache sicher.

Henrik schaute Sonja an, die stumm den Kopf schüttelte. Die Luger war nicht im Zimmer von Ewald Kohnfeld gefunden worden. Zusammen mit dem Verschwinden der Fotografien ergab sich daraus eine völlig neue Situation. Da die Altenpflegerin ihnen vorerst keine weiteren Informationen mehr liefern konnte, brachte Helga sie hinaus.

»Seymore, Traubnitz und jetzt Kohnfeld. Drei Morde, die alle irgendwie mit diesen alten Geschichten zusammenhängen«, murmelte Henrik fasziniert.

Während Jo bekräftigend nickte, hob Sonja abwehrend eine Hand hoch.

»Das geht mir zu fix, Henrik. Vorerst müssen wir den Tod von George Seymore weiterhin als einen Unglücksfall einstufen, und beim Tod von Ewald Kohnfeld dürfen wir höchstens von begründeten Zweifeln an einem Unfall ausgehen«, stellte sie fest.

»Ich teile seine Auffassung, Chefin. Für mich handelt es sich ebenfalls um drei Morde, die miteinander verbunden sein müssen«, beharrte Jo.

»Vermutlich sprechen wir sogar über fünf Morde. Vergessen Sie die beiden Frauen aus dem Jahr 1945 nicht«, ergänzte Henrik.

Helga kehrte gerade ins Besprechungszimmer zurück und schaute den Privatermittler ungläubig an.

»Wie kommen Sie denn auf diese Zahl?«, staunte sie.

Als Henrik seine Theorie vortrug, zeigte sich ein skeptischer Ausdruck auf ihrem Gesicht.

»Wenn es so wäre, müsste es ein starkes Motiv geben, um die neuen Morde zu rechtfertigen. Gehen Sie davon aus, dass es nur um die Verschleierung des wahren Mörders von Gerda Siehm und ihrer Nichte geht?«

Das war der Schwachpunkt an Henriks Theorie.

»Das Motiv ist mir noch nicht klar. Um den wahren Mörder von damals zu beschützen, fände ich den Aufwand doch ein wenig übertrieben«, räumte er ein.

»Außer es soll eine hochstehende Persönlichkeit beschützt werden, deren Ansehen keinen Schaden nehmen darf«, bot Jo an.

Henrik grübelte einige Sekunden lang über diese Möglichkeit nach. Dann fiel ihm ein passender Name ein.

»Wenn es so ist, würde bislang nur die Familie Traubnitz in Betracht kommen«, sagte er.

Sonja schaute ihn verwundert an.

»Wie bitte? Rainer Traubnitz ist ein Opfer. Es kann also kaum seine Familie sein, die die Morde begangen hat«, sagte sie.

Helga und Jo stimmten zu. Henrik deutete auf die Schwellung an seiner Kopfseite.

»Führen wir es einfach auf die erlittenen Schäden zurück. Es fügte sich nur so schön in Jos Theorie«, räumte er ein.

Für einen Augenblick wurde es ruhig im Besprechungsraum. Die neuen Informationen mussten zunächst noch ihren Platz in den laufenden Ermittlungen finden.

»Wer ermittelt eigentlich in Ihrem Fall?«, fragte Sonja.

Zuerst verstand Henrik nicht, worauf sich ihre Frage bezog.

»Sie meinen den Überfall in meinem Zimmer?«, hakte er nach.

»Ja, natürlich. Einbruch, Diebstahl und Körperverletzung. Das sind Offizialdelikte, denen wir nachgehen müssen«, bestätigte Sonja.

Daran hatte Henrik bislang nicht gedacht. Zufällig fiel sein Blick auf den Hünen, der gerade auf die Tür des Besprechungszimmers zukam.

»Wie wäre es, wenn Bastian diesen Teil der Ermittlungen übernimmt. Dann könnte er Sie auch gleich über die Fortschritte meiner eigenen Nachforschungen unterrichten«, schlug er vor.

Sonja schaute ihn nachdenklich an. Dann schüttelte sie den Kopf und richtete ihren Blick auf Jo.

»Ich denke, dafür ist dieses Mal Jo der bessere Mann. Er kennt sich bestens in der Ermittlungssache ›Seymore‹ aus und teilt Ihre Zweifel«, entschied sie.

Der nächtliche Überfall war von einem zu allem entschlossenen Mann ausgeführt worden. Sollte er Komplizen haben, durften sie vom gleichen Kaliber sein, und daher hatte Henrik sich den kräftigen Oberkommissar ausgesucht. Jo war weit mehr der Denkertyp im Team

»Daran hatte ich nicht gedacht. Sehr schön. Dann bilden wir jetzt also ein Ermittlerduo«, gab er nach.

Jo wirkte ebenfalls nicht sehr glücklich über die Entscheidung seiner Vorgesetzten. Auf der Fahrt hinaus zur Marineschule fragte er den Privatermittler akribisch aus. Immer wieder hakte Jo ein, um die Details des Angriffs besser herauszuarbeiten. Auf diese Weise erinnerte sich Henrik an Einzelheiten, die er bislang verdrängt hatte.

»War es eine Überraschung für Sie, dass Herr Adams so schnell vor Ort war?«, fragte Jo schließlich.

Natürlich hatte Henrik sich bereits ähnliche Gedanken gemacht, doch sie dann schnell wieder verworfen.

»Zuerst ja. Doch er hat es glaubwürdig erklären können«, erwiderte er.

Nachdem Henrik am Haupttor der Marineschule den Zutritt für Jo geregelt hatte, stellte er seinen Wagen auf einem freien Parkplatz vor dem Verwaltungsgebäude ab. Fünf Minuten später betraten sie gemeinsam das Büro des Kommandeurs.

»Das ist Kommissar Fechner von der Flensburger Kriminalpolizei. Er wird die Ermittlungen leiten, die zur Ergreifung des Angreifers führen sollen«, stellte Henrik seinen Begleiter vor.

»Kapitän Oltmann. Ich werde Ihre Arbeit mit allen Mitteln unterstützen, Herr Fechner. Sollte es irgendwelche Probleme geben, melden Sie sich bitte umgehend bei mir«, sagte der Kommandeur.

KAPITEL 15

Der Dezernatsleiter hatte sich aus seinem Schreibtischstuhl erhoben und schaute aus dem Fenster. Sein Blick verfolgte den Flug zweier Möwen, deren Rufe sogar durch das geschlossene Fenster zu vernehmen waren. Das Tiefdruckgebiet lag wie ein Teppich aus Regen und Wind über der Fördestadt.

»Wir haben noch zu viele lose Enden, Thorsten. Der Mord an Traubnitz scheint völlig sinnlos zu sein«, sprach Sonja weiter.

Sie umriss den Stand der Ermittlungen und erklärte, warum ihre Mannschaft immer noch keine wesentlichen Fortschritte zu vermelden hatte.

»Es fehlt an Verdächtigen und möglichen Motiven. Der Bruder von Rainer Traubnitz kann uns dabei hoffentlich weiterhelfen«, sagte sie.

Thorsten Albrecht seufzte schwer.

»Ich hatte gehofft, dass ich ihm wenigstens einige Antworten würde geben können. Jetzt sieht es wohl so aus, dass wir es sind, die seine Hilfe benötigen«, murmelte er.

Sonja kannte ihren Vorgesetzten seit vielen Jahren. Thorsten war ein guter Ermittler gewesen, doch mit Mitte 40 war er ausgebrannt und wechselte auf seine jetzige Position. Für Sonja war es eine gute Wahl gewesen, denn Thorsten unterstützte seine Mitarbeiter hervorragend und hielt alle störenden Einflüsse von ihnen fern. Wie lange sein dünnes Nervenkostüm allerdings diese nicht unerhebliche Anspannung aushalten würde, vermochte sie nicht einzuschätzen.

»Leider ja, aber auch im Fall des toten Ewald Kohnfeld deuten die Hinweise nunmehr auf Fremdverschulden hin«, antwortete Sonja.

Thorsten wandte sich ruckartig um und starrte sie verblüfft an.

»Wieso das denn? Hat die Rechtsmedizin ihren Bericht abgeändert?«, wollte er wissen.

Sonja erklärte ihm die veränderte Faktenlage, die den Dezernatsleiter zu einem weiteren Stoßseufzer veranlasste. Am liebsten hätte Sonja es für den Augenblick darauf beruhen lassen, doch Thorsten musste alle Informationen besitzen, wenn er seine Aufgabe als Leiter der Kriminalpolizei effektiv ausfüllen sollte.

»Außerdem musste ich Jo in die Marineschule schicken. Es gab dort einen Überfall auf Henrik Bargen«, sprach sie daher weiter.

Thorsten ließ sich schwer in seinen Schreibtischstuhl fallen und hörte sich auch noch den restlichen Bericht seiner Mitarbeiterin an. Zum Schluss schüttelte er verärgert den Kopf.

»Das ist mir nicht geheuer, Sonja. Hängen diese Fälle möglicherweise zusammen?«, fragte er dann.

Seine alten Instinkte funktionierten demnach immer noch sehr gut, wie Sonja anerkennend registrierte.

»Jo und Henrik haben eine Theorie entwickelt, die in diese Richtung geht. Sie ist mir ehrlich gesagt noch viel zu dürftig, um ihr mehr Gewicht einzuräumen«, antwortete sie.

Dennoch wollte Thorsten sie hören und schwieg anschließend für mehr als eine Minute. Seine Mimik änderte sich. Sonja erkannte, dass er sich zu einem Entschluss durchgerungen hatte.

»Vielleicht ist es doch ein sehr guter Zeitpunkt für das Gespräch mit Klaus Traubnitz«, sagte er.

Als er den verständnislosen Blick seiner Mitarbeiterin bemerkte, erklärte er es.

»Ich werde Traubnitz ein wenig auf den Zahn fühlen. Möglicherweise ist mehr an der Theorie dran, als du wahrhaben willst«, sagte er.

Sonja schluckte den Protest hinunter, der ihr auf der Zunge lag. Thorsten wusste sehr gut, was er tat und wie weit er gehen konnte. Vielleicht gelang es ihrem Vorgesetzten tatsächlich, mehr Licht ins Dunkel zu bringen.

KAPITEL 16

Sie saßen kaum mehr als sechs oder sieben Minuten mit Kapitän Oltmann zusammen, als Kay Adams aufgeregt erschien. Der Obermaat, der das Vorzimmer des Kommandeurs führte, fühlte sich sichtlich unwohl, als er den Hauptbootsmann außer Dienst meldete.

»Was ist denn so Dringendes passiert?«, fragte Oltmann.

Adams warf einen fragenden Blick auf Kommissar Fechner, doch der Kommandeur forderte ihn mit einer herrischen Geste zum Sprechen auf.

»Jemand ist ins Archiv eingebrochen und hat diverse Akten entfernt«, meldete Adams.

Sein Gesicht war vor Erregung gerötet und er rang um Fassung. Kapitän Oltmann lehnte sich vor und musterte ihn ungläubig.

»Was sagen Sie da? Mitten in der bewachten Schule treibt eine Bande von Dieben ihr Unwesen?«, fragte er aufgewühlt.

Als Adams mit unglücklicher Miene nickte, griff Oltmann zum Telefon und beorderte den Offizier der Wache umgehend in sein Büro. Henrik erhob sich.

»Wenn Sie erlauben, werfen Kommissar Fechner und ich einen Blick ins Archiv«, schlug er vor.

Der Kapitän erlaubte es, sodass Henrik und Jo hinüber zum Archivraum eilten. Da Kay Adams beim Kommandeur bleiben musste, händigte er dem Privatermittler die Schlüssel aus. Nachdem Henrik die Tür aufgeschlossen hatte, wurde das Chaos im Archiv erkennbar. Der Dieb hatte sich keine Mühe gegeben, sein Tun zu verschleiern. Etliche Akten waren achtlos zu Boden geworfen worden. Die losen Blätter ließen vermuten, dass der Eindringling sehr gezielt gesucht hatte.

»Sie müssen bei Ihren Recherchen auf etwas Brisantes gestoßen sein. Jemand geht ein enormes Risiko ein, um die Hinweise zu entfernen«, stellte Jo fest.

»Allerdings. Es muss irgendwie mit diesen verdammten ›Schattenkriegern‹ zu tun haben. Diese Akten haben mich immerhin schon auf die Spur von Oberleutnant Kohnfeld geführt«, stimmte Henrik zu.

Die beiden Männer bewegten sich sehr vorsichtig, um ja keine Spuren des Einbrechers zu verwischen. Jo zog sein Handy aus der Jacke, um ein kurzes Gespräch zu führen.

»Die Kollegen der Spurensicherung sind auf dem Weg«, sagte er anschließend.

Er schob sein Handy zurück in die Jackentasche.

»Adams wird eine Aufstellung über die gestohlenen Akten machen. Danach wissen wir mit Sicherheit, worauf es die Einbrecher abgesehen hatten«, erwiderte Henrik.

Sie traten zurück auf den Gang, damit er den Raum wieder verschließen konnte. Als Henrik den Klang schwerer Stiefel vernahm, schaute er über die Schulter. Zwei Wachsoldaten marschierten bis zur Tür.

»Herr Bargen? Wir haben den Befehl, das Archiv bis zum Eintreffen der Polizei zu überwachen. Der Kommandeur hat mich angewiesen, den Schlüssel in Empfang zu nehmen«, sagte der Obergefreite.

»Ja, sehr gut. Kommissar Fechner hat die Techniker angefordert, die sich um die Spuren des Einbruchs kümmern werden«, antwortete Henrik und überreichte dem Soldaten den Schlüsselbund.

Anschließend ging er mit Jo in sein Zimmer und deutete auf den verbliebenen Rest der Akten.

»Die müsste ich mir noch alle anschauen. Da der nächtliche Besucher sie zurückgelassen hat, könnte es eine überflüssige Arbeit werden«, sagte er.

Jo entledigte sich seiner Jacke und zog sich einen Stuhl heran.

»Vielleicht haben Sie ihn aber auch frühzeitig erwischt, sodass er nicht alle verräterischen Akten an sich nehmen konnte. Wir sichten sie auf jeden Fall«, teilte er entschieden mit.

Henrik verkniff sich ein Grinsen. Jo war äußerlich nicht sehr beeindruckend, aber er verfügte über ein gesundes Selbstbewusstsein. Die beiden Männer hatten jeweils die letzte Akte vor sich, als es an der Tür klopfte und Kay Adams den Kopf zur Tür hereinsteckte.

»Ihre Leute sind mit der Spurenaufnahme durch, Herr Kommissar. Ich habe eine Liste der Akten angefertigt, die der Einbrecher entwendet hat. Hier sind Kopien davon. Ich dachte mir, dass Sie bestimmt welche haben wollten«, sagte er.

Henrik winkte den immer noch sehr zerknirscht wirkenden Adams herein. Er freute sich über dessen Umsicht, denn Adams hatte jeweils eine Kopie für Henrik und Jo angefertigt.

»Sehr gut. Danke. Was sagen Sie als Experte? Hatten die Einbrecher es bevorzugt auf Akten über diese sogenannten Schattenkrieger abgesehen?«

Bei Henriks Frage stieg eine Wolke von Unmut in Adams Augen auf.

»Die Kerle waren clever genug, eine wilde Sammlung von Akten zu entwenden. Ich kann dadurch das Ziel ihrer Suche kaum vernünftig eingrenzen«, gab er zu.

Jo schnaubte ärgerlich und starrte gleichzeitig auf die Liste.

»Haben Sie etwas entdeckt?«, fragte Henrik gespannt.

Wortlos schob Jo die Liste zu ihm hin und deutete mit dem Zeigefinger auf einen Namen. Bei dem Diebstahl waren verschiedene Personalunterlagen entwendet worden. Als Henrik den Namen las, auf den Jo ihn aufmerksam machen wollte, stieß er einen leisen Pfiff aus.

»Kapitänleutnant Wilhelm August Traubnitz«, las er laut vor.

Kay Adams schaute verständnislos von Henrik zu Jo.

»Vor zwei Tagen wurde in Glücksburg ein gewisser Rainer Traubnitz ermordet«, sagte der.

»Das kann doch unmöglich ein Zufall sein!«

KAPITEL 17

Der Anruf erreichte Henrik, als er und Jo gerade Feierabend machen wollten. Sie hatten alle Akten durchgelesen, ohne weitere Hinweise auf die »Schattenkrieger« zu entdecken. Es gab keine Zweifel mehr, dass der nächtliche Besucher und der Einbrecher im Archiv alle relevanten Unterlagen entfernt hatten.

»Bisher gibt es keinerlei Hinweise, dass sich jemand unberechtigt innerhalb der Schule aufgehalten hätte«, teilte Kapitän Oltmann mit.

Der Einbrecher und der nächtliche Besucher waren vermutlich identisch.

»Also kann er sich frei bewegen und gehört zur Kriegsmarine«, zog Jo den richtigen Schluss aus den Erkenntnissen.

Mit diesen wenig erhellenden Informationen entschlossen sie sich, die Recherchen für den Tag zu beenden. Henrik hatte zwar am Nachmittag nochmals zwei Schmerztabletten geschluckt, dennoch spürte er die Nachwirkungen der Schlägerei schon wieder sehr stark.

»Soll ich Sie mitnehmen?«, bot Jo an.

Doch Henrik sah sich durchaus dazu in der Lage, allein den Weg in den Museumshafen anzutreten. Eine weitere Nacht wollte er keineswegs in der Marineschule verbringen, auch wenn ein erneuter Überfall eher unwahrscheinlich war.

»Vielen Dank für das Angebot, aber Kalle muss seinen Golf endlich zurückbekommen, und so schlecht geht es mir auch wieder nicht«, lehnte er daher dankend ab.

Als sie sich auf dem Parkplatz am Verwaltungsgebäude verabschiedeten, meldete sich Henriks Handy. Er nahm den Anruf an, um seine Pläne gleich danach zu ändern.

»Francine Seymore. Sie untersuchen doch den Tod meines Vaters, richtig?«, erkundigte sich die Anruferin.

Ihr Deutsch war ausgesprochen gut und enthob Henrik der Peinlichkeit, sein stark akzentuiertes Englisch sprechen zu müssen. Als er von der Tochter des Historikers erfuhr, dass sie nach Flensburg gekommen war und weswegen, vergaß Henrik sofort seine körperlichen Einschränkungen. Kalle würde bestimmt auch noch ein wenig länger auf seinen fahrbaren Untersatz verzichten können.

»Ich komme sofort zu Ihnen«, versicherte er.

Keine 20 Minuten später durchquerte er das Foyer des modernen Hotels mit Sicht auf die Innenförde. Francine Seymore erwartete Henrik in dem angeschlossenen Restaurant. Er musste nicht lange nach der Engländerin Ausschau halten. Die blonde Frau winkte ihm zu und stand sogar auf, als Henrik sich ihrem Tisch näherte.

»Nett, dass Sie gleich hergekommen sind«, dankte sie ihm.

Sie setzten sich und Henrik bestellte bei dem wartenden Kellner ein Bier, nachdem er das gleiche Getränk vor Francine Seymore hatte stehen sehen.

»Ich bedaure Ihren Verlust, Miss Seymore«, sagte er dann.

»Danke, aber sagen Sie bitte Francine zu mir«, erwiderte sie.

Francine war Fremdsprachenkorrespondentin und arbeitete für die EU-Verwaltung in Brüssel. Da sie eine französische Mutter und einen englischen Vater hatte, war sie zweisprachig aufgewachsen und konnte sich mühelos in beiden Sprachen bewegen. So erklärte sich auch ihr für eine Engländerin ungewöhnlicher Vorname.

»Mein Vater kam gelegentlich vorbei und erzählte mir von seinen Recherchen. Als Militärhistoriker fesselte ihn der Zweite Weltkrieg natürlich besonders und als begeisterten Seefahrer speziell die Kriegsmarine«, erzählte sie.

Henrik gewann bald den Eindruck, dass er sich mit George Seymore gut verstanden hätte. Obwohl Francine sich anstrengte, ihre Trauer nicht in den Vordergrund treten zu lassen, schwang die immer wieder zwischen den Zeilen mit. Schließlich kam sie auf den Anlass für das Treffen zu sprechen.

»Vater hat mir eine externe Festplatte zur Aufbewahrung übergeben. Seitdem ich von Ihren Ermittlungen gehört habe, war mir klar, dass diese Informationen Sie möglicherweise weiterbringen könnten«, erzählte Francine.

Henriks Pulsschlag erhöhte sich. Seymore hatte aufgrund seiner Recherchen den Antrag auf Akteneinsicht gestellt. Die Wahrscheinlichkeit, dass Henrik auf der Festplatte entsprechende Hinweise entdeckte, war in der Tat sehr hoch.

»Damit dürften Sie recht haben. Ich konnte zwar schon einige Informationen sammeln, aber dabei ist mir jemand in die Quere gekommen«, erwiderte er.

Francine lächelte mitfühlend und deutete dabei auf die mehrfarbigen Schwellungen in Henriks Gesicht.

»Stammen daher Ihre Verletzungen?«, fragte sie.

Er berichtete von dem Zwischenfall in seinem Zimmer sowie dem Einbruch ins Archiv. Als Henrik später auf die Morde zu sprechen kam, die möglicherweise mit den Recherchen ihres Vaters in Verbindung standen, reagierte Francine erschrocken.

»Wieso ist dieses Thema heute noch so brisant?«, fragte sie.

Dazu konnte Henrik nur einige Vermutungen anstellen.

»Es könnte mit dem getürkten Mordprozess zusammenhängen oder möglichen Kriegsverbrechen, die von den ›Schattenkriegern‹ verübt worden sind. Bisher ist alles reine Spekulation, Francine«, antwortete er.

Der Tochter des Historikers setzte der Tod ihres Vaters sehr zu. Henrik zögerte, ihr die Möglichkeit eines Fremdverschuldens aufzuzeigen. Schließlich überwand er seine Skrupel und sprach es vorsichtig an. Die Reaktion der jungen Engländerin fiel sehr heftig aus. Sie wurde kreidebleich und starrte Henrik mit weit aufgerissenen Augen an.

»Ermordet? Sie glauben tatsächlich, dass jemand Dad vorsätzlich getötet hat?«, entfuhr es ihr voller Unglauben.

Er bedauerte es nun doch, Francine darauf angesprochen zu haben. Henrik wollte gerade einige besänftigende Worte an sie richten, als Seymores Tochter auf einmal energisch ihren Stuhl zurückschob. Im ersten Augenblick befürchtete Henrik, dass er Francine gekränkt hätte und sie somit seiner Gesellschaft überdrüssig geworden war.

»Begleiten Sie mich bitte auf mein Zimmer. Ich möchte nicht länger über diese scheußlichen Vorfälle in der Öffentlichkeit sprechen. Es gibt da etwas, wovon ich bisher niemandem erzählt habe«, bat sie stattdessen.

Ihre Bitte überraschte Henrik, aber er fügte sich stumm. Nachdem Francine beide Getränke auf ihre Zimmerrechnung hatte setzen lassen, führte sie ihn in den zweiten Stock. Im Zimmer ließ Henrik sich in den kleinen Sessel an einem runden Tisch nieder und nahm dankend das angebotene Bier an. Francine öffnete für sich selbst eine Sodaflasche und gab einen kräftigen Schuss Gin hinzu. Gespannt wartete Henrik ab, was ihm die Tochter des Historikers erzählen wollte. Sie ging anschließend zu ihrem Schrank, öffnete den eingebauten Safe und nahm eine kleine Tasche aus schwarzem PVC heraus, um sie Henrik in die Hand zu drücken.

»Das ist die Festplatte, von der ich Ihnen bereits erzählt habe. Bitte, nehmen Sie sie an sich«, sagte Francine.

Henrik öffnete den Reißverschluss und warf einen kurzen Blick auf die schwarze Metallbox, die kaum größer als eine Zigarettenschachtel war. Mit einem Nicken schob er sie in die Innentasche seiner Jacke, die er zuvor über die Rückenlehne seines Sessels gehängt hatte.

»Und was wollten Sie mir erzählen?«, bohrte er dann nach.

Francine Seymore nahm einen weiteren großen Schluck aus ihrem Glas.

»Ich habe Ihnen ja bereits gesagt, dass ich für die Verwaltung der Europäischen Union in Brüssel arbeite. Vor zwei Monaten sprach mich ein leitender Beamter an, und das in einer so merkwürdigen Form, dass ich sein Anliegen kaum verstanden habe«, erzählte sie.

Der Mann gehörte zu einem Kreis von sehr einflussreichen Beamten in Brüssel und gab sich normalerweise mit Angestellten wie Francine überhaupt nicht ab.

»Allein deswegen war ich sehr erstaunt, als Nilsson mich ansprach«, erklärte sie.

»Nilsson? Ein Schwede?«, unterbrach Henrik die Erzählung.

Der Beamte hieß Hans Nilsson und stammte tatsächlich aus Schweden. Er war der Enkelsohn eines Industriellen und hatte offenbar die Aufgabe, für das Unternehmen in der Schaltstelle der EU die richtigen Kontakte zu knüpfen.

»Seiner Familie gehören diverse Unternehmen, die von Nilssons Vater in einer Holding zusammengeführt wurden. Frederick Nilsson ist ein knallharter Manager und hat seine Söhne gezielt auf ihre heutigen Aufgaben vorbereitet«, berichtete Francine weiter.

Nach und nach erhielt Henrik einen faszinierenden Einblick in die komplexen Beziehungen von Unternehmern zur Verwaltung der EU.

»Mir ist jetzt klar, was für eine entscheidende Funktion dieser Nilsson hat. Was wollte er aber von Ihnen?«, brachte Henrik das Gespräch zurück auf den Ausgangspunkt.

Ein dunkler Schatten legte sich über Francines Gesicht. Sie schwieg einige Sekunden, bevor sie sich erkennbar neu gesammelt hatte.

»Nilsson war zunächst sehr freundlich und sprach mit mir über meine Arbeit. Er wusste erstaunlich viel über mich und deutete an, dass er einiges für meine Karriere tun könnte«, antwortete sie schließlich.

Anfangs kam in Francine der Verdacht auf, dass Nilsson lediglich eine Gespielin für die einsamen Abende in Brüssel suchte. Henrik konnte den Gedanken nachvollziehen, denn George Seymores Tochter war durchaus eine schöne Frau. Francine war nur einen Kopf kleiner als er, schlank, aber nicht dünn, und ihre dunkelbraunen Augen bildeten einen interessanten Kontrast zu den silberblonden Haaren.

»Er wollte jedoch etwas völlig anderes. Auf einmal brachte Nilsson die Sprache auf meinen Vater und darauf, wie sehr der seine wissenschaftliche Reputation durch seine neuesten Recherchen aufs Spiel setzen würde«, stieß Francine erbost hervor.

Während Henrik sein Glas leerte, nahm er das Gesagte in sich auf.

»Was trieb Nilsson dazu, Sie auf Ihren Vater anzusprechen? Dessen Forschungen dürften wohl kaum die Interessen des Familienunternehmens betreffen«, staunte er.

»Das habe ich ihn auch gefragt. Seine Antwort werde ich nicht so schnell vergessen«, erwiderte Francine.

»Wie lautete sie?«

Nach einem angewiderten Schnauben gab Seymores Tochter die Worte des Schweden wörtlich wieder: »Ihr Vater beleuchtet einen Punkt in der Geschichte, den selbst die Alliierten damals bewusst im Dunkeln gelassen haben.«

Verblüfft starrte Henrik die Engländerin an. Er konnte sich keinen Reim auf diese Aussage machen und fand sie genauso kryptisch wie Francine.

KAPITEL 18

Klaus Traubnitz stand am Fenster und schaute hinunter auf den fließenden Verkehr in der Fördestadt. Die Lichter der Fahrzeuge brachen sich in den Pfützen auf der Straße, die sich um die Förde zog.

»Sie hat Bargen die Festplatte ausgehändigt und ihm sogar von Nilsson erzählt«, sagte jemand im Hintergrund.

Traubnitz löste den Blick von der abendlichen Kulisse und wandte sich um. Ein grimmiger Ausdruck lag in seinen Augen. Die technische Überwachung des Hotelzimmers hatte sich gelohnt.

»Hier können wir zu wenig ausrichten. Finden Sie einen Weg, wie wir Bargen nach Schweden oder Finnland locken können«, ordnete Klaus Traubnitz an, der sich genauso wie sein Besucher der schwedischen Sprache bediente.

Erik Sjöstrandt, der Leiter des firmeneigenen Sicherheitsdienstes, konnte sofort einen Vorschlag unterbreiten.

»Wir müssen dem Schnüffler nur einen Wink geben, dass es viele Antworten in Gällivare zu finden gibt. Bargen läuft uns dort oben in die Arme und verschwindet eben, so wie andere bereits vor ihm«, sagte der drahtige Schwede.

Traubnitz musste nicht lange über den Vorschlag nachdenken.

»Überlassen Sie es mir, Bargen auf diese Fährte zu setzen. Ihr Team bleibt an ihm dran und sorgt dafür, dass er auch wirklich nach Gällivare kommt«, befahl er.

Kaum hatte Sjöstrandt das Zimmer von Klaus Traubnitz verlassen, wählte dieser einen Festnetzanschluss in Flensburg. Nach dem dritten Freizeichen meldete sich eine befehlsgewohnte Stimme.

»Ich erwarte eine Erfolgsmeldung«, kam es in Deutsch knapp aus dem Telefonhörer.

»Unser Problem lässt sich in Gällivare lösen, Herr Tewes. Die Vorbereitungen laufen bereits an«, meldete Traubnitz.

»Es darf kein Zeuge übrig bleiben. Haben wir uns verstanden?«

Für Klaus Traubnitz hatte Francine Seymore ihr eigenes Todesurteil gesprochen, als sie mit Henrik Bargen über die Festplatte sowie die Vorkommnisse in Brüssel geredet hatte.

KAPITEL 19

Er hatte Mühe, sich aufzurichten. Henriks Blick war verschleiert. Es lag nicht nur daran, dass warmes Blut aus der aufgeplatzten Augenbraue über sein Gesicht lief. Die beiden Angreifer waren wie aus dem Nichts aufgetaucht, als Henrik durch das ausgestorbene Zentrum von Gällivare zurück zum Hotel lief.

»Ich verstehe leider kein Schwedisch. Do you speak english?«

Es hatte ganz harmlos angefangen. Zwei scheinbar stark angetrunkene Männer torkelten Henrik entgegen und er konnte dem einen nicht mehr ausweichen. Sie stießen mit den Schultern zusammen und beide Männer begannen laut zu brüllen. Henriks Versuch, sich auf Englisch mit ihnen zu verständigen, lief komplett ins Leere. Stattdessen flogen auf einmal die Fäuste, und bevor Henrik sich versah, stürzte er über den schmalen Rand eines Brunnens. Zum Glück war kein Wasser mehr darin, da es zu dieser Jahreszeit bereits viele Froststunden gab. Er kam blitzschnell wieder auf die Beine und stürzte sich wutentbrannt auf die Angreifer. Im ersten Augenblick überraschte sein Vorstoß die Männer, doch sie erholten sich schnell. Anschließend tobte ein böser Kampf, bei dem Henriks Verhalten seine Angreifer schließlich doch zum Zurückweichen zwang. Er ignorierte seine eigenen Verletzungen und griff zu jedem bösen Trick, den er im Laufe vieler Kämpfe gelernt hatte. Die beiden Männer humpelten eilig davon, wobei sie heftig in ihrer Landessprache fluchten.

»So ein Schiet«, murmelte Henrik.

Er stemmte sich auf die Knie hoch und atmete flach. Jeder Atemzug bereitete ihm Schmerzen und daher ging Henrik davon aus, dass er sich mindestens eine Rippe angeknackst hatte. Schon bei seiner Ankunft auf dem kleinen Bahnhof hatte er gespürt, dass er kein willkommener Besucher war. Mehrere Jugendliche beantworteten zwar seine Frage nach dem Hotel, sie schickten ihn aber in die entgegengesetzte Richtung.

»Mit Tourismus solltet ihr besser gar nicht erst anfangen«, knurrte Henrik.

Er setzte sich nun vorsichtig auf eine Parkbank. Dann holte er eine Packung Tempotaschentücher heraus und tauchte eines in den Schnee, um sich das Blut aus dem Gesicht zu wischen. Zum Schluss drückte er ein feuchtes Taschentuch gegen die Wunde in der Augenbraue.

»Herr Bargen?«

Zuerst registrierte Henrik nur, dass ihn jemand ansprach. Als er den Kopf hob, wurde ihm bewusst, dass der Mann sogar Deutsch sprach.

»Ja, der bin ich«, erwiderte er automatisch.

Im nächsten Augenblick bereute er es zutiefst. In der Hand des Mannes war auf einmal ein Messer. Henrik vergaß seine angeknacksten Rippen genauso wie die Platzwunde an der Augenbraue und warf sich zur Seite. Keine Sekunde zu früh, wie er aus dem Augenwinkel erkannte. Der Angreifer setzte stumm nach und führte das Messer wie ein Profi. Henrik kam nur schwerfällig auf die Beine und wich taumelnd den Messerattacken aus.

»Help! Police!«

In seiner Not begann Henrik laut zu brüllen und baute darauf, dass es auch in Gällivare hilfsbereite Menschen geben musste. Erneut wich er einer gefährlichen Attacke aus. Als er bemerkte, wie sein Gegenüber für einen winzigen Augenblick um sein Gleichgewicht kämpfte, trat Henrik hemmungslos zu. Es war ein fieser Tritt, der die Hoden des Mannes traf. Der heulte vor Schmerz auf und ließ das Messer fallen.

Nichts wie weg von hier, schoss es Henrik durch den Kopf.

Er setzte sich schwerfällig in Bewegung und behielt wachsam die Umgebung im Blick.

Der nächste Angriff erfolgt vielleicht mit einem Auto, dachte er frustriert.

Zum Glück war es bis zum Klockljungsvägen nicht sehr weit, und Henrik schaffte es tatsächlich, ohne weitere Zwischenfälle sein Hotel zu erreichen. Die junge Angestellte hinter dem Empfangstresen schaute ihn neugierig an, stellte Henrik jedoch keine Fragen. Wenige Minuten später war er auf seinem Zimmer und ließ sich ein heißes Bad ein.

Wer will mich töten?

Da sein Angreifer ihn auf Deutsch mit dem korrekten Nachnamen angesprochen hatte, durfte Henrik von einer gezielten Attacke ausgehen.

»Will man verhindern, dass ich mehr über diese ominösen ›Schattenkrieger‹ herausfinde?«, fragte er sich.

Endlich war die Wanne gut gefüllt und Henrik goss reichlich vom Badezusatz ins Wasser. Danach schob er einen der Stühle unter die Türklinke, damit niemand unbemerkt das Zimmer betreten konnte. Es gab keinen Balkon, und so rechnete Henrik auch nicht mit einem Eindringen durchs Fenster. Immerhin befand sich sein Zimmer im vierten Stockwerk, und damit schied ein solcher Angriff vermutlich aus.

Ich bin erst sechs Stunden in der Stadt, und schon will man mir ans Leder. Gällivare hat ganz offensichtlich wich-

tige Geheimnisse, denen ich nicht auf den Grund gehen soll, dachte Henrik.

Er hatte sich ein kleines Handtuch als Nackenstütze zusammengerollt und den Kopf entspannt darauf abgelegt. Das heiße Wasser war Balsam für seinen geschundenen Körper, und solange er möglichst flach atmete, schmerzten die lädierten Rippen kaum. Seine Gedanken zerfaserten in der wohligen Wärme, und Henrik spürte, wie sich Entspannung ausbreitete. Seine Lider wurden immer schwerer, sodass er schließlich sanft einschlummerte. Das laute Rufen und anhaltende Hämmern an seiner Zimmertür drang nicht mehr zu ihm durch.

KAPITEL 20

Es musste ein Traum sein. Das Gesicht von Sonja schwebte nur wenige Zentimeter von Henriks Gesicht entfernt und das war schlicht unmöglich. Während er sich im nördlichsten Zipfel von Schweden aufhielt, sorgte sie in Flensburg für die Aufklärung mehrerer Morde.

»Henrik? Hören Sie mich?«

Es war unverkennbar ihre Stimme. Mit viel Mühe gelang

es ihm, die Lider zu öffnen und den Blick für einen längeren Zeitraum zu fixieren.

»Sonja? Sind Sie es wirklich?«, fragte er ungläubig.

Seine Stimme war kaum mehr als ein heiseres Flüstern, und trotzdem nickte sie mit einem warmen Lächeln.

»Ein Glück für Sie, dass die Angestellte im Hotel sich Sorgen gemacht hat«, sagte Sonja.

Henrik konnte sich an den Blick der jungen Frau hinter dem Empfangstresen erinnern.

»Ich habe gebadet und bin wohl eingenickt«, murmelte er.

Langsam klärte sich das Bild vor seinen Augen. Henriks Verstand benötigte jedoch weitere Zeit, um seinen aktuellen Aufenthaltsort zu erahnen. Er war nicht mehr in seinem Hotelzimmer.

»Bin ich im Krankenhaus?«, fragte er.

»Allerdings, Sie Holzkopf. Der Arzt hat eine mittelschwere Gehirnerschütterung, eine Platzwunde an der Augenbraue sowie zwei angebrochene Rippen diagnostiziert.«

Sonjas Aufzählung brachte die Erinnerung an die beiden Überfälle zurück. Erst war Henrik von zwei Schlägern attackiert worden, und dann hatte ein dritter Mann versucht, ihn mit einem Messer aufzuschlitzen.

»Jemand stört sich an meiner Anwesenheit hier«, stellte er fest.

Nachdem Henrik zwei Gläser Wasser getrunken hatte, sprach es sich wesentlich leichter und seine Stimme klang weniger fremd.

»Sieht ganz danach aus. Erzählen Sie der Reihe nach. Was ist passiert?«, forderte Sonja.

Er registrierte die mitschwingende Besorgnis in ihren Worten und fand es sehr angenehm. Henrik berichtete von den Ereignissen der zurückliegenden Stunden.

»Das stimmt nicht so ganz, Henrik. Die letzten 20 Stunden haben Sie hier im Krankenhaus zugebracht«, widersprach Sonja sanft.

»Ich liege fast einen ganzen Tag hier drin?«

Er konnte nicht glauben, dass er so lange geschlafen haben sollte.

»Sie waren erschöpft, und der Arzt fand, dass ein wenig Schlaf für Ihre Genesung genau das Richtige wäre«, erwiderte Sonja.

Als Henrik die Bettdecke zur Seite schlug, sprang Sonja überrascht auf.

»Was haben Sie vor?«, wollte sie wissen.

Er ignorierte die Frage genauso wie den stechenden Schmerz in der Brust. Henrik hatte genug Zeit mit Schlafen verschwendet. Wenn er recht behielt, dann hingen die Angriffe mit seinen Recherchen zusammen.

»Die Mistkerle haben bestimmt schon damit begonnen, ihre Spuren zu beseitigen«, stieß er hervor.

Sonja verdrehte die Augen und stellte sich Henrik, der seine Kleidung aus dem Schrank holen wollte, in den Weg.

»Nichts da! Was glauben Sie eigentlich, weshalb ich hier bin?«, fragte sie.

Ein freches Grinsen blitzte in Henriks Gesicht auf.

»Weil Sie sich Sorgen um mich gemacht haben und Sie sich eine Welt ohne mich nicht mehr vorstellen können«, antwortete er neckend.

Als er den ernsten Ausdruck in ihren Augen sah, stutzte Henrik.

»He, Sie machen sich doch nicht wirklich Sorgen, oder?«

Mit sanftem Nachdruck schob Sonja ihn zurück zum Bett. Henrik ließ es geschehen und legte sich brav wieder unter die Decke. Es kostete ihn einige Mühe, das Seufzen zu unterdrücken. Leichter Schwindel hatte ihn erfasst und Henrik war sich auf einmal nicht mehr so sicher, ob er überhaupt in seine Hosen gekommen wäre.

»Es gibt nicht nur im Kino harte Kerle«, flüchtete er sich in einen müden Scherz.

»Mimen Sie nicht den Macho, Henrik. Dazu kenne ich Sie schon viel zu gut«, erwiderte Sonja.

Noch immer lag dieser besondere Ausdruck in ihren Augen. Henrik schluckte einen weiteren bissigen Kommentar hinunter und hielt dem Blick stand. Welchen Grund konnte sie sonst gehabt haben, sich sofort auf den Weg nach Schweden zu machen? Damit hatte Henrik nicht gerechnet. Er schwieg verunsichert.

»Die Angriffe auf Sie haben uns dazu bewogen, Ihre Recherchen mit einem offiziellen Anstrich zu versehen«, sagte Sonja.

»Der Anstrich gefällt mir«, murmelte Henrik.

Noch immer starrten sie einander an. Langsam wurde der Ausdruck in Sonjas Augen milder, und das Lächeln kehrte zurück in ihr Gesicht.

»Sie sind wirklich bildschön«, rutschte es Henrik heraus.

Sonja verzog den Mund und schüttelte in gespielter Verärgerung den Kopf.

»Entweder wurde Ihr Kopf stärker als vermutet in Mitleidenschaft gezogen oder die Medikamente verwirren Ihren Geist«, schimpfte sie.

Er grinste sie an und schwieg. Schließlich zog Sonja den Stuhl wieder neben das Bett und setzte sich hin.

»Lassen Sie uns lieber über Ihre Ermittlungen sprechen. Wonach genau suchen Sie hier eigentlich?«, wollte sie wissen.

Henrik umriss seine Erkenntnisse und legte seine Theorien offen. Er unterschlug auch nicht, dass Kay Adams ihm einen Umschlag mit Papieren übergeben hatte, die der Einbrecher im Archiv übersehen haben musste. Dadurch war Henrik erst auf den Ort in Schweden aufmerksam geworden. Sonja hörte gespannt zu, ohne ihn ein einziges Mal zu unterbrechen. Sie bewunderte sein Vertrauen in die eigene Theorie, die ihn zu dem Ausflug nach Nordschweden veranlasst hatte. Henrik verließ sich offenkundig auf die Ereignisse, die damals Kohnfeld und seine Kameraden hierher verschlagen hatten.

»Vermutlich haben Sie recht. Es würde jedenfalls zu der Aussage von Klaus Traubnitz passen«, sagte sie später.

Jetzt war es an Henrik, sich nach mehr Informationen zu erkundigen. Was Sonja über die Aussage vom Bruder des Opfers aus dem Glücksburger Kurpark berichtete, passte in der Tat hervorragend zu Henriks eigenen Nachforschungen.

»Deutsche Unternehmen bauen hier also Bodenschätze ab. Schon vor dem Krieg haben sie damit begonnen?«, fragte er nachdenklich.

Sonja nickte bestätigend.

»Ja, so hat es Traubnitz berichtet. Das Motiv für den Mord an seinem Bruder könnte mit dem Unternehmen zu tun haben. Es gibt offenbar radikale Schweden oder Samen, die diesen Abbau als Raub an der Natur ihrer Heimat ansehen und ihn stoppen wollen«, sagte sie.

Radikale Umweltschützer mit einem übersteigerten Nationalbewusstsein? Henrik kam diese Variante wenig glaubwürdig vor. Andererseits sah er auch eine Verbindung zum Unternehmen der Familie Traubnitz. Fragte sich nur, wie diese in Wirklichkeit aussah.

KAPITEL 21

Er konnte nicht glauben, was diese Idioten angestellt hatten. Statt sich an den Plan zu halten, improvisierten die Sicherheitsmänner und kamen dem eigentlichen Attentäter in die Quere.

»Ist Ihnen bewusst, was Ihre Leute uns eingebrockt haben?«, fragte Klaus Traubnitz.

Sein eisiger Blick traf Erik Sjöstrandt. Der Leiter des firmeneigenen Sicherheitsdienstes nahm es mit stoischer Gelassenheit hin. Sjöstrandt hatte bei einer Eliteeinheit der schwedischen Polizei gedient und war nicht so leicht aus der Fassung zu bringen. Traubnitz wusste aber, dass sein leitender Angestellter ein Pedant war. Sjöstrandt würde die Schuldigen auf jeden Fall bestrafen und nicht zulassen, dass sich so eine Panne wiederholte. Doch der Schaden war schon angerichtet.

»Es hat uns die Anwesenheit einer Ermittlerin aus Deutschland eingebracht. Sie heißt Sonja Martenson und ist Hauptkommissarin bei der Kriminalpolizei in Flensburg«, antwortete der Sicherheitschef.

Erik Sjöstrandt war wie üblich bestens informiert.

»Ich weiß selbst, wie die Frau heißt!«, fuhr Traubnitz ihn scharf an.

Es ärgerte ihn, dass sein Angestellter dermaßen kühl reagierte, obwohl seine Abteilung dem Unternehmen große Probleme verursacht hatte. Klaus Traubnitz war in Schweden geboren und konnte dennoch seine deutschen Gene nicht verleugnen. Die demonstrative Gelassenheit der Skandinavier trieb seinen Blutdruck in die Höhe.

»Sollen wir sie eliminieren?«

Er glaubte nicht, was Sjöstrandt da vorschlug. Traubnitz schnaubte wütend.

»Sie wollen eine deutsche Kommissarin ermorden und glauben allen Ernstes, dass damit das Problem beseitigt ist? Ich habe Sie offenbar total überschätzt«, stieß er hervor.

Sein Sicherheitschef zuckte ergeben mit den Schultern und hüllte sich erneut in Schweigen. Es wurde offenkundig erforderlich, dass Klaus Traubnitz selbst die Sache anging. Er schickte Sjöstrandt mit einer herrischen Geste aus dem Raum und drehte anschließend den hochlehnigen Schreibtischstuhl zum Panoramafenster herum. Sein Blick erfasste die bis zum Horizont reichenden Wälder und die Schneeflocken, die darauf herniederrieselten. Als sich seine Erregung gelegt hatte, seufzte Traubnitz und drückte eine Kurzwahltaste an seinem Smartphone.

»Nein, das Problem konnte noch nicht beseitigt werden«, meldete er wenige Sekunden später.

Sein Gesprächspartner in Flensburg hatte sich nicht einmal mit Namen gemeldet. Traubnitz spürte förmlich, wie dessen Verachtung durch das Telefon in sein Ohr tröpfelte.

»Warum nicht? Ein gut geplanter Anschlag ging schief und jetzt hält sich auch noch eine Beamtin der Flensburger Kripo in Gällivare auf«, erwiderte er.

Das war also bereits bekannt, was Traubnitz die Möglichkeit nahm, mit einer überraschenden Neuigkeit vom Versagen seines Sicherheitsdienstes abzulenken.

»Ich werde mich persönlich darum kümmern«, versprach er.

Traubnitz wollte ausführen, wie er sich sein weiteres Vorgehen vorgestellt hatte, hörte aber mitten im Satz auf.

»Aufgelegt. So ein arrogantes Arschloch!«, fauchte er.

Kaum hatte er es ausgesprochen, zuckten seine Blicke nervös durch den Raum. Klaus Traubnitz wusste aus leidvoller Erfahrung, dass der mächtige Mann aus Flensburg auch hier oben in Nordschweden seine Ohren zu haben schien. Möglicherweise war sein eigenes Büro verwanzt und der Fluch war aufgezeichnet worden. Der unschöne Gedanke veranlasste Klaus Traubnitz dazu, eine Schublade seines Schreibtisches zu öffnen, um ein Zigarettenetui herauszunehmen.

Was für eine Blamage, dachte er.

Er stand neben dem Fenster und stieß den blauen Rauch durch den Spalt hinaus in die kalte Luft. Das Nikotin besänftigte seine aufgewühlten Nerven und sorgte dafür, dass Traubnitz langsam wieder objektiv über die Probleme nachdenken konnte.

»Ich werde eure Neugier ausnutzen«, murmelte er nach einer Weile.

Ihm war ein Gedanke gekommen, wie er seine Probleme beseitigen konnte. Wenn er alles sorgfältig vorbereitete und die Details nicht Sjöstrandt überließ, würden Bargen und Martenson einen tödlichen Unfall erleiden.

»So etwas passiert nun einmal, wenn sich Menschen auf unvertrautem Terrain bewegen«, sagte er sich.

KAPITEL 22

Es war ein weiterer Tag vergangen, bis Henrik endlich das Krankenhaus verlassen konnte. Und auch dann noch zeigte der Arzt sich besorgt und legte Protest ein.

»Sie haben erstklassige Arbeit geleistet. Danke, Doc. Ich bin jetzt wieder so weit hergestellt, dass ich alleine zurechtkomme«, blieb Henrik hartnäckig.

Vor dem Hauptportal wollte er gerade in ein Taxi einsteigen, als ihn ein Ruf zurückhielt.

»Henrik? Was zum Teufel haben Sie denn hier draußen verloren?«, fragte eine erboste Sonja.

Er machte eine entschuldigende Geste in Richtung des Taxifahrers und schloss die Wagentür wieder.

»Wollten Sie mir etwa Obst und einige schlüpfrige Magazine bringen?«, fragte er schmunzelnd.

Sie trug eine Einkaufstasche mit dem Emblem einer schwedischen Einzelhandelskette in der Hand.

»Obst stimmt, aber das sind Automagazine«, erwiderte sie verschnupft.

Sonja stellte die Tasche auf dem Boden ab und musterte Henrik forschend. Er wirkte tatsächlich wieder sehr fit, und seine freche Art ließ sie vermuten, dass der Privatermittler sich auch so fühlte.

»Danke, aber meine Rekonvaleszenz ist abgeschlossen«, erwiderte er.

Sie sah ein, dass Henrik sich nicht von ihr würde umstimmen lassen. Also nahm Sonja die Tüte wieder hoch und wandte sich ab.

»Was? Sind Sie jetzt echt sauer und lassen mich hier einfach stehen?«, staunte Henrik.

Sonja schaute zurück zu ihm.

»Ich dachte, Sie wollten in Ihr Hotel? Da ich mich dort ebenfalls einquartiert habe, hatte ich vor, Sie mitzunehmen«, erwiderte sie.

Das erleichterte Aufleuchten seiner Augen ließ Sonja das Kribbeln in der Magengegend stärker wahrnehmen, als es ihr recht war. Schnell verdrängte sie diese Gedanken und setzte den Weg zum Mietwagen fort.

»Volvo. Sehr landesbewusst«, lobte Henrik.

Er warf seine Reisetasche in den Kofferraum des roten XC60 und setzte sich dann auf den Beifahrersitz. Der Mietwagen hatte nur knapp über 2.000 Kilometer auf dem Tacho und roch wie ein Neuwagen.

»Konnten Sie die Zeit nutzen, um mehr Informationen über das Unternehmen von Traubnitz in Erfahrung zu bringen?«, fragte Henrik.

Als er hörte, wie offen sich Klaus Traubnitz gegenüber den Ermittlungen gezeigt hatte, stutzte Henrik.

»Lassen Sie mich raten. Die Unternehmensgruppe gilt als guter Arbeitgeber, unterstützt ökologische und soziale Projekte und zahlt immer pünktlich ihre Steuern«, zählte er auf.

Sonja warf ihm einen strafenden Seitenblick zu.

»Kein Wunder, dass Sie und Bastian sich so gut verstehen«, sagte sie.

Das nahm Henrik als Kompliment entgegen. Er hielt große Stücke auf den Hünen, der mit einem wachen Verstand und viel Einfühlungsvermögen gesegnet war. Das war ein Ermittler nach seiner Vorstellung.

»Sie trauen demnach dieser rosaroten Darstellung?«

Seine Frage löste einen Moment des Schweigens aus, bevor sich Sonja nach leisem Räuspern zu einer Antwort bequemte.

»Ich verliere mich nicht so gern in Spekulationen. Fakten sind mir lieber, und bislang gibt es nicht den kleinsten Hinweis darauf, dass irgendetwas mit dem Unternehmen nicht stimmt«, erwiderte sie dann.

Sie war intelligent, verfügte über die erforderliche Hartnäckigkeit für ihren Beruf, aber in punkto Instinkt hegte Henrik leichte Zweifel an den Fähigkeiten der Hauptkommissarin. Sah sie wirklich nicht, dass die Außendarstellung der Unternehmensgruppe Traubnitz extrem geschönt war?

»Dann übernehme ich diesen Part. Rainer Traubnitz wird in Glücksburg ermordet. Der einzige Augenzeuge ist Ewald Kohnfeld, der kurze Zeit später ebenfalls einem Verbrechen zum Opfer fällt. Gleichzeitig war besagter Kohnfeld wahrscheinlich einer der ›Schattenkrieger‹, deren Spuren hierher nach Gällivare führen. Habe ich etwas vergessen? Ach, ja. Die Unternehmensgruppe Traubnitz hat interessanterweise ihren Hauptsitz in dieser Metropole im Norden von Schweden«, zählte er auf.

Auf seinen provozierenden Seitenblick reagierte Sonja nicht, sondern hüllte sich in Schweigen. Als sie im Hotel ankamen, brachte sie Henrik auf sein Zimmer und ließ es sich nicht nehmen, jeden Winkel, einschließlich des Badezimmers, zu prüfen.

»Wer, denken Sie, hat mich angegriffen? Säufer, die etwas gegen Deutsche haben?«, fragte er leise.

Sonja stand bereits an der Zimmertür, sie zögerte. Dann drehte sie sich um, und als Henrik ihren sorgenvollen Blick bemerkte, fühlte er sich auf einmal richtig schlecht.

»Verzeihen Sie mir. Ich wollte nicht gemein sein«, bat er.

Ein gequältes Lächeln erhellte Sonjas Gesicht. Sie zuckte mit einer Schulter und wirkte extrem verletzlich dabei. Henrik machte einen Schritt auf sie zu.

»Sie haben ja recht. Bei mir muss immer alles seine Ordnung haben. Ich fühle mich unsicher, wenn es zu viele Alternativen gibt«, gestand sie.

Sprach sie nur von den Ermittlungen? Henrik wusste nicht mehr, in welche Richtung sich ihr Gespräch gerade entwickelte.

»Streichen wir einfach die Fahrt hierher, einverstanden? Lassen Sie uns bei einem guten Essen alles neu beleuchten, und ich verspreche auch, mich in Bezug auf Theorien ein wenig zurückzuhalten«, bot er an.

Dieses Mal zeigte Sonja ein warmes, erfreutes Lächeln, das ihr sehr gut stand.

»Gute Idee. Treffen wir uns in einer Viertelstunde im Restaurant?«, fragte sie.

Anschließend verließ sie Henriks Zimmer. Der benötigte nur wenige Minuten zum Auspacken seiner Reisetasche. Wer hatte die eigentlich ins Krankenhaus gebracht?

»Vermutlich Sonja. Die Frau, die ich zum Dank dafür von der Seite her dumm angemacht habe«, murmelte er zerknirscht.

Henrik traf früher als vereinbart im Restaurant ein und hatte bereits ein Bier vor sich stehen, als Sonja auf den Tisch zukam. Sie hatte den üblichen Pferdeschwanz aufgelöst, sodass ihre braunen Haare locker auf die Schultern fielen. Zusätzlich hatte sie Lippenstift aufgetragen und einen Lidschatten hinzugefügt. Die Veränderung verschlug Henrik für einen Augenblick glatt die Sprache.

»Sie sehen toll aus«, entfuhr es ihm, während er Sonja den Stuhl zurechtrückte.

Er konnte nur ihren Hinterkopf sowie einen Teil der rechten Halsseite sehen, doch die Rötung in diesem Bereich verriet ihre Reaktion.

»Ich nehme einen halbtrockenen Rotwein«, bestellte sie bei der aufmerksamen Bedienung.

Nachdem ihre Getränkebestellung aufgenommen worden war, vertieften Henrik und Sonja sich in die Speisekarten. Die Preise waren nicht so exorbitant hoch wie in manchen Restaurants in Stockholm oder Göteborg, aber immer noch höher als in Deutschland. Kapitän Oltmann würde angesichts der Spesenrechnung vermutlich einige Worte finden, die seinen Unmut über eine derartige Verschwendung ausdrücken sollten.

»Sie sind heute mein Gast. Machen Sie mir die Freude?«, fragte er.

Sonja warf ihm über den Rand der Speisekarte einen amüsierten Blick zu.

»Bei diesen Preisen wäre es sehr dumm, eine solche Einladung auszuschlagen«, erwiderte sie schmunzelnd.

Das Essen war vorzüglich, und da sie zunächst über banale Dinge plauderten, stellte sich eine entspannte Atmosphäre ein. Sonja trank bereits ihr zweites Glas Wein, und Henrik spürte die Wirkung seines dritten Bieres.

»Ich würde gern einen Schnaps trinken, um die Verdauung anzuregen. Was glauben Sie? Verträgt es sich mit den Medikamenten, die der Onkel Doktor mir verabreicht hat?«

Henrik fühlte sich beschwingt und strahlte Sonja an, deren Wangen sich gerötet hatten. Gleichzeitig lag ein Leuchten in ihren Augen, was ihn irritierte und neugierig machte.

»Frau Martenson? Herr Bargen?«

Der Mann war lautlos am Tisch aufgetaucht. Als er sich

in Deutsch an Henrik wandte, reagierte der rein instinktiv. Henrik stand blitzschnell auf, verlor fast das Gleichgewicht und musste es hinnehmen, dass der Unbekannte ihn stützte.

»Verflucht! Wer sind Sie?«, stieß er hervor.

Der Blondschopf lächelte entschuldigend und streckte Henrik eine Visitenkarte hin. Er trat dann einen Schritt zurück und wartete ab, bis der Privatermittler den Aufdruck studiert hatte.

»Erik Sjöstrandt. Sie sind der Sicherheitschef der Traubnitz Unternehmensgruppe. Aha. Was wollen Sie?«

Die abweisende Art von Henrik perlte schlicht an dem kühlen Schweden ab.

»Ich wurde angewiesen, Ihnen eine Führung durch unseren Firmensitz anzubieten«, antwortete er.

»Führung? So, wie man Medienleuten ein Unternehmen präsentiert?«, hakte Henrik nach.

Auch jetzt überhörte Sjöstrandt die unverhohlene Anspielung hinter den Fragen.

»Nein, Herr Bargen. Der Chef besteht darauf, dass ich Ihnen alles zeige. Sie und Frau Martenson dürfen selbst entscheiden, was Sie sehen möchten«, widersprach er.

Das war in der Tat ein sehr großzügiges Angebot. Henrik spürte ein warnendes Ziehen im Nacken, aber gleichzeitig die Herausforderung. Er warf einen abklärenden Blick zu Sonja, die das Angebot dankend annahm.

»Na schön. Dann dürfen Sie uns morgen Vormittag gegen 9:00 Uhr erwarten«, wandte Henrik sich wieder an den Schweden.

»Sehr gut. Wir freuen uns auf Ihren Besuch«, erwiderte Erik Sjöstrandt.

»Ja klar. Und die Erde ist eine Scheibe«, brummte Henrik.

Da der Sicherheitschef bereits am Ausgang des Restaurants angekommen war, konnte er die Beleidigung nicht mehr hören.

»Misstrauen scheint so etwas wie Ihre zweite Natur zu sein«, neckte ihn Sonja dafür.

Henrik setzte sich wieder auf den Stuhl und winkte die Bedienung an den Tisch. Er hatte Durst auf ein frisch gezapftes Bier.

KAPITEL 23

Die Kopfschmerzen hatten gewaltige Ausmaße angenommen, weshalb Henrik gleich zwei Tabletten mit einem großen Glas Wasser schluckte. Zum Frühstück traf er auf eine Sonja, die ihn mitleidig musterte.

»Sie haben es ein wenig übertrieben«, stellte sie fest.

»Danke, aber nach ein oder zwei Tassen Kaffee bin ich wieder hellwach«, nahm Henrik es mit Gleichmut.

Er wusste selbst, dass er zu viel Bier getrunken hatte und dass auch die Schnäpse sich nicht unbedingt positiv auf die Konstitution auswirkten. Eine Stunde später holte Erik Sjöstrandt seine Besucher ab und führte sie zunächst in ein Büro.

»Sie erhalten Sicherheitsausweise, die einen Zugang zu allen Bereichen ermöglichen. Falls Sie aber auch einen Blick in unsere Gruben werfen wollen, die nicht mehr aktiv betrieben werden, benötigen Sie zusätzlich eine Schutzausrüstung«, erklärte der Sicherheitschef.

Henrik vernahm Zwischentöne, die ihn aufhorchen ließen. Sjöstrandt gab sich zu große Mühe, den Besuch der Gruben uninteressant erscheinen zu lassen. Als er Sonja einen Seitenblick zuwarf, zuckte sie leicht mit den Achseln.

»Ach, wenn wir schon einmal hier sind. Lassen Sie uns zum Schluss des Rundganges doch in die Grube fahren«, schlug er vor.

Der Sicherheitschef spannte verärgert die Kinnmuskulatur an, nickte aber. Innerlich triumphierte er jedoch, dass Henrik Bargen den Köder wie geplant geschluckt hatte. Die nächsten drei Stunden wurden zu einem eher langweiligen Firmenbesuch, der für Henrik keine neuen Erkenntnisse brachte.

»Wir verschwenden hier nur unsere Zeit«, raunte er Sonja zu.

»Wir wären früher damit durch, wenn Sie nicht unbedingt noch in die Grube hätten einfahren wollen«, gab sie zurück.

Der Punkt ging zwar an sie, aber Henrik setzte auf seinen Instinkt. Sjöstrandt hatte sich einfach zu sehr angestrengt, ausgerechnet diesen Teil des Unternehmens aus dem Besuchsprogramm herauszuhalten. Sogar als Sonja und Henrik bereits die Spezialkleidung angelegt hatten, versuchte der Sicherheitschef es ihnen auszureden.

»Es gibt da unten wirklich nichts Aufregendes zu sehen. Sie werden sich vermutlich ärgern, und außerdem besteht ein latentes Risiko. Dafür benötige ich übrigens noch Ihre Unterschrift«, sprach er mahnend.

Er schob Sonja und Henrik ein mehrseitiges Dokument zu, welches sie durchlesen und mit einer Unterschrift versehen sollten. Im Grunde war es eine Belehrung über die bestehenden Gefahren, die sie unter der Erde jederzeit erwarten mussten.

»Damit sind Sie und die Traubnitz-Unternehmensgruppe aus jeder Haftung raus, korrekt?«, fragte Henrik spöttisch. Für ihn wurde die ganze Sache jetzt erst richtig interessant.

Sjöstrandt hob in einer abwehrenden Geste beide Hände. »Wie gesagt. Der Besuch ist nicht ungefährlich, und darüber muss ich Sie belehren. Wir sind nicht in der Lage, jede Situation zu kontrollieren«, sagte er.

In Sonjas Augen stiegen erkennbar Zweifel auf, doch so leicht würde Henrik sich nicht ins Bockshorn jagen lassen.

»Schon klar«, murmelte er und setzte seine Unterschrift unter das Dokument.

Da Sonja weiterhin zögerte, nickte er ihr aufmunternd zu. Mit erkennbarer Skepsis unterschrieb sie schließlich auch, und dann konnten sie zum letzten Punkt ihrer Besuchstour aufbrechen.

»Unser Mitarbeiter bleibt die ganze Zeit in Ihrer Nähe. Befolgen Sie unbedingt seine Anweisungen«, verabschiedete sie der Sicherheitschef.

Auf der Fahrt in die Tiefe spürte Henrik, wie seine Kopfschmerzen wieder stärker wurden. Zum einen ließ die Wirkung der Tabletten nach, zum anderen bereiteten die veränderten Druckverhältnisse ihm Probleme. Kurz bevor sie die Sohle des Schachtes erreichten, wurde ihm sogar leicht übel.

»Wir sind jetzt 142 Meter tief unter der Oberfläche. Achten Sie auf die Anzeigen Ihrer Kontrollgeräte«, sagte der Begleiter.

Er sprach lupenreines Englisch und deutete auf die Geräte, die er und seine beiden Besucher am Gürtel trugen. Sollte sich ein für Menschen gefährliches Gas an irgendeiner Stelle in der Grube sammeln, würde das Gerät es anzeigen. Ihr unterirdischer Fremdenführer hieß Sören und verzichtete in skandinavischer Manier auf die Nennung seines Familiennamens. Er marschierte zunächst an einem breiten Stollen entlang und beschrieb die Arbeit unter Tage. Einige Informationen waren auch für Henrik neu, der für eine Weile seine Kopfschmerzen vergaß.

»Dann waren die Deutschen schon in den 30er-Jahren des letzten Jahrtausends an dem Erzabbau beteiligt?«, hakte er nach.

»Absolut. Es gab nicht genügend Erzvorkommen im Deutschen Reich, daher wurden weltweit Unternehmensbeteiligungen geschlossen. Neben Schweden und Finnland bevorzugt in Südamerika«, antwortete Sören.

Wie passten die »Schattenkrieger« mit ihren geheimnisvollen Aktivitäten in diese Geschichte? Henrik war sich völlig sicher, dass alle Morde damit zusammenhingen. Die an Gerda Siehm und ihrer Nichte, genauso wie die an Rainer Traubnitz und Ewald Kohnfeld. Irgendetwas war faul an diesen Beteiligungen, und das galt es herauszufinden.

»Ich muss kurz eine Meldung nach oben absetzen, damit man sich keine Sorgen um uns macht«, teilte Sören mit.

Er bestand darauf, dass Sonja und Henrik an der Kreuzung zweier Stollen auf ihn warteten. Sören eilte in den linken Gang, in dem es eine Meldeanlage geben sollte.

»Es hängt alles mit diesen Firmenbeteiligungen zusammen«, sagte Henrik.

Sonja wiegte skeptisch den Kopf.

»Sie glauben wirklich, dass diese alten Geschichten den Schlüssel für unsere Morde hergeben?«

Genau das dachte Henrik, musste vorerst jedoch einräumen, dass er es nur ahnte und nicht belegen konnte.

»Was treibt er denn so lange?«

Henrik warf einen Blick auf seine Armbanduhr und wunderte sich über das lange Ausbleiben von Sören. Als zehn Minuten verstrichen waren, entschloss er sich zu handeln.

»Es ergibt doch keinen Sinn, wenn wir noch länger hier herumstehen. Ich sehe nach, was Sören da hinten treibt«, sagte er.

Sonja wollte nicht allein zurückbleiben, also schloss sie sich Henrik an. Sie eilten in den linken Gang und stießen nach sechs Minuten auf einen zweiten Fahrstuhl. Henrik krauste verwundert die Stirn und betätigte schließlich das Telefon. Es sollte ihn mit einem Kontrollstand an der Oberfläche verbinden, doch niemand reagierte auf den Anruf.

»Hier ist doch etwas oberfaul«, murrte er.

Als er Sonja anschaute, bemerkte er die Angst in ihren Augen.

»Die Schweine haben uns hier unten ausgesetzt«, murmelte sie schockiert.

KAPITEL 24

Er bewegte sich leicht außerhalb seiner Befugnis, doch Jo konnte ausnahmsweise nicht anders handeln. Außerdem hatte er die Fahrt in den Breisgau in seiner Freizeit unternommen.

Wenn ein Unschuldiger für den Mord gebüßt hat, darf man es nicht so stehen lassen, dachte er.

Ihm hatte bereits der angebliche Unfall des englischen Historikers kaum Ruhe gelassen. Seitdem er mit Henrik darüber gesprochen und die Parallelen zu den aktuellen Morden in Flensburg gesehen hatte, blieb er den Hinweisen hartnäckig auf der Spur.

»Sie haben Zweifel an dem Schuldspruch des Kriegsgerichts?«

Der Mitarbeiter des Militärarchivs in Freiburg schaute Jo neugierig an. Vermutlich kamen selten aktive Ermittler ins Hochhaus in der Wiesentalstraße.

»Es gibt einige Erkenntnisse, die darauf hindeuten, dass der Falsche verurteilt wurde«, erwiderte Jo.

Der ältere Mann nickte anerkennend.

»Schön, dass es bei der Kriminalpolizei noch Kommissare wie Sie gibt. Auch lange zurückliegende Morde dürfen nicht einfach vergessen werden«, sagte er.

Es war möglicherweise nur eine fixe Idee, doch schließlich ging Jo dieser Spur an seinen Urlaubstagen nach und vergeudete keine Steuergelder.

»Ich kann nicht ausschließen, dass weitere Morde begangen wurden, um diese Aufdeckung zu verhindern«, erwiderte Jo.

Der Archivmitarbeiter musterte den Kommissar überrascht.

»Das klingt sehr ungewöhnlich. Verraten Sie mir, wonach Sie suchen? Vielleicht kann ich helfen«, bat er dann.

Zuerst zögerte Jo, doch dann sah er keinen Grund, dem Angestellten des Militärarchivs zu misstrauen. Er beschränkte sich auf Informationen, die möglichst nicht die laufenden Ermittlungen berührten. Als er den Begriff »Schattenkrieger« nannte, hob der Archivar alarmiert die Augenbrauen.

»Ihnen sagt der Begriff etwas, richtig?«, hakte Jo sofort nach.

»Allerdings, Herr Fechner. Ich bringe Ihnen zunächst die Prozessunterlagen aus dem Verfahren gegen Oberbootsmann Schlichting«, erwiderte der Angestellte.

Er verschwand in den Tiefen des Raumes und kehrte nach einer Weile mit einem Aktenstapel zurück, den er auf dem Tisch vor Jo ablegte.

»Hier haben Sie alle Aufzeichnungen, die in Verbindung mit dem damaligen Prozess angefertigt wurden«, sagte er.

Der Kommissar dankte ihm und machte sich konzentriert an die Sichtung. Er spürte zwar, dass der Archivar ihm noch ganz anderes Material anbieten konnte, doch zunächst waren die Akten des Prozesses an der Reihe. Obwohl Jo ein schneller Leser war, benötigte er über vier Stunden für seine Recherche. Dann lehnte er sich kopfschüttelnd zurück und reckte die Arme gegen die Decke des Lesesaales.

»Na, haben Sie etwas gefunden?«

Der Angestellte des Militärarchivs stand urplötzlich wieder vor dem Tisch und schaute Jo fragend an.

»Es gibt einige Ungereimtheiten, die von dem Kriegsrichter und dem Ankläger einfach ignoriert wurden. Noch seltsamer ist, dass auch der Verteidiger des Oberbootsmannes nicht dagegen vorgegangen ist«, erwiderte er.

Im Grunde war es ein Schulbeispiel für einen gesteuerten Prozess.

»Vielleicht hatten sie Angst, nicht das von den Nazis erwartete Urteil zu sprechen«, schlug der Archivar als Begründung vor.

»Drei Monate nach Kriegsende? Nein, das war kaum der Grund«, widersprach Jo.

Einen Moment starrte der Angestellte ihn mit einem merkwürdigen Ausdruck in den Augen stumm an. Dann fasste er erkennbar einen Entschluss und eilte davon.

»Bin gespannt, was jetzt kommt«, murmelte Jo.

Es dauerte fast zehn Minuten, bis der Archivar mit weiteren Akten unter dem Arm am Tisch auftauchte.

»Es ist nur so eine Ahnung, Herr Fechner. Möglicherweise finden Sie hier die Antworten, nach denen Sie suchen«, sagte er.

Mit diesen Worten zog er sich wieder zurück und überließ Jo sich selbst. Der holte sich einen frischen Kaffee aus dem Automaten und blieb einige Minuten am Fenster stehen, um seine verspannte Muskulatur zu lockern. Danach kehrte er zurück an seinen Tisch und schlug den obersten Aktendeckel auf. Schon nach wenigen Zeilen nahm ihn die Lektüre gefangen, und das Phänomen »Schattenkrieger« trat aus dem Nebel der Vergangenheit.

»Mensch, Henrik. Da haben Sie den Finger aber mitten in eine Wunde gesteckt«, stöhnte Jo schließlich auf.

Er rieb sich nachdenklich übers Gesicht und sortierte seine Gedanken. Ihre Theorien waren nicht völlig falsch gewesen, aber es gab einen weitaus spektakuläreren Hintergrund.

»Das kann ich Albrecht aber nur verkaufen, wenn noch mehr Fleisch ans Skelett kommt«, sagte er sich.

Der Ausflug nach Freiburg hatte sich bezahlt gemacht. Auf der Rückfahrt im ICE sortierte Jo die angefertigten Kopien und erstellte aus den gesammelten Informationen eine Übersicht. Es war bereits nach Mitternacht, als er in Flensburg ankam. Ein böiger Nordwestwind trieb eisige Regenschauer vor sich her, sodass Jo fröstelte. Er eilte durch den menschenleeren Bahnhof der Fördestadt und blieb schließlich unter dem Vordach stehen. Seine Hoffnung, noch ein Taxi vorzufinden, wurde enttäuscht. Das kalte Herbstwetter hatte andere Zugreisende dazu bewogen, ihrerseits die Fahrt in einem der Mietwagen anzutreten.

»Der Bus kommt auch erst in acht Minuten«, murmelte er entnervt.

Jo hatte seine körperlichen Reserven fast aufgebraucht. Der Trip in den Breisgau war ausgesprochen anstrengend, aber auch erfolgreich gewesen. Jo stellte seine Reisetasche auf die Holzbank im Wartehäuschen und seufzte ergeben. Er hatte sich Kopien der wichtigen Dokumente angefertigt und konnte damit seinen Vorgesetzten hoffentlich überzeugen. Sein Blick ging ins Leere, und dann krauste Jo verwirrt die Stirn. Er fuhr herum und stieß einen lästerlichen Fluch aus. Dieses Verhalten war dem normalerweise zurückhaltenden Kommissar eher fremd, aber der Schock über die Erkenntnis in Verbindung mit seiner Erschöpfung ließ ihn so reagieren.

»Kann ich Sie irgendwohin mitnehmen?«

Jo schaute über die Schulter zu dem schwarzen Mercedes ML 320. Der Beifahrer war ausgestiegen und kam auf ihn zu.

»Nein, nicht nötig. Der Bus kommt gleich«, wehrte Jo ab.

Mit einem Nicken drehte er seinen Kopf wieder zurück und wollte noch einmal nachsehen, ob er die Aktenmappe sicher in seiner Reisetasche verstaut hatte. Der harte Stoß traf ihn völlig unvorbereitet und ließ den Kopf unsanft gegen den Rahmen des Wartehäuschens krachen. Aufstöhnend sackte Jo in sich zusammen und musste hilflos mit ansehen, wie der gerade noch so hilfsbereit auftretende Beifahrer nach der Reisetasche griff und blitzschnell in den wartenden Mercedes einstieg.

»Das kann doch nicht wahr sein«, stöhnte er ungläubig.

Doch bevor Jo überhaupt wieder auf den Beinen war, jagte der Geländewagen bereits davon, und ihm blieb nichts anderes übrig, als die Kollegen zu alarmieren.

KAPITEL 25

Henrik warf erneut einen prüfenden Blick auf das Messgerät am Gürtel, bevor er die Uhrzeit ablas.

»Man hat uns vergessen, so viel steht fest«, sagte er.

Sonja hatte von Anfang an das dumme Gefühl gehabt, dass Sjöstrandt ihnen eine Lektion erteilen wollte. Es bestand zwar keine unmittelbare Gefahr, aber unterschwellig fühlte sie sich dennoch bedroht.

»Dann wird es wohl eine lange Nacht werden. Niemand wird uns vermissen, und mein Handy hat hier unten keinen Empfang.«

Bei Henriks nüchternen Feststellungen warf Sonja ihm einen prüfenden Blick zu. War er wirklich so gelassen, oder wollte er nur beruhigend auf sie einwirken?

»Was war das?«, fragte sie alarmiert.

Irgendwo war ein Motor angelaufen. Henrik horchte angestrengt, und dann stieg ein Geruch in seine Nase, der ihn zusammenzucken ließ.

»Abgase. Jemand hat ein Gebläse eingeschaltet«, stieß er hervor.

Henrik hatte es kaum ausgesprochen, da meldeten sich kurz hintereinander beide Messgeräte mit einem Warnton. Sein Blick wanderte hinüber zu einem Stahlschrank. An der linken Tür hing ein Hinweisblatt zu dem Inhalt, der nur in Notfällen einzusetzen war. Immerhin gab es Sauerstoffgeräte hier unten.

»Das kann nicht sein«, keuchte Sonja fassungslos.

Mittlerweile konnte sie sich zwar vorstellen, dass Traubnitz und sein Sicherheitschef ihnen eine harte Lektion erteilen wollten, aber mehr auch nicht.

»Das wäre glatter Mord«, sagte sie.

Henrik las die Werte auf der Skala seines Messgerätes ab und fluchte wüst.

»Ich bin diesem Mistkerl voll auf den Leim gegangen. Sjöstrandt wollte uns hier unten haben, damit es wie ein Unglücksfall aussehen kann«, erkannte er den Hinterhalt des Schweden.

Seine Gedanken wirbelten durcheinander, und gleichzeitig spürte er Übelkeit in sich aufsteigen. Die gefährlichen

Gase machten sich aufgrund seiner angeschlagenen Konstitution früher als bei Sonja bemerkbar. Ihm musste dringend etwas einfallen, wenn Sjöstrandts Falle nicht zu ihrem Grab werden sollte. Für einen Moment staunte Henrik über die unglaubliche Entwicklung, die seine Ermittlung gerade nahm. Eine solche Gefahr hätte er nicht erwartet, und nun saß auch noch Sonja mit in der tödlichen Falle.

»Wir müssen zurück zum Fahrstuhl, mit dem wir nach unten gefahren sind«, rief er hustend.

Sonja schüttelte benommen den Kopf. Offenbar wirkte das Gas bei ihr doch intensiver, als Henrik gedacht hatte. Er sparte sich weitere Worte und packte seine Begleiterin am Arm, um sie hinter sich herzuziehen. Sonja strauchelte mehrfach, während Henrik gegen einen üblen Brechreiz ankämpfte und die Schlieren vor seinen Augen wegblinzelte.

»Da, der Schrank«, keuchte er.

Als er ihren Arm losließ, sank Sonja kraftlos zu Boden. Henriks Sinne waren bereits so stark beeinträchtigt, dass er die Gewalt über seine Finger verlor. Voller Wut schlug er mit dem Kopf gegen die Stahltür des Schrankes. Der einsetzende Schmerz lichtete für einen winzigen Augenblick den Nebelschleier vor seinen Augen und setzte ausreichend Adrenalin frei, damit er endlich das vermaledeite Schloss aufbekam.

»Hier, atmen. Los! Du sollst atmen!«, brüllte er voller Verzweiflung.

Er drückte Sonja die Maske der Sauerstoffflasche aufs Gesicht und versuchte, zu ihr durchzudringen. Auf einmal bäumte sie sich auf und sog gierig den Sauerstoff ein. Für Henrik war es jedoch zu spät. Seine Arme versagten den Dienst, und dann verlor er das Bewusstsein.

Auf einmal flutete frische Luft in seine Lungen, sodass

Henrik wieder zu sich kam. Erleichtert nickte er Sonja zu, die ihm ebenfalls eine Maske angelegt hatte.

»Mich anpflaumen und selbst schlappmachen«, frotzelte sie.

Sie lächelte ihn erleichtert an, während Henrik die Erholung genoss. Es war extrem knapp gewesen, doch am Ende reichten ihre vereinigten Kräfte zum Überleben.

»Wie geht's weiter?«, wollte Sonja wissen. »Diese Abgasanlage pumpt immer noch ihren Dreck in die Schächte.«

Henrik nahm das Mundstück weg und setzte gerade zu einer Antwort an, als er stutzte.

»Stimmt nicht. Die Turbine läuft gar nicht mehr«, widersprach er dann.

Sonja hob verwundert die Augenbrauen und legte den Kopf auf die Seite.

»Du hast recht. Der Fahrstuhl kommt runter!«

Tatsächlich meldete eine Klingel, dass jemand hinunter in den Schacht fuhr. Henrik krauste skeptisch die Stirn.

»Müssen wir uns Sorgen machen?«, fragte Sonja.

Ihr Vertrauen hatte gelitten, und das fand Henrik nach den Ereignissen auch durchaus nachvollziehbar. Sein Blick erfasste einen Werkzeugkasten, aus dem er sich eine gut 15 Zentimeter lange Eisenstange nahm.

»Geh ein Stück zurück«, sagte er.

Ausnahmsweise fügte Sonja sich ohne jeden Protest und suchte an der Abzweigung eine gute Ausgangsposition, falls sie flüchten musste. Gebannt schaute Henrik auf den Fahrstuhl, der eine Minute später auf der Sohle ankam. Nur ein Wachmann stand darin und starrte ungläubig auf den Deutschen. Er stellte eine Frage in seiner Heimatsprache und wechselte ins Englische, nachdem Henrik sein Unverständnis durch Kopfschütteln und ausgebreitete Arme verdeutlicht hatte.

»Vergessen worden? Wir hatten einen Führer, der sich einfach verdrückt hat, und dann wurde noch diese verfluchte Abgasanlage eingeschaltet, sodass wir um ein Haar erstickt wären!«, schimpfte Henrik.

Der Wachmann trat aus dem Fahrstuhl und erblickte erst jetzt die Frau im Hintergrund.

»Wer war der Führer?«, fragte er dann.

Henrik nannte den Namen und registrierte das verärgerte Aufleuchten in den Augen des Wachmannes.

»Seid Ihr Deutsche?«, wollte er wissen.

Henrik und Sonja tauschten einen Seitenblick aus.

»Sind wir. Ist das ein Problem für Sie?«, erwiderte er genervt.

»Nicht für mich, aber für Sören. Der ist ein verrückter Nationalist und hätte niemals als Führer bei euch eingesetzt werden dürfen«, antwortete der Wachmann.

Langsam fasste Henrik Vertrauen zu dem Schweden, der aufrichtig wirkte.

»Fahren wir hinauf. Ich informiere den Leiter unseres Sicherheitsdienstes, damit er etwas gegen Sören unternimmt«, schlug der Wachmann vor.

Während der erste Teil ganz im Sinne von Henrik und Sonja war, lehnte er das Gespräch mit Sjöstrandt rundweg ab.

»Er war es doch, der uns Sören als Führer zugewiesen hat«, protestierte Henrik.

An der Oberfläche dankten sie zwar dem Wachmann für ihre Rettung, verließen danach aber zügig das Firmengelände. Auf der Rückfahrt besprachen sie das weitere Vorgehen, und Sonja setzte sich damit durch, bei der örtlichen Polizeistation eine Anzeige zu erstatten.

»Ich denke nicht, dass es irgendetwas bewirkt, aber meinetwegen«, gab Henrik nach.

Auf der Wache nahm ein gemütlich wirkender Schutzpolizist die Anzeige auf. Seine anfängliche Zurückhaltung verflog, nachdem er den Dienstausweis von Sonja zur Kenntnis genommen hatte.

»Ich kenne das Unternehmen nur als guten Arbeitgeber, aber diese Darstellung wird an anderer Stelle vermutlich einiges an Aufsehen auslösen«, sagte der Polizist.

Nachdem er erfahren hatte, wo seine Kollegen von der Reichspolizei die Deutschen finden konnten, durften Sonja und Henrik ins Hotel zurückkehren.

»Ich brauche eine lange Dusche, und dann einige harte Drinks. Treffen wir uns in einer halben Stunde an der Bar?«, fragte Henrik.

Er schaute Sonja fragend an, die einen kurzen Moment zögerte.

»Einverstanden. Ich bin zwar völlig erledigt, aber schlafen kann ich mit Sicherheit auch nicht«, stimmte sie zu.

Fünf Minuten später prasselte das heiße Wasser auf Henriks Körper, der über die zurückliegenden Stunden nachdachte. In seinem Magen bildete sich ein Klumpen aus Eis. Henrik kannte dieses Anzeichen aus seiner aktiven Zeit bei der Bundespolizei und wusste, dass er nicht ruhen konnte, bevor er Traubnitz und Sjöstrandt überführt hatte.

»Ab jetzt wird es echt ungemütlich. Verlasst euch drauf«, stieß er hervor.

KAPITEL 26

Der Abend fiel anders aus, als von Henrik erwartet. Sonja und er tranken zwei Gläser Whisky an der Bar. Doch beide spürten die zunehmende Erschöpfung und beschlossen daher, auf ihre Zimmer zu gehen. Henrik wollte den Gentleman spielen und begleitete Sonja, die ihn daraufhin noch einlud.

»Wir müssten eigentlich noch Brüderschaft trinken«, sagte sie.

Es war kein guter Einfall gewesen, aber Henrik willigte ein und ging mit auf ihr Zimmer.

Stunden später fuhr er aus einem von Alpträumen durchsetzten Schlaf hoch.

»Was ist danach passiert?«, fragte er sich und starrte im Dämmerlicht des frühen Morgens auf die schlafende Frau neben sich.

Sonja gab leise Schnarchgeräusche von sich, und Henrik kramte in seinen Erinnerungen. Alles war nebulös und verwirrend.

»Wir haben uns geküsst«, murmelte er.

Vage erinnerte er sich an Sonjas weiche Lippen und daran, dass der Kuss länger als ein Bruderkuss gedauert hatte.

»Das gibt's doch gar nicht«, schimpfte er.

Henrik war kein Schwerenöter. Dennoch hatte es natürlich einige Beziehungen gegeben, und er konnte sich auch heute meistens noch an die Details erinnern. Warum nur war es jetzt so völlig anders?

»Erst die Tabletten, dann die Abgase, der Whisky und zum Schluss noch der billige Sekt aus der Minibar«, gab er sich selbst die Antwort.

»Hmm?«

Sonja räkelte sich und öffnete nacheinander die Lider. Ihr verhangener Blick wanderte umher und blieb schließlich an Henrik hängen, der auf der Bettkante saß.

»Moin«, sagte er.

»Henrik? Wieso bist du in meinem Zimmer? Ist schon wieder etwas passiert?«, schoss sie ein ganzes Feuerwerk an Fragen ab.

»Viele gute Fragen. Ich hatte eigentlich gehofft, dass du mir die Antworten liefern könntest«, erwiderte er.

Mit einem Ruck setzte Sonja sich auf, nur um mit beiden Händen ihren Kopf festzuhalten.

»Mir platzt gleich der Schädel. Hast du, äh, haben wir …?«

Henrik wurde vom Läuten des Telefons auf dem Nachttisch neben dem Bett erlöst. Sonja nahm den Hörer ab und meldete sich.

»Wer ist da? Der Kommissar soll bitte im Frühstücksraum auf uns warten. Doch, ich werde Herrn Bargen informieren. Danke«, sagte sie.

Henrik legte den Kopf leicht schräg, während Sonja mit einem langen Seufzer zurück auf ihr Bett sank.

»Was für ein Kommissar, und worüber sollst du mich informieren?«, fragte er.

Sie spreizte die Finger, um durch die Lücke zu ihm aufzuschauen. Henrik versuchte einzuschätzen, was das bedeckte Gesicht zu bedeuten hatte. Schämte Sonja sich, oder bereute sie, was auch immer passiert war?

»Ein gewisser Bengt Södergreen wartet im Frühstücksraum auf uns. Er ist Kommissar bei der Rikspolisen. Der

Angestellte wollte dich ebenfalls darüber informieren, aber er konnte dich nicht auf dem Zimmer erreichen«, beantwortete Sonja brav jede seiner Fragen.

»Dann muss heute die Katzenwäsche reichen. Treffen wir uns unten?«

Sonja nickte nur. Henrik erhob sich und war bereits an der Tür, als sie sich noch einmal zu Wort meldete.

»Wir sprechen später darüber. Einverstanden?«

Henrik schaute über die Schulter zurück zu ihr. Sonja sah hinreißend aus, und fast wünschte er sich, dass sie miteinander geschlafen hatten.

»Na, klar. Erst der Kommissar, dann wir«, stimmte er zu.

Henrik eilte auf sein Zimmer, machte sich frisch und zog ein frisches Hemd über. Dann ging er hinunter ins Frühstückszimmer des Hotels, wo man ihn an einen Tisch führte.

»Kommissar Södergreen?«

Der schwedische Ermittler erhob sich und streckte Henrik mit einem jovialen Grinsen seine Pranke hin. Söndergreen war genauso groß wie Bastian Kraft, aber älter und mit einem deutlichen Bauchansatz ausgestattet. Die dunkelbraunen Haare hatten ihre Vormachtstellung gegenüber den grauen Strähnen bereits vor geraumer Zeit eingebüßt.

»Herr Bargen. Schön, dass man Sie doch noch aufspüren konnte«, erwiderte er in tadellosem Deutsch.

»Ah, da kommt ja auch meine verehrte Kollegin aus Flensburg«, rief er gleich darauf aus.

Er löste den Handgriff und lächelte Sonja zu, die sich dem Tisch näherte. Henrik wusste, dass sein Gesicht zerknittert war und dunkle Schatten unter den Augen ein deutliches Zeugnis des fehlenden Schlafes ablegten. Sonja hingegen wirkte äußerlich frisch und hatte die kurze Zeitspanne effektiv genutzt, um sich komplett umzuziehen.

»Hauptkommissarin Martenson. Dann wären wir ja komplett, und Sie erzählen mir bei einer Tasse Kaffee, was Ihnen gestern widerfahren ist«, freute sich Kommissar Södergreen.

Gehorsam kam Henrik der Bitte nach, die in Wahrheit natürlich mehr einer dienstlichen Anordnung entsprach. Der Schwede hörte konzentriert zu, machte sich Notizen und verzichtete auf Zwischenfragen. Nachdem auch Sonja ihren Beitrag geleistet hatte, lehnte Södergreen sich mit einem schwer zu definierendem Gesichtsausdruck zurück.

»Ich sollte vorausschicken, dass ich für die Säpo tätig bin«, sagte er dann.

Diese Abkürzung stand für »Säkerhetspolisen«, was sich am besten mit »Sicherheitspolizei« übersetzen ließ. Die war in Schweden mit speziellen Aufgaben sowie Befugnissen ausgestattet. Henrik starrte Södergreen verwirrt an.

»Säpo? Wieso interessiert sich Ihre Behörde für den Zwischenfall? Gehören nicht üblicherweise Terrorismus, Gegenspionage und ähnliche Aufgaben zu Ihrem Tätigkeitsbereich?«, fragte er.

Sonja hatte ebenfalls überrascht die Stirn gekraust und wartete gespannt auf Södergreens Erwiderung.

»Stimmt genau, Herr Bargen. Welches Interesse haben Sie an Herrn Traubnitz und seinem weltweiten Unternehmen?«

Die knappe Antwort sagte überhaupt nichts aus, während die Frage durchaus einen Hinweis lieferte. Henrik wusste nur noch nicht einzuschätzen, inwieweit er Södergreen trauen durfte.

»Rainer Traubnitz wurde das Opfer eines Mordes, und der einzige Augenzeuge wurde kurz darauf getötet. Sein Name lautete Ewald Kohnfeld und er gehörte während des Zweiten Weltkrieges einer Sondereinheit der Kriegsmarine an. Man bezeichnete sie meistens als ›Schattenkrieger‹, und diese Männer interessieren mich«, gab er bereitwillig Auskunft.

Anhand der Reaktionen des schwergewichtigen Kommissars hoffte Henrik erraten zu können, was die Sicherheitspolizei mit den Ermittlungen zu tun hatte. Doch Södergreen fertigte nur schweigend einige Notizen an, bevor er Henrik nachsichtig anlächelte.

»Sie sind kein Historiker, richtig?«

»Nein, bin ich nicht«, erwiderte Henrik.

Södergreen breitete die schaufelartigen Hände aus und zog fragend die Augenbrauen in die Höhe.

»Warum verfolgen Sie dann diese sogenannten Schattenkrieger?«

Henrik warf einen Seitenblick zu Sonja, die ihm aufmunternd zulächelte. Offenkundig traute sie dem Kommissar.

»Ich war bis zu einem Unfall als Hauptkommissar bei der Bundespolizei tätig. Meine Verletzung machte es unmöglich, im aktiven Dienst zu bleiben. Ich arbeite unter gewissen Umständen noch als Privatermittler und mein derzeitiger Auftraggeber möchte einen Doppelmord aufgeklärt haben«, antwortete Henrik.

Nochmals beschränkte Södergreen sich darauf, den Ausführungen aufmerksam zu lauschen.

»Danke für Ihre Offenheit. Jetzt verstehe ich Ihr Anliegen besser«, bedankte er sich.

Anschließend senkte er seinen Blick und blätterte seine Notizen durch. Henrik und Sonja übten sich in Geduld. Schließlich klappte Södergreen sein Notizbuch zu, verstaute es in der ausgebeulten Seitentasche seines Cordsakkos und erhob sich.

»Was? Sie wollen gehen?«, fragte Henrik ungläubig.

Der Kommissar der Säpo zuckte leicht mit den breiten Schultern.

»Bevor ich Ihre Fragen beantworten kann, muss ich Ihre Geschichte überprüfen. Als ehemaliger Kollege verstehen Sie das Vorgehen sicherlich«, erwiderte er.

Henrik stellte den Kaffeebecher so hart ab, dass es laut klirrte. Andere Gäste und einer der Kellner schauten zu ihrem Tisch. Sonja legte ihm beruhigend eine Hand auf den Unterarm.

»Schaffen Sie es bis morgen, Herr Kommissar?«, fragte sie gleichzeitig.

Södergreen ließ seinen Blick von Henrik zu Sonja wandern.

»Kommen Sie morgen Vormittag um 10:00 Uhr in mein Büro in Luleå. Dann erhalten Sie die Antworten«, versprach er.

»Und wenn ich Sie angelogen habe?«, fragte Henrik provozierend.

»Nun, dann sehen wir uns früher wieder, und Sie werden in den Genuss unserer besonderen Gastfreundschaft gelangen«, antwortete Södergreen ungerührt.

Mit einem fröhlichen »Hej« verabschiedete er sich und trabte davon. Henrik schnaubte verärgert und trank einen Schluck Kaffee. Seine Kopfschmerzen hatten sich zu einem leisen Dröhnen reduziert, während seine Rippen stärker protestierten.

»Schnelle Bewegungen sind Gift für dich. Außerdem halte ich es für angebracht, mich selbst ein wenig schlau über Kommissar Södergreen und sein Interesse an den Ermittlungen zu machen«, sagte Sonja.

»Sorry, aber ich bin es nicht mehr gewohnt, über solche Möglichkeiten zu verfügen«, entschuldigte sich Henrik.

Als keine Antwort kam, schaute er fragend zur Seite.

»Ich habe nicht gesagt, dass ich mein Wissen mit dir teile«, stellte sie klar.

Ein leiser Groll baute sich in Henrik auf, aber dann setzte sein analytisches Denken ein und er verstand die Einschränkung.

»Nein, natürlich nicht. Während du dich mit deiner Dienststelle austauschst, werde ich einen kleinen Spaziergang machen. Das wird meinem Kopf guttun«, erwiderte er daher.

Sie erhoben sich gleichzeitig.

»Kann ich mich darauf verlassen, dass du wirklich nur spazieren gehst?«

Henrik grinste Sonja an.

»Ja, natürlich. Für irgendwelche Abenteuer bin ich noch nicht wieder fit genug«, versicherte er.

Ihr Blick sprach Bände, doch Sonja akzeptierte seine Antwort. Henrik ging auf sein Zimmer, zog sich den Anorak an und nahm die Handschuhe mit. Bisher war sein Ausflug nach Nordschweden wenig effektiv verlaufen. Es wurde Zeit, dass er endlich mehr über die Verbindung der Familie Traubnitz zu den Aktivitäten der »Schattenkrieger« in Erfahrung brachte.

KAPITEL 27

Er stand am Fenster seines Büros, doch ausnahmsweise wollten sich Klaus Traubnitz' Gedanken bei dem Anblick der dunklen Wälder nicht beruhigen. Vor seinem Schreibtisch stand Erik Sjöstrandt und wartete geduldig ab. Es wurmte Traubnitz, dass der Sicherheitschef nicht den leisesten Schimmer von Unsicherheit erkennen ließ.

»Sie haben es gründlich verbockt, Erik. Jetzt werden Bargen und diese Hauptkommissarin umso misstrauischer sein«, beschwerte er sich.

Traubnitz wandte sich um und setzte sich in den hochlehnigen Schreibtischstuhl. Obwohl er Sjöstrandt nicht dazu aufgefordert hatte, setzte der Sicherheitschef sich auf einen der Besucherstühle.

»Der Personalwechsel war nicht abgesprochen, und daher trifft mich keine Schuld. Sie kennen doch den alten Witz: ›Wenn du Gott zum Lachen bringen willst, schmiede Pläne.‹ Ich habe bereits vorgesorgt. Die Polizei kennt Sörens Vorgeschichte und wird keine Zweifel daran haben, dass dieser Anschlag ganz allein auf sein Konto ging«, erwiderte Sjöstrandt.

Traubnitz musterte das kantige Gesicht des Schweden und wusste, dass er sich wirklich darauf verlassen konnte. Erik Sjöstrandt war genauso rücksichtslos wie intelligent. Außerdem musste Traubnitz seinem Sicherheitschef recht geben. Alles Lamentieren brachte sie jetzt nicht weiter. Vielmehr mussten sie einen neuen Weg finden, wie sie Bargen und Martenson aus dem Weg räumen konnten.

»Kontrollieren Sie die Kommunikationskanäle des Hotels, so wie ich es angeordnet habe?«, wollte Traubnitz wissen.

»Selbstverständlich. Egal, ob einer der Deutschen mit seinem Handy oder übers Internet mit irgendjemandem in Kontakt tritt, wir werden es sofort erfahren«, erwiderte Sjöstrandt.

Ein neuer Plan nahm in Traubnitz' Kopf Gestalt an. Möglicherweise konnte er zwei Probleme auf einen Schlag aus der Welt schaffen. Sein nachdenklicher Blick haftete sich in Sjöstrandts Gesicht. Würde der Schwede auch so einen Plan in die Tat umsetzen, oder zuckte er angesichts der weitreichenden Konsequenzen zurück?

»Hören Sie mir jetzt gut zu, Erik. Es gibt einen Weg, der uns helfen kann, gleich mehrere Schwierigkeiten zu beseitigen«, forderte er den Sicherheitschef auf.

Während Traubnitz anfangs mit einer gewissen Scheu seine Überlegungen vortrug, blieb Sjöstrandt völlig unbeteiligt. Es war erkennbar, wie gleichgültig ihm auch der mögliche Tod vieler Menschen war. Traubnitz' Bedenken hinsichtlich bestehender Skrupel auf Seiten seines Sicherheitschefs verflogen schnell.

»Das ist ein verdammt cleverer Plan, Chef. Ich werde persönlich alle Vorbereitungen überwachen, und dann klappt es auch«, stimmte Sjöstrandt zu.

Es kam nicht sehr oft vor, dass Traubnitz derartig respektvoll von seinem Sicherheitschef behandelt wurde. Offenbar sagte Sjöstrandt die neue Gangart deutlich mehr zu.

Wenn du wüsstest, dachte der zufrieden.

Es war nur gut, wenn selbst enge Mitarbeiter wie Sjöstrandt ihn dermaßen unterschätzten. Die erkennbare Begeisterung für den Plan machte Sjöstrandt allerdings zu einem wertvollen Helfer. Traubnitz entließ ihn und wartete ab, bis sich die Bürotür hinter seinem Sicherheitschef geschlossen hatte. Erst dann zückte er das besondere Handy und drückte eine Kurzwahltaste. Bereits nach dem dritten Rufzeichen meldete sich sein Gesprächspartner in Flensburg. Traubnitz umriss in wenigen Sätzen die Vorkommnisse, überspielte seine Furcht und trug sofort den neuen Plan vor.

»Der Anschlag im Bergwerk war schlampig. Dafür ist aber der neue Plan wirklich gut durchdacht. Setzen Sie ihn um und berichten Sie mir umgehend, falls es Probleme gibt«, gab der Flensburger sein Einverständnis.

Mit einem erleichterten Seufzen beendete Traubnitz das Gespräch und erhob sich, um erneut ans Fenster zu treten. Dieses Mal konnte er sich am Anblick der Wälder erfreuen und stellte sich gedanklich den Rauchpilz darüber vor.

KAPITEL 28

Seine Erinnerung hatte Henrik nicht getrogen. Das Internetcafé lag in einer Seitengasse nur einige Hundert Meter vom Bahnhof entfernt. Hätten ihn die Jugendlichen nicht absichtlich bei seiner Ankunft in die falsche Richtung geschickt, wäre Henrik niemals daran vorbeigekommen. Heute kam es ihm zugute, denn er konnte unbemerkt mit Kommissar Fechner in Kontakt treten. Henrik ließ sich einen Rechner freischalten und loggte sich in sein Mailprogramm ein.

»Sieh mal einer an«, murmelte er verblüfft.

Seine Mail an Jo Fechner wurde schneller als erwartet beantwortet. Während Henrik den Inhalt mit zunehmender Erregung studierte, wechselten sich die Nutzer an den anderen Geräten ab. Immer wieder warf er prüfende Blicke zu ihnen, doch bislang fühlte er sich unbeobachtet.

Nachdem Henrik den Inhalt der Mail zweimal gelesen hatte, schickte er eine kurze Antwort nach Flensburg und öffnete anschließend die Seite der Suchmaschine. Hier konnte er wenigstens einen Teil der Angaben überprüfen, und allein diese Recherche erforderte fast zwei Stunden.

»Kann ich mir Ausdrucke anfertigen?«, fragte er den jungen Mann hinter dem Tresen.

Der Schwede mit der dunklen Hautfarbe verteilte die Arbeitsplätze, erfüllte Getränkewünsche und stand notfalls auch mit Ratschlägen bei technischen Problemen zur Verfügung. Auf Henriks Frage nannte er den Preis für die Ausdrucke. Insgesamt wurden es mehr als 30 Seiten.

»Danke«, sagte Henrik und verließ das Café.

Der junge Angestellte hatte nur einen flüchtigen Blick auf den Inhalt der bedruckten Blätter geworfen und ziemlich desinteressiert gewirkt. Henrik kehrte auf direktem Weg zurück ins Hotel und saß schließlich auf dem Stuhl vor seinem Bett. Er hatte die Ausdrucke in kleine Stapel aufgeteilt und einige einzeln auf der Tagesdecke ausgebreitet.

»Was hast du damit zu schaffen?«

Seine Frage verhallte ungehört. Henriks Blick wanderte immer wieder zurück zur Mail von Jo. Der Kommissar hatte sich in Freiburg im Militärarchiv umgesehen und erstaunliche Fakten zutage gefördert. Die Unterlagen waren ihm zwar gestohlen worden, er hatte sich aber einige wichtige Daten merken können. Darunter den Namen eines Mannes aus Riga, der in den letzten Kriegstagen in Flensburg gewesen war. Gent Karsums tauchte in einem Protokoll des Kriegsgerichtsprozesses auf. Anschließend verschwand dieser Name aus allen Unterlagen, sodass Henrik ihn bislang ebenfalls noch nie gelesen hatte.

»Ich hätte Oltmann oder Adams nach Karsums fragen können«, ärgerte sich Henrik.

Er suchte sein Handy und wählte die Telefonnummer des Kommandeurs der Marineschule in Mürwik.

»Bargen hier. Ich wollte einen kurzen Zwischenbericht geben und benötige später noch eine Auskunft von Ihnen«, teilte Henrik dem Kapitän mit.

Damit das Gespräch nicht zu hohe Gebühren verursachte, fasste er sich kurz und beendete es bereits nach sieben Minuten. Anschließend schob er die Mail von Jo zur Seite und studierte stattdessen das Diagramm der Traubnitz-Holding. Einige der Subunternehmen hatte er bereits im Internetcafé erforscht und war dabei auf einen weiteren Namen gestoßen, der ihm vertraut vorkam. Möglicherweise war es aber auch nur eine Namensgleichheit und hatte nichts zu bedeuten. Dennoch fand er es bemerkenswert und hatte sich daher auf einer Internetseite angemeldet, die sich auf Genealogie spezialisiert hatte. Als Henrik den Familiennamen eingegeben und den gewünschten Betrag für die Erstellung des Familienbaumes überwiesen hatte, konnte er bereits zum Ende seines Besuches im Internet auf die Angaben der Ahnenforscher zugreifen. Er studierte die Namen und folgte den Verästelungen, bis er die Familienmitglieder in der Fördestadt im Blick hatte.

»Kein Zufall also. Fragt sich, ob ich Ulrike damit behelligen kann«, murmelte er halblaut.

Henrik ignorierte ein weiteres Mal die Anweisungen des schwedischen Arztes und holte sich ein Bier aus der Minibar. Während er das eiskalte Getränk in kleinen Schluck genoss, grübelte er über sein weiteres Vorgehen nach. Ulrike Tewes war Rechtsanwältin in einer sehr renommierten Kanzlei in Flensburg. Henrik hatte die schlanke Brünette kennengelernt, als er nach einem Anwalt für ein Verfahren gegen seinen ehemaligen Dienstherren suchte.

Dir kann ich wenigstens vertrauen, dachte er.

Ulrike hatte damals ihre Sache sehr gut gemacht, weshalb Henrik wegen anerkannter Dienstunfähigkeit in den vorzeitigen Ruhestand verabschiedet worden war. Schon während der Zeit des Verfahrens verliebten sie sich ineinander. Da Ulrike aber glücklich verheiratet war und Mutter dreier halbwüchsiger Kinder, wahrten sie den erforderlichen Abstand.

»Ich muss es riskieren«, entschied sich Henrik.

Er nahm nochmals sein Handy an sich und tippte eine SMS ein, die er nach kurzem Zögern an die schöne Rechtsanwältin schickte. Kaum war die Nachricht versendet, klopfte es an seiner Zimmertür. Henrik öffnete und schaute Sonja erfreut an.

»Immer rein in die gute Stube. Ich habe Neuigkeiten zu berichten«, rief er.

Sie lächelte vielsagend und schob sich an Henrik vorbei in sein Zimmer. Sie streifte dabei seine Hand und löste damit eine Flut von Gefühlen aus. Er schloss hastig die Tür und deutete gleichzeitig auf das halb ausgetrunkene Bier.

»Setz dich. Möchtest du auch?«

Sonja stimmte zu und nahm in dem Stuhl vor dem Bett Platz. Ihr Blick wanderte neugierig über die vielen Ausdrucke.

»Du warst offenbar sehr fleißig. Willst du erst erzählen oder hören, was ich Neues zu berichten habe?«, fragte sie.

Henrik brannte zwar darauf, ihr alles über seine neuesten Entdeckungen zu berichten, entschied sich aber dennoch für die zweite Alternative. Nachdem er Sonja ihr Bier in eines der Gläser gefüllt hatte, setzte Henrik sich aufs Bett und forderte sie zum Erzählen auf.

»Ich habe mit Albrecht gesprochen und mit Jo. Ich weiß also schon einiges über den Besuch im Militärarchiv«, begann Sonja.

Darüber war Henrik ganz froh, denn er wollte den einsatzfreudigen Jo ungern verraten. Dieses Problem bestand nicht mehr, und was Sonja über Kommissar Södergreen zu berichten wusste, ließ Henriks Laune zusätzlich steigen.

»Offenbar ermittelt die Säpo bereits länger gegen die Traubnitz-Holding. Es gab einige Anfragen um Amtshilfe gegenüber dem BKA, bei verschiedenen Landesämtern für Verfassungsschutz sowie bei Landeskriminalämtern mehrerer Bundesländer. Wonach Södergreen auch sucht, er geht sehr akribisch vor«, berichtete Sonja.

Das war ganz nach Henriks Geschmack, der dem morgigen Treffen in Luleå noch ungeduldiger entgegenfieberte. Der Kommissar der Säpo würde ihre Angaben überprüft haben und wissen, dass sie den gleichen Personen auf der Spur waren.

»Dann wird es morgen ein sehr interessantes Gespräch werden«, sagte Henrik begeistert.

KAPITEL 29

Das Büro von Södergreen entpuppte sich als heller, freundlicher Raum. Henrik schaute sich überrascht um. Die Dienstzimmer, die er von deutschen Behörden gewohnt war, konnte man bestenfalls als nüchtern oder zweckmäßig einstufen.

»Hier fühlt sich ein Verdächtiger fast wie zu Hause«, kommentierte Henrik trocken.

Der Kommissar der Säpo schenkte ungefragt Kaffee aus einer Thermoskanne ein.

»Guter Trick, oder?«, erwiderte er grinsend.

Fast gegen seinen Willen musste Henrik ebenfalls grinsen. Dieser schwedische Kommissar war ihm sympathisch, gerade weil er so ein direktes Naturell hatte.

»Funktioniert sicherlich bestens«, warf Sonja ein.

Mit einem zufriedenen Seufzer lehnte Södergreen sich zurück und faltete die Hände über den beachtlichen Bauch. Auch heute trug er das verbeulte Cordsakko. Auf den ersten Blick konnte man Södergreen für einen Pädagogen oder Buchhändler halten. Vermutlich gehörte alles zu seiner Masche, den gutmütigen Ermittler zu spielen.

»Ihre Angaben wurden bestätigt. Wir können uns also ganz offen unterhalten«, eröffnete Södergreen das Gespräch.

Der Polizist holte ein wenig aus.

»Unser Misstrauen richtete sich ursprünglich gegen eine andere Firmengruppe, deren Geschäftsmethoden einigen Anlass zur Sorge gaben«, erklärte er.

Vor zwei Jahren meldeten sich verschiedene Unternehmer bei der Säpo. Ihnen waren entscheidende Patente gestohlen worden, die kurze Zeit später bei Firmen im asiatischen oder südamerikanischen Raum auftauchten.

»Das plötzliche Wirtschaftswunder in einigen der Tigerstaaten oder in Ländern wie Brasilien erhielt dadurch eine völlig neue Perspektive. Alles deutete darauf hin, dass man gezielt Patente schwedischer Unternehmen stahl und an deren Konkurrenz verkaufte«, berichtete Södergreen.

»Möglicherweise wurden die Diebstähle gezielt in Auftrag gegeben«, warf Henrik ein.

Ein solches Vorgehen entsprach seiner Auffassung nach den Methoden der »Schattenkrieger«.

»Zu dem Schluss sind wir auch gekommen. Als wir uns intensiver mit dieser Möglichkeit auseinandergesetzt haben, geriet die Traubnitz-Holding in unser Visier«, stimmte Södergreen zu.

Er hatte zwei Mappen mit Kopien von Ermittlungsprotokollen vorbereitet, die er nun über den Tisch zu Sonja und Henrik schob. Sie nahmen die Mappen auf und blätterten durch die Seiten. Bei einer Grafik stutzte Henrik und starrte überrascht auf den Namen.

»Karsums?«, murmelte er.

Der Kommissar gab seine lässige Haltung auf und beugte sich alarmiert vor.

»Ihnen sagt dieser Name etwas? Wer ist das, und wie passt er ins Bild?«, fragte er aufgeregt.

Henrik warf einen fragenden Blick zu Sonja, die zustimmend nickte. Es sollte ein offenes Gespräch werden, und deswegen durfte auch er mit seinem Wissen nicht hinterm Berg halten.

»Ein gewisser Gent Karsums taucht bei den Untersuchungsakten zu einem Doppelmord auf, der im Jahr 1945 in Flensburg begangen wurde«, erwiderte er.

Södergreens Augenbrauen schoben sich zusammen. Sein Blick ging ins Leere, während er angestrengt nachdachte.

»Und bei diesem Doppelmord spielen auch die ›Schattenkrieger‹ eine Rolle?«, fragte er schließlich.

Henrik breitete die Arme in einer eindeutigen Geste aus.

»Diese Verbindung konnte ich bislang nicht aufdecken. Ich halte es aber für keinen Zufall, dass die gleichen Namen immer wieder auftauchen«, räumte er ein.

Gleich darauf meldete sein Handy eine eingetroffene SMS. Automatisch zog Henrik das Gerät aus der Tasche und studierte die Kurznachricht, die von Ulrike Tewes kam. Sonja und Södergreen schauten ihm schweigend zu. Henrik las die wenigen Worte ein zweites Mal durch, bevor er sein Handy zurück in die Jackentasche schob.

»Nur eine private Nachricht einer Freundin«, wiegelte er ab.

Er wollte zuerst in Ruhe darüber nachdenken, bevor er das neue Wissen mit Sonja oder gar dem Schweden teilte. Das widersprach zwar ihrer Abmachung über völlige Offenheit, aber in diesem Fall gab es spezielle Umstände. Immerhin war es Ulrikes Schwiegervater, der in enger Verbindung zur Traubnitz-Holding stand.

KAPITEL 30

Es war vermutlich kein Zufall, dass Sonja und Henrik nicht wieder auf die gemeinsam verbrachte Nacht zu sprechen kamen. Auf der Rückfahrt in ihr Hotel diskutierten sie über die Neuigkeiten, die ihnen Kommissar Södergreen offenbart hatte.

»Es ist ein sehr fairer Zug von ihm, sich so offen auszutauschen«, stellte Sonja fest.

Sie steuerte den Wagen, um Henrik nicht zu sehr zu belasten. Jetzt bedauerte sie diese Aufteilung ein wenig. Seit dieser SMS im Büro der Säpo hatte Sonja ein seltsames Gefühl.

»Freundin?«, fragte sie sich.

Es war nicht unbedingt Eifersucht, die ihr so zusetzte. Jedenfalls versuchte Sonja es sich einzureden. Da sie nur einen Teil ihrer Aufmerksamkeit auf Henriks Reaktionen richten konnte, musste sie sich entscheiden, ob sie ihn überhaupt während der Rückfahrt auf diese Kurznachricht ansprechen sollte. Ihre Neugier drängte Sonja jedoch dazu.

»Hast du Probleme zu Hause?«, fragte sie vorsichtig.

Henrik hatte schweigend aus dem Fenster gestarrt. Jetzt wandte er den Kopf und musterte Sonja überrascht.

»Wie kommst du denn darauf?«, wollte er wissen.

»Seit der SMS in Södergreens Büro habe ich den Eindruck, dass dich etwas quält. Du musst mir natürlich nichts erzählen. Ich bin aber meistens eine gute Zuhörerin«, erklärte Sonja.

Offenbar hatte sie ihre Worte gut gewählt, denn der abweisende Ausdruck verschwand aus Henriks Augen.

»Ich habe dir gestern nicht alles erzählt, Sonja. Es hängt mit Ulrike Tewes zusammen«, begann er zu sprechen.

Die attraktive Rechtsanwältin war demnach die ominöse Freundin, wegen der Henrik sich Sorgen machte. Sonja fragte sich, ob mehr zwischen ihnen war als berufliche Freundschaft. Sie wusste, dass Tewes verheiratet war und drei Kinder hatte. Aber sie wäre nicht die erste Ehefrau gewesen, die sich dennoch auf eine Affäre mit einem anderen Mann einließ.

»Schwierigkeiten wegen deinem Prozess?«, hakte sie vorsichtig nach.

Henrik war erneut in brütendes Schweigen verfallen. Er schüttelte den Kopf. Allein diese Reaktion versetzte Sonja einen leichten Stich.

Reiß dich zusammen, du Närrin! Du hast keinen Grund, auf Tewes oder irgendeine andere Frau in Henriks Leben eifersüchtig zu sein, schalt sie sich selbst.

»Nein, das ist es nicht. Es geht vielmehr um ihren Schwiegervater. Er steht in einer engen Beziehung zur Traubnitz-Holding«, rückte Henrik mit der Wahrheit heraus.

Für einen Augenblick verschlug es Sonja die Sprache. Henrik war über eine Verbindung in die Fördestadt gestolpert, aber er hatte es für sich behalten. Wut löste die Eifersucht ab.

»Wie nett, dass ich das auch schon erfahre. Und Södergreen? Ihm willst du es wohl überhaupt nicht erzählen? Stellst du dir so absolute Offenheit vor?«, fragte sie verärgert.

Er hob beide Hände in einer hilflosen Geste. Henrik schaute erneut aus dem Seitenfenster und seufzte schwer.

»Ich verdanke Ulrike enorm viel. Außerdem sind wir

sehr gute Freunde und nun muss ich möglicherweise gegen ihren Schwiegervater ermitteln. Kannst du dir nicht vorstellen, in welche Gewissenskonflikte ich dadurch gerate?«, versuchte er sein Verhalten zu erklären.

»Was stand in der SMS?«, wollte Sonja wissen.

Henrik zog sein Handy aus der Tasche, suchte die Nachricht heraus und legte das Gerät auf die Mittelarmlehne. Sonja warf einen Blick auf das Display und schaute dann verblüfft zu Henrik.

»Sie bestätigt, dass Reinhard Tewes ein alter Freund von Klaus Traubnitz ist? Mehr nicht?«

Henrik zuckte mit den Achseln.

»Im Grunde muss sie ahnen, dass ich nicht ohne triftigen Grund danach frage«, erwiderte er.

Langsam erkannte Sonja, in welchem emotionalen Dilemma Henrik sich befand. Offenbar enttäuschte ihn die knappe Reaktion der Rechtsanwältin. Anscheinend hatte er aufgrund ihrer engen Beziehung auf mehr Informationen gehofft.

»Was schließt du daraus?«, bohrte Sonja weiter.

Sie konnte selbst kaum noch sagen, welches Motiv sie dazu drängte.

»Ulrike ist extrem clever. Sie kann sich sicherlich ausrechnen, dass meine Nachfrage mit den laufenden Ermittlungen zu tun hat. Trotzdem erteilt sie mir ohne Zögern diese Auskunft. Ich frage mich, was sie mit ihrem Schwiegervater verbindet«, gab er zur Antwort.

Sonja lenkte den Mietwagen in die Tiefgarage des Hotels. Sie stiegen aus und gingen zum Empfangstresen, um ihre Schlüssel in Empfang zu nehmen.

»Können Sie unsere Rückreise nach Flensburg organisieren?«, fragte Sonja die junge Angestellte.

Ihr wurde zugesichert, dass man am morgigen Tag die Rückkehr nach Flensburg antreten könne.

»Am Abend gehen Sie an Bord einer Fähre, die nach Kiel fährt. Von dort ist es ja nicht mehr weit. Soll ich die Verbindungen entsprechend planen?«, bot die junge Frau an.

Da Sonja und Henrik auf dem schnellsten Weg zurück in ihre Heimatstadt wollten, willigten sie ein. Im Fahrstuhl wandte Henrik sich an Sonja.

»Können wir später bei einem Essen über alles sprechen?«, fragte er.

Am liebsten hätte Sonja das unterbrochene Gespräch auf ihrem Zimmer sofort zu Ende gebracht. Trotzdem akzeptierte sie die Verschiebung. So hatte sie selbst genügend Zeit, um sich über einige Dinge klar zu werden.

KAPITEL 31

Die abgehörten Gespräche sowie das Bestechungsgeld für Lisa von der Rezeption zahlten sich aus.

Damit macht ihr es uns wirklich einfach, dachte sich Sjöstrandt.

Der Sicherheitschef der Traubnitz-Holding brannte darauf, die Scharte auszuwetzen. Es ließ ihn keineswegs kalt, dass die beiden Deutschen den Anschlag in der Mine unversehrt überstanden hatten. Solche Fehlschläge ruinierten seinen Ruf und davon lebte er nun einmal.

»Finde heraus, wo der Schnellzug nach Göteborg zusammengestellt wird«, befahl er Frederick, einem seiner Mitarbeiter.

Eine Stunde später verfügte Sjöstrandt über das erforderliche Wissen und konnte sich mit Frederick auf den Weg machen. Das Bahnhofsgelände zu betreten, war ein Kinderspiel. Sjöstrandt wusste genau, wie man sich unauffällig zwischen den Angestellten bewegen konnte. Er und sein Helfer trugen die Uniform eines Serviceunternehmens, dessen Mitarbeiter sich täglich auf dem Gelände aufhielten. Niemand stellte den beiden Männern unbequeme Fragen.

»Da ist Waggon 28«, sagte Frederick.

Für diesen Wagen hatten Martenson und Bargen ihre Reservierungen erhalten. Geschickt öffnete Sjöstrandt die elektronisch gesicherte Tür und erklomm die drei Stufen. Frederick warf einen prüfenden Blick in die Runde, bevor er seinem Boss folgte. Innerhalb des Waggons konnten die Männer sich anhand zuverlässiger Skizzen orientieren, sodass sie ohne Schwierigkeiten den Platz für die Bombe fanden.

»Sobald die Explosion erfolgt ist, geht das Bekennerschreiben an diverse Medienanstalten raus. Niemand wird uns mit dem Anschlag in Verbindung bringen«, stellte Sjöstrandt zufrieden fest.

Er und Frederick hatten schon mehrfach zusammengearbeitet und unliebsame Konkurrenz der Holding eliminiert. Es hatte dazu allerdings noch nie eines Bombenanschlags dieser Größenordnung mit so vielen Opfern bedurft. Bislang war keine der ermittelnden Behörden auf den Gedanken verfallen, dass die Traubnitz-Holding etwas mit den Anschlägen zu tun haben könnte.

»Zeitzünder oder Funk?«, wollte Frederick wissen.

Diese Entscheidung hatte Erik sich bis zum Schluss aufgehoben. Da er ahnte, dass die Säpo oder die deutsche Polizei dieses Mal eventuell doch einen Zusammenhang mit den laufenden Ermittlungen erkennen könnten, musste er die größte Sicherheit walten lassen.

»Zeitzünder. Keiner von uns darf in der Nähe des Zuges sein, wenn die Bombe explodiert«, erwiderte er daher.

»Dann wissen wir erst später, ob es die gewünschten Personen getroffen hat«, sagte er.

Sjöstrandt zuckte mit den Schultern.

»Falls es schiefgeht, bleibt uns noch die Fähre. Wir erwischen die Schnüffler so oder so«, antwortete er lässig.

Im Grunde hoffte er sehr, dass Martenson und Bargen bereits im Zug den Tod fanden. Ein Anschlag auf eine der Ostseefähren war komplizierter zu bewerkstelligen und würde erheblich mehr Aufsehen erregen. Vermutlich würden die betroffenen Staaten eine multinationale Ermittlergruppe ins Leben rufen, und das erhöhte die Gefahr, dass die Holding ins Visier geriet.

»Fertig«, meldete Frederick.

Sjöstrandt überprüfte die Arbeit, obwohl er seinem Handlanger traute. Wie erwartet, war die Bombe einsatzbereit.

»Gute Arbeit. Jetzt nur noch die Zeit einprogrammieren, und dann läuft die Lebensuhr für die Deutschen unerbittlich ab«, stellte er fest.

Zehn Minuten später warfen Erik und Frederick die gestohlene Dienstkleidung in einen Müllcontainer, der weit genug entfernt vom Bahnhof stand. Niemand hatte sie bemerkt oder angesprochen.

»Sjöstrandt. Alles lief wie geplant«, meldete er über Handy.

In seinem Büro lächelte Traubnitz kalt und beendete das Gespräch, ohne sich zu verabschieden. Sein Sicherheitschef registrierte es mit einem Anflug von Verärgerung, die jedoch nicht lange anhielt.

»Lass uns ein Bier trinken gehen. Das haben wir uns jetzt verdient«, sagte er zu Frederick.

Eine halbe Stunde später saßen sie am Tresen ihrer Stammkneipe und verfolgten beim Trinken die Fernsehübertragung eines Eishockeyspiels.

KAPITEL 32

Er hatte absichtlich das klärende Gespräch mit Sonja boykottiert. Henrik wollte unbedingt zuvor mit Ulrike reden, um mehr Klarheit zu erhalten. Nach mehreren vergeblichen Anläufen erreichte er die Rechtsanwältin tatsächlich noch in der Kanzlei. Das Gespräch verlief seltsam und brachte mehr Verwirrung als Klarheit. Ulrike bezeichnete ihren

Schwiegervater zwar als Patriarchen mit einer Neigung zum Despotentum, schätzte Reinhard Tewes dennoch sehr. Als Henrik sich nach der Verknüpfung zur Traubnitz-Holding erkundigte, wehrte Ulrike vehement ab.

»Ich gebe selbstverständlich keine Auskünfte zu Mandanten oder Geschäftspartnern. Also wirklich, Henrik. Was zum Teufel treibst du da oben in Schweden eigentlich?«, fragte sie.

Nachdem Henrik das Telefonat beendet hatte, war es zu spät, um Sonja noch auf ihrem Zimmer aufzusuchen. Als er am folgenden Vormittag bereits kurz vor 7:00 Uhr in der Früh das Restaurant betrat, saß sie an einem der Tische. Henrik schnappte sich einen Teller und füllte ihn am Büfett auf, bevor er zu ihr hinüberging.

»Moin. Sorry, aber ich konnte gestern Abend nicht mehr zu dir kommen. Ich habe bis kurz vor Mitternacht noch telefoniert«, entschuldigte er sich.

Sonja hob den Blick und musterte ihn. Schließlich zuckte sie mit den Schultern.

»Du hättest wenigstens kurz absagen können. Mit wem hast du denn so lange gesprochen?«, erwiderte sie leicht verstimmt.

Henrik vertraute Sonja und wollte ihre freundschaftliche Beziehung nicht belasten, daher gab er ungeschminkt den Inhalt des Gespräches wieder. Er bemerkte, dass sie ihn aufmerksam anschaute und das angebissene Brötchen anscheinend vergessen hatte.

»Dann siehst du jetzt in Reinhard Tewes ein mögliches Mitglied der ›Schattenkrieger‹?«, fragte sie.

»Vielleicht nicht unmittelbar, aber doch zum Netzwerk gehörend«, gestand er.

Mit einem leisen Pfiff nahm Sonja ihr Brötchen wieder

hoch und aß es auf. Henrik nippte an seinem Kaffee und biss nebenbei von einem Croissant ab.

»Das verändert einiges«, griff Sonja den Gesprächsfaden wieder auf.

Henrik nickte zustimmend. In seinem Kopf kreisten die Gedanken wie auf einem Karussell.

»Lebt die Familie Tewes schon lange in Flensburg?«, fragte Sonja.

Es wurde immer deutlicher, in welche gefährliche Richtung ihre Überlegungen zielten.

»Seit mehreren Generationen, und immer haben sie eine wichtige Rolle in der Stadt eingenommen. Ich muss nur noch herausfinden, was während des Dritten Reiches und der Zeit danach passiert ist«, erwiderte Henrik.

Vorerst mussten sie ihre Gedankenausflüge beenden. Ihr Zug nach Göteborg verließ in einer knappen Stunde Gällivare. Bis dahin wollten Sonja und Henrik ihre Taschen packen sowie die Rechnungen begleichen. Die Angestellte hinter dem Empfangstresen hatte zum Glück bereits alles für ihre Abreise vorbereitet und sogar an ein Taxi gedacht.

»Der Mietwagen wird später abgeholt«, sagte Sonja.

Während der Fahrt zum Bahnhof und des Suchens nach den reservierten Plätzen war keine Gelegenheit, die am Frühstückstisch begonnene Unterhaltung fortzusetzen. Erst als sie die Taschen verstaut und ihre Plätze eingenommen hatten, konnten sie sich wieder über die »Schattenkrieger«, die Traubnitz-Holding sowie Reinhard Tewes austauschen. Dabei kam erneut die spezielle Rolle von Ulrike ins Gespräch. Henrik deutete an, dass er ohne ihre Unterstützung vermutlich keine Pension bekommen hätte.

»Wieso das denn? Du wurdest doch bei einem offiziellen Einsatz verletzt«, staunte Sonja.

Henrik wollte nicht weiter darüber sprechen. Seine Gedanken wanderten zurück zu dem Abend in Priština. Er hätte niemals allein losfahren dürfen. Wenn Thorben es nicht geahnt und ihm auf eigenes Risiko gefolgt wäre, säße Henrik jetzt vermutlich nicht mit Sonja im Zug. Später hatte sein Partner sogar noch über den wahren Ablauf gelogen und mit seiner Aussage Ulrike die erforderliche Munition geliefert. Für eine Weile hing Henrik seinen Gedanken nach, bis Sonja ihn mit einer Frage zurück zum Thema brachte. Die Erinnerungen an die Zeit in Priština traten in den Hintergrund.

»Ich habe Hunger. Sollen wir unser Gespräch im Speisewagen fortsetzen?«, fragte Sonja drei Stunden später.

Die Landschaft neben den Bahngleisen gab wenig Anlass, sich mit ihr zu beschäftigen. Daher konnten Henrik und Sonja ihre Überlegungen sehr weit vertiefen. Dabei war die Zeit wie im Fluge vergangen, und Henrik spürte auch, dass er einen Happen vertragen konnte.

»Gute Idee. Weißt du in welche Richtung wir müssen?«, erwiderte er.

Sie standen im Mittelgang. Sonja warf einen Blick auf die beleuchteten Symbole neben der Durchgangstür zum nächsten Waggon.

»Das dürfte das Zeichen für den Speisewagen sein«, mutmaßte sie.

Henrik überließ sich ihrer Führung. Sie hatten den anschließenden Waggon zur Hälfte durchquert, als Henrik einen Stoß erhielt und Sonja anrempelte.

»Hallo? Was ist denn mit dir los?«, fragte sie überrascht.

Während sie sich aneinander festhielten, bäumte sich urplötzlich der Boden unter ihren Füßen auf, und so verloren sie endgültig das Gleichgewicht. Henrik ließ Sonja los und dämpfte den Sturz mit seinen Armen ab. Auf einmal wirbelte ein Laptop an ihm vorbei, und erst danach erreichten die gellenden Angstschreie der anderen Passagiere seine Ohren. Etwas fiel auf seine Beine und nagelte Henrik am Boden fest. Zu seiner Verwunderung war der jedoch auf einmal gewölbt und es dauerte einige Sekunden, bevor Henrik den Grund dafür erkannte.

»Himmel! Das ist das Dach und nicht der Boden«, schoss es ihm durch den Kopf.

Henrik wollte nachsehen, was sein Bein blockierte, und hob den Kopf. Im nächsten Augenblick traf ihn ein Schlag von der Seite und in einem Regen bunter Blitze versank er in Ohnmacht. Sein letzter Gedanke galt Sonja, die er aus den Augen verloren hatte.

KAPITEL 33

Irgendwie kam Henrik alles seltsam vertraut vor.

»Herr Bargen? Können Sie mich hören?«

Er kämpfte mit seinen Lidern, die nicht aufgehen wollten. Die Stimme des Mannes drang wie durch einen Wasservorhang an seine Ohren. Nach mehreren Anläufen gelang es Henrik schließlich doch noch, die Lider zu öffnen und das Gesicht des Mannes zu fokussieren. Verblüfft schaute er Kommissar Södergreen an, der ein zufriedenes Lächeln aufsetzte.

»Na endlich. Ich hatte schon den Eindruck, dass Sie mich bewusst ignorieren«, beschwerte er sich.

»Wo bin ich?«, fragte Henrik.

Mehr als ein unverständliches Krächzen kam nicht dabei heraus. Södergreen erhob sich und drückte Henrik einen Trinkbecher mit Strohhalm in die Hand. Dankbar trank er in großen Schlucken und erkannte, wie groß sein Durst war.

»Besser?«

Der Kommissar der Säpo setzte sich wieder und forschte in Henriks Gesicht. Der stellte den Becher zurück auf den kleinen Beistellschrank und nickte.

»Viel besser. Der Zug ist verunglückt. Wo ist Sonja?«, fragte er.

Södergreen räusperte sich. Sofort beschlich Henrik eine böse Vorahnung.

»Raus mit der Sprache, Södergreen. Was ist mit Sonja?«, drängte er.

Henrik wollte sich im Bett aufrichten, doch zu seiner Verwunderung gelang es ihm nicht. Sein Blick wanderte hinunter zu seinen Beinen. Sosehr er sich auch bemühte, sie reagierten nicht.

»Was ist mit meinen Beinen passiert?«, fragte er.

Bevor der Kommissar nur eine der vielen Fragen beantworten konnte, öffnete sich die Zimmertür und ein Arzt trat ein. Mit schnellen Schritten war er neben Henriks Bett getreten und warf dabei dem Kommissar böse Blicke zu. Södergreen schien es nicht zu bemerken, denn er blieb seelenruhig sitzen.

»Dr. Kastmann«, stellte sich der Arzt vor und fragte: »Wie geht es Ihrem Kopf?«

Henrik erwähnte einen leichten Schwindel.

»Meine Beine scheint es schlimmer erwischt zu haben«, sagte er.

»Ihre Beine mussten das Gewicht eines 90 Kilo schweren Körpers abfangen. So gesehen sind Sie sehr glimpflich davongekommen«, erwiderte der Arzt.

Sein Deutsch war absolut fehlerfrei und überraschte Henrik.

»Ich lebe erst seit fünf Jahren in Schweden. Ursprünglich komme ich aus Greifswald, aber nach dem praktischen Jahr gab es keine adäquate Anstellung in einer deutschen Klinik«, erklärte der Arzt.

Von seinem Lebensweg wollte Henrik überhaupt nichts wissen. Ihn interessierte nur die Bewegungslosigkeit seiner Beine. Unweigerlich musste er an die Splitter in seinem Rücken denken und welche Gefahr davon ausging.

»Bin ich gelähmt?«, fragte er ganz direkt.

Seine Stimme klang blechern und verriet die Angst. Dr. Kastmann tauschte einen Blick mit Södergreen aus. Nach einem Räuspern antwortete er endlich.

»Sie haben eine massive Quetschung im unteren Lendenbereich erlitten. Daher rührt die temporäre Lähmung. Die Signale vom Gehirn werden schlicht und einfach nicht an die Muskeln Ihrer Beine übermittelt«, erklärte er.

»Sie meinen, die Splitter haben sich nicht bewegt? Die Lähmung lässt also bald wieder nach?«, hakte Henrik nach.

Noch ließ er die aufkommende Erleichterung nicht völlig zu.

»Die eingekapselten Metallteile sind unverändert an ihren Positionen geblieben. Wie lange die Lähmung anhält, kann Ihnen zu diesem Zeitpunkt leider niemand beantworten«, erwiderte Dr. Kastmann.

In Henriks Kopf jagten sich die Gedanken. Von Erleichterung konnte keine Rede mehr sein. Vor seinem inneren Auge sah Henrik sich im Rollstuhl durch die Große Straße in Flensburg fahren. Wie sollte er so weiterhin auf dem Kutter leben können?

»Lassen Sie sich von dem Gedanken nicht verrückt machen! Mit der Zeit und ein wenig Geduld werden Sie wieder laufen lernen«, mahnte Södergreen.

Henrik winkte ab. Er hatte schon einmal so eine Phase durchstehen müssen und wusste nicht, ob er nochmals die Kraft dazu aufbringen konnte. Unvermittelt erinnerte er sich an Sonja.

»Wie geht es Frau Martenson? Wurde sie ebenfalls verletzt?«, bat er um Auskunft.

Der Blick, der zwischen Arzt und Kommissar ausgetauscht wurde, alarmierte Henrik. Er schluckte schwer und fragte sich, ob er die Wahrheit tatsächlich hören wollte. Wie angenehm wäre es doch, einfach wieder in einen ruhigen Schlummer zu verfallen.

»Sie hat eine komplizierte Verletzung am Knie davongetragen, Henrik«, antwortete Södergreen.

Für einen Moment vergaß er, dass seine Beine den Dienst verweigerten. Henrik wollte sich aufrichten. Der Arzt drückte ihn an den Schultern zurück aufs Kissen.

»Beruhigen Sie sich, Herr Bargen. Ihr Zustand lässt nicht zu, dass Sie das Bett verlassen. Nicht nur wegen der Beine. Sie haben eine mittelschwere Gehirnerschütterung erlitten, und ohne die schmerzstillenden Mittel würde es Ihnen weitaus schlechter gehen«, mahnte er nachdrücklich.

Henrik atmete tief durch. Er bekämpfte die aufkommende Panik und schaute Dr. Kastmann fest in die Augen.

»Wie schlimm ist es? Ich muss wissen, wie es um Sonja steht«, beschwor er den Arzt.

Nachdem der Kommissar zustimmend genickt hatte, gab Dr. Kastmann endlich Auskunft.

»Bei der Explosion haben sich Teile des Zuges gelöst und wirkten wie Schrapnelle. Eines dieser Teile hat Ihre Kollegin unglücklicherweise im Bereich des linken Kniegelenks getroffen und einen Teil der Sehnen sowie Knorpelteile verletzt«, sagte er.

Es dauerte einige Sekunden, bevor Henrik die Tragweite der Ausführungen erfasste.

»Sonjas Knie bleibt steif?«, flüsterte er entsetzt.

Der Arzt wiegte den Kopf.

»Das lässt sich derzeit nicht abschließend beantworten, Herr Bargen. Wir haben sofort operiert, und nun müssen wir abwarten, bis die Schwellungen abklingen. Danach können wir mehr sagen«, lautete seine ausweichende Antwort.

Kurz darauf verließ er das Krankenzimmer. Bleiernes Schweigen legte sich über die beiden Männer. Auf einmal blitzte ein Wort in Henriks Kopf auf. Ruckartig wandte er sich Södergreen zu.

»Explosion? Was meint Dr. Kastmann damit?«, fragte er.

Södergreen zögerte einen Augenblick.

»Im Zug befand sich eine Bombe. Sie hatten noch Glück im Unglück, Henrik. Wenn Sie und Sonja nicht Ihr Abteil verlassen hätten, wären Sie vermutlich unter den vielen Toten«, antwortete er.

Henrik starrte den Kommissar ungläubig an. Jemand hatte einen Anschlag auf den Zug verübt und dabei den Sprengsatz genau in dem Waggon platziert, in dem Sonja und er reisten. Er konnte nicht an einen Zufall glauben.

»Das waren die ›Schatten‹. Sie wollten uns aus den Weg räumen«, stieß er hervor.

Södergreen seufzte schwer, antwortete jedoch nicht.

KAPITEL 34

Henrik lehnte mit dem Rücken am Steuerhaus. Die Sonne strahlte über der Flensburger Förde, und obwohl sie Anfang Dezember nicht mehr so viel Kraft hatte, tat ihre Wärme seinem lädierten Körper gut. Gedankenverloren nippte Henrik an seinem Kaffee. Wieder einmal hatte er eine Woche intensiver Reha hinter sich gebracht, ohne die kleinste Verbesserung zu spüren.

»Brauchst du etwas? Ich fahre einkaufen«, fragte Kalle.

Er stand auf dem Kai. Kalle hatte für Henrik eine Rampe gebaut, damit sein Freund mit dem Rollstuhl auf den Kutter kommen konnte. Henrik brachte es nicht über sich, der »Sinje« den Rücken zu kehren. Kalle war ein geschickter Handwerker und baute einige Handläufe ein, sodass Henrik sich ohne Hilfe an Bord bewegen konnte.

»Eine Kiste Bier und Schnaps«, antwortete er.

Den besorgten Blick seines Freundes übersah Henrik.

Kalle war schlau genug, keine weitere Diskussion vom Zaun zu brechen. Jedes Mal, wenn Henrik aus Damp zurück war, bekämpfte er seinen Frust mit Saufgelagen. Er sah Kalle hinterher, der auf seinen krummen Beinen zum Golf lief.

»Fast fünf Meter am Stück!«

Die erfreute Stimme seines Therapeuten aus der Reha klang wie Hohn in Henriks Erinnerungen. Dabei hatte er sich nur mit der Kraft seiner Arme zwischen den beiden Holzstangen halten können. Ein freudloses Lachen kam über Henriks Lippen.

»Schön, dich wieder einmal lachen zu hören.«

Verblüfft schaute er auf Sonja, die mit einem Lächeln im Gesicht vor der Rampe stand. Die unvermeidliche Gehhilfe schien ihren Bewegungsdrang und ihre positive Grundhaltung kaum zu beeinträchtigen. Seit vier Wochen kämpften Henrik und Sonja um die Rückgewinnung ihrer körperlichen Leistungsfähigkeit. Er musste nicht lange spekulieren, wer besser dabei abschnitt.

»Noch schöner, dich zu sehen«, erwiderte er.

Das Lächeln wurde eine Spur milder, während Sonja an Bord humpelte. Henrik stemmte sich hoch.

»Setz dich in die Sonne. Ich hole einen zweiten Becher«, rief er.

Sonja kam der Aufforderung nach und verkniff sich, Henrik von seinem Vorhaben abzuhalten. Es versetzte ihr einen Stich, wie er sich mühsam unter Deck quälte und kurze Zeit später mit dem Kaffeebecher zurückkam. Henrik trug seine Verbitterung wie einen unsichtbaren Umhang mit sich. Darüber konnte auch das verschmitzte Grinsen seiner blauen Augen nicht hinwegtäuschen.

»Schöne Grüße von Bastian und dem Rest der Mannschaft«, sagte Sonja.

Der Glatzkopf brachte es immer seltener über sich, seinen Kumpel zu besuchen. Ganz offen sprach Bastian davon, dass Henrik anscheinend seinen Lebensmut verloren hatte. Das würde Sonja nicht so einfach akzeptieren.

»Danke. Grüß zurück«, murmelte Henrik.

Er rutschte an der Seitenwand des Ruderhauses hinunter. Seine Hand zitterte leicht, als er Sonja den Becher füllte. Sie setzte sich ebenfalls, wobei sie das linke Bein vorsichtig ausstreckte.

»Die Beweglichkeit kommt zurück«, stellte Henrik fest.

Sonja berichtete von der anstrengenden Physiotherapie, die sie jeden Tag durchlief. Er hörte schweigend zu. Schließlich schwiegen sie beide und starrten ins Leere.

»Ich bin ausgezogen. Mit Holger ging es nicht mehr«, sagte Sonja.

Sie wusste einfach nicht, worüber sie sonst mit Henrik sprechen sollte. Die Ermittlungen traten wieder einmal auf der Stelle, obwohl auch die Säpo regelmäßig ihre Erkenntnisse nach Flensburg übermittelte. Die Trennung von ihrem Freund war nicht das Thema, über das Sonja ausgerechnet mit Henrik plaudern wollte. Es passierte einfach.

»Ich würde gern sagen, dass es mir leidtut. Wäre aber gelogen«, erwiderte Henrik.

Sie wandte den Kopf und musterte sein Gesicht. Die Linien neben der Nase waren tiefer geworden. Henrik erwiderte den Blick mit einem wehmütigen Lächeln, während er weitersprach: »Er hat dir nicht gutgetan. Wo wohnst du denn jetzt?«

Sonja war vorerst auf dem Bauernhof ihrer Eltern in Maasbüll untergekommen.

»Seit meine Oma gestorben ist, steht die Einliegerwohnung leer. Es war einfach praktisch«, erklärte sie.

Dennoch verging kein Tag, an dem sie sich nicht nach

einer neuen Unterkunft sehnte. Weder die Eltern noch ihr Bruder mit seiner Familie vermittelten Sonja den Eindruck, sonderlich erwünscht zu sein. Erneut breitete sich Schweigen aus. Nach einer Weile räusperte Henrik sich.

»Gibt es Fortschritte bei den Ermittlungen?«, wollte er wissen.

Sie gab die wenigen neuen Erkenntnisse weiter und erkundigte sich dann nach Henriks Auftrag.

»Oltmann hat es akzeptiert – der Mord an den beiden Frauen wird vermutlich nie aufgeklärt werden. Jedenfalls nicht mit meiner Hilfe«, sagte er.

Als Henrik den Kommandeur in der Marineschule aufgesucht und seine Situation erklärt hatte, wurde es ein kurzes Gespräch. Kapitän Oltmann zahlte ihn aus und nahm die Niederlegung des Mandats kommentarlos hin. Sonja schwieg. Womit sollte sie Henrik auch aufbauen?

»Albrecht gibt uns noch diese Woche. Sollten wir dann keinen neuen Hinweis liefern, wird der Fall vermutlich geschlossen werden«, sagte Sonja.

Eine Böe ließ das Ende eines Segels leise knattern. Henrik und Sonja schauten hinüber zu der Jacht, auf der die Besatzung soeben die Segel barg.

»Die sind spät dran, wenn ihr Boot noch aus dem Wasser soll«, stellte Henrik fest.

Sie verfielen in nachdenkliches Schweigen.

»Dann müssen also die Indizien reichen, nach denen Kohnfeld der Mörder von Traubnitz ist?«, fragte Henrik.

Sonja wehrte sich immer noch gegen diese wenig befriedigende Lösung, bei der man den Tod von Kohnfeld als Unglücksfall einstufen würde.

»So sieht es aus. Es hätte kaum dümmer laufen können, oder?«

Sonja schaute Henrik in die blauen Augen. An der Oberfläche stand Resignation zu lesen. Sie baute darauf, dass tiefer unten noch ein Funke Ehrgeiz übrig geblieben war. Die Schuld lastete extrem schwer auf Henrik, der gleichzeitig mit seiner Behinderung haderte.

»Immerhin. Wir leben noch«, lautete sein bissiger Kommentar.

Dabei stemmte Henrik sich in die Höhe und zog sich an der Wand des Steuerhauses entlang. Sein schweres Atmen tat Sonja in der Seele weh. In einem Reflex strich sie über ihr lädiertes Knie. Die tägliche Reha in der Praxis eines Krankengymnasten ließ es Stück für Stück beweglicher werden. Falls es keine neuen Komplikationen gab, konnte Sonja vermutlich in sechs Wochen ohne Krücke laufen. Das leise Klirren von Glas ließ sie aufschauen. Henrik rutschte an der Wand hinunter und hielt dabei eine Flasche Whisky sowie zwei Gläser in den Händen.

»Ich gebe eine Runde für die Krüppel aus«, knurrte er.

Seine Worte waren wie Schläge. Sonja war nicht in den Museumshafen gekommen, um in Selbstmitleid zu baden.

»Nicht für mich. Ich habe nicht vor, mich einfach so zu ergeben«, stieß sie hervor.

Die Wut brachte Sonja zu schnell auf die Beine. Sie musste sich am Rahmen des Fensters festhalten, um nicht zu stürzen.

»Du kannst dir von mir aus gern selbst leidtun und saufen. Auf meine Gesellschaft musst du dabei aber verzichten!«

Sie humpelte so schnell sie konnte vom Kutter und schaute sich nicht einmal um. Henrik öffnete die Flasche und füllte sein Glas fast bis zum Rand. Als er es ansetzte, blieb sein Blick für einige Sekunden an Sonjas kleiner werdender Gestalt hängen. Ein letzter Sonnenstrahl beleuchtete ihren Weg, während der restliche Himmel von dunklen Regenwolken verhangen war. Der Meteorologe hatte wieder einmal recht behalten. Mehr als drei Sonnenstunden waren den Flensburgern nicht vergönnt gewesen. Ein dicker Regentropfen zerplatzte auf Henriks Hand, die das Glas hielt.

»Runter damit, bevor der Inhalt zu sehr verwässert wird«, sagte er.

Mit zwei großen Schlucken trank er den Whisky aus und schenkte nach. Weitere Tropfen klatschten auf das Deck, doch Henrik scherte sich nicht darum.

KAPITEL 35

Andris hatte zum ersten Mal in Litauen das dumme Gefühl gehabt, verfolgt zu werden. Seit dem Grenzübertritt nach Polen war er sich sicher. Seine vor Müdigkeit brennenden Augen schauten auf die Anzeigen des Navigationsgerätes. Er hatte vor 30 Minuten Szczecin rechts liegen lassen und näherte sich einem kleinen Grenzübergang.

»Gleich bin ich in Deutschland. Verflucht, Henrik! Hör endlich deine Scheißmailbox ab«, schimpfte Andris.

Er wusste nicht, ob er die ganze Strecke bis hinauf nach Flensburg noch schaffen würde. Sein Blick wanderte öfter hinüber zu dem braunen Umschlag, in den er die Fotografie sowie einen handschriftlichen Bericht gesteckt hatte. Wenn Henrik ihm nicht entgegenkommen konnte, musste Andris einen anderen Weg finden. Auf der Fahrt zur A 20 kehrten die Erinnerungen an sein Treffen mit Gent Karsums zurück. Andris hatte es kaum glauben können, dass der alte Mann tatsächlich noch lebte.

Du hast dich in deiner Wohnung wie ein alter Dachs verkrochen, dachte er.

Der Polizeiausweis hatte Andris den Zutritt ermöglicht, den der extrem misstrauische Karsums ansonsten jedem verweigerte. Die Angst hing an ihm wie ein altes Kleidungsstück. Es kostete Andris reichlich Mühe, aber am Schluss erzählte Karsums seine Geschichte.

»Da seid ihr schon wieder«, fluchte er.

Der linke Scheinwerfer seiner Verfolger war defekt, und daran erkannte Andris den Wagen jedes Mal wieder. Als es noch hell gewesen war, konnte er die Umrisse von drei Männern im Opel Vectra ausmachen. Bislang bewegten sie sich ständig auf stark befahrenen Straßen, sodass ein Abdrängen oder Anhalten nicht ohne Augenzeugen möglich war. Andris ahnte jedoch, dass diese Männer ihn bei der ersten Gelegenheit stellen würden. Nachdem er die Wahlwiederholung gedrückt hatte, lauschte er Sekunden später der gleichen anonymen Ansage wie in den Stunden zuvor. Henrik Bargen ignorierte alle Anrufe.

»Das wird übel, mein Freund«, stellte Andris halblaut fest.

Am späten Abend und in der Nacht würden sich reichlich Gelegenheiten ergeben. Seine Verfolger mussten einfach nur stur hinter Andris herfahren und abwarten. Sobald sie ihn gestellt hatten, würden Andris' Informationen seinen Freund nicht mehr erreichen. Schweren Herzens änderte er seine Pläne und gab nach einigem Überlegen einen neuen Zielort ins Navigationsgerät ein. Auf halber Strecke zwischen Rostock und Wismar verließ Andris die Autobahn, wobei er in allerletzter Sekunde die Ausfahrt ansteuerte. Mit quietschenden Reifen jagte er seinen Honda durch die Kurve und suchte sich dann den Weg nach Wismar über Bundesstraßen. Es war ein kalkuliertes Risiko. Andris musste wenigstens einen kleinen Vorsprung haben, wenn er in der ehemaligen Hansestadt ankam.

KAPITEL 36

Der Regen hatte Henrik durchnässt, als Kalle fluchend auf den Kutter kam. Er stellte die Einkäufe im Steuerhaus ab, um seinen Bootsnachbarn unter Deck zu bringen. Henrik war betrunken und wehrte sich gegen diese Bevormundung. Stunden später kam er wieder zu sich. Die Zunge lag schwer im ausgedörrten Mund und die Wolldecke kratzte unerträglich. Henrik tastete neben der Koje umher, bis er die angebrochene Flasche mit Mineralwasser fand. Er drehte den Verschluss auf und ließ ihn achtlos zu Boden fallen. In langen Schlucken trank er das lauwarme Wasser.

»Kalle?«

Manchmal bewachte er Henriks Schlaf, doch heute hatte er sich auf sein eigenes Schiff zurückgezogen. Mit einer wütenden Bewegung schleuderte Henrik die Decke von sich und schaltete die Lampe neben der Koje ein. Ein säuerlicher Geruch hing in dem kleinen Raum. Als er sich bis zur Tür gekämpft hatte, öffnete er sie und spürte sofort den kalten Regen im Gesicht. Er befestigte sie mit dem Sturmhaken, um vorsichtig zurück zur Koje zu wanken. Mehr als drei oder vier Schritte konnte er ohne Hilfsmittel nicht bewältigen. Er trank einen weiteren Schluck Mineralwasser und spürte den nagenden Hunger in seinen Eingeweiden. Whisky war kein Ersatz für alles.

»Scheiße. Verfluchte Scheiße!«

Seine Flüche prallten von den Wänden zurück und schienen Henrik zu verhöhnen. Er schleuderte die Flasche weg und ließ sich nach hinten fallen. Als ein kantiger Gegenstand in seinen Rücken drückte, zog er ihn hervor. Auf dem Display seines Handys blinkte eine rote acht. Henrik zögerte einen Moment, bevor er sich durchrang und die Mailbox abhörte.

»Andris?«

Sein Freund aus Riga hatte alle Nachrichten hinterlassen, deren Tonfall immer drängender wurde. Ganz offensichtlich hatte er wichtige Informationen für Henrik, den er partout nicht erreichen konnte. Ratlos starrte der auf das Display. Henrik hatte Andris in diese Sache hineingezogen, und deswegen durfte er seinen Freund nicht im Stich lassen. Er hatte ihn in Riga angerufen und ihn gebeten, sich nach

Karsums zu erkundigen. Ganz offensichtlich war Andris erfolgreich gewesen und wurde deswegen gejagt. Nicht nur wegen der gemeinsamen Zeit im Kosovo konnte Henrik hierbei nicht einfach die Decke über den Kopf ziehen und die Welt aussperren.

»Andris? Mist, nur die Mailbox«, murmelte er.

Sein Rückruf erreichte den Freund nicht. Dieses Mal hinterließ Henrik eine Nachricht, bevor er sich eine Pfanne mit Rührei und Speck zubereitete. Nachdem er sich gestärkt hatte, rief er nochmals an. Wieder meldete sich nur die Stimme der Mailbox. Henrik trank drei Bier und versuchte es immer wieder, obwohl es bereits auf 1:00 Uhr zuging. Der Regen hatte nachgelassen und der muffige Geruch war aus dem Raum vertrieben worden.

»Verdammt, Andris. Ruf endlich zurück«, sagte Henrik.

Seine Sorge um den Freund wuchs von Stunde zu Stunde, ohne dass er etwas für Andris tun konnte. Seine Behinderung machte es unmöglich, sich Kalles Golf zu borgen und loszufahren. Abgesehen davon wusste Henrik nicht einmal, wohin er hätte fahren sollen. Es blieb nur das nervige Warten auf einen Rückruf. Gegen 3:00 Uhr übermannte ihn der Schlaf. Henrik sackte zur Seite und versank in einen wirren Traum.

KAPITEL 37

Seine Erinnerungen hatten Andris nicht getrogen. In der Altstadt von Wismar existierte ein Servicebüro der Tourismusverwaltung, in dem sich am frühen Abend zwei Angestellte um die Anliegen von Gästen der Stadt kümmerten. Sie verkauften Andris nicht nur die erforderlichen Briefmarken, sondern legten das braune Kuvert zu ihrer eigenen Post.

»Ich bringe sie in einer halben Stunde zur Hauptpost. Der Brief wird sicherlich übermorgen bei Ihrem Freund sein«, versicherte die Blonde mit der Hornbrille.

Andris erhielt dadurch ein Zeitgeschenk, verbunden mit aufkommender Hoffnung. Er eilte durch die Straße, die Graben hieß. Der Wind hatte aufgefrischt und ließ die Blätter in den Bäumen wispern.

»Lauf, lauf. Du kannst es noch schaffen«, riefen sie ihm zu.

Zu seiner Rechten leuchteten Scheinwerfer die Kirche an, für die Andris keinen Blick hatte. Der Lärm seiner Schuhe wurde von den Häusern zurückgeworfen. Einmal überholte er eine ältere Frau, die wie er durch den Nieselregen eilte. Schließlich erreichte Andris die Fußgängerampel, an der er warten musste. Sein Honda parkte im Schatten des Baumhauses, vor dem die beiden Schwedenköpfe als Fotomotiv für Touristen herhalten mussten. An diesem Oktoberabend zog es jedoch keine Besucher in den Alten Hafen, der wie ausgestorben dalag. Als das grüne Männchen die Fußgänger auf ihre Reise schickte, hastete Andris am Baumhaus vorbei und warf gehetzte Blicke um sich.

»Ich hätte nicht panisch reagieren dürfen«, schalt er sich selbst.

Henriks Anruf hatte ihn in Rigas Außenbezirk geführt, wo Karsums unter den Russen lebte. Wer in diesem Teil der Hauptstadt wohnte, zählte zu den Verlierern der neuen Zeit. Gent Karsums war misstrauisch und öffnete die Tür erst, nachdem er sich Andris' Polizeiausweis hatte ansehen können. Dann ließ er ihn in die Wohnung. Als Andris den schlurfenden Schritten des alten Mannes bis ins Wohnzimmer gefolgt war, erkannte er die Verwüstung mit geschultem Blick.

»Man hat Sie überfallen?«, fragte er.

Da drehte Karsums sich um und kippte wortlos in Andris' Arme. Jemand hatte ihn brutal gefoltert und mehr tot als lebendig zurückgelassen. Daran musste Andris denken, als er seinen Wagen erreichte. Ein ungewohntes Gefühl drohte ihn zu überwältigen. Nackte, ursprüngliche Angst, die aus den Tiefen seines Selbst kam. So etwas hatte er nicht einmal in Priština gespürt.

»Da ist ja unser Freund.«

Er konnte nicht mehr reagieren. Zusammen mit den Worten trafen ihn die Schläge an Kopf und Rücken. Andris wurde gegen den Honda geschleudert. Bunte Sterne explodierten vor seinen Augen und seine Knie gaben nach. Kräftige Hände packten ihn links und rechts unter den Achseln, schleiften Andris wie einen schwer angeschlagenen Boxer vom Honda weg. Nahe am Rande der Ohnmacht balancierend, blieb jede Gegenwehr aussichtslos. Sie warfen Andris wenige Augenblicke später auf das Deck eines Fischkutters. Anschließend wurde er im stinkenden Frachtraum mit einer Kette, die seine Handgelenke fixierte, in die Höhe gezogen.

»Wir erhalten deine Antworten. Also mach es dir und uns leichter, sag es gleich«, forderte einer der Männer.

Es waren Landsleute, und damit stand für Andris fest, dass sie ihn seit Riga verfolgten. Er fragte sich, ob die Blonde aus dem Servicebüro den Umschlag bereits zur Hauptpost gebracht hatte. Sein Schweigen wurde mit brutalen Schlägen und einem hinterhältigen Tritt in die Hoden bestraft.

»Was hat Karsums dir erzählt?«, fragte einer der Peiniger.

Der Anführer des Trios hielt sich im Hintergrund. Er hatte noch kein einziges Wort gesprochen. Wie lange würde sein Widerstand halten? Im nächsten Augenblick durchfuhr Andris ein unfassbarer Schmerz, als einer der Männer seine Brustwarze mit einer rostigen Zange bearbeitete. Er schrie gellend, ohne dass mehr als ein dumpfer Laut aus seinem Mund kam. Der dreckige Lappen verhinderte es.

»Du willst den harten Macker spielen? Wir haben Zeit«, höhnte der Folterknecht.

Der Schmerz ebbte ein wenig ab. Andris hob den Kopf und blinzelte die Tränen weg. Rotz lief ihm aus der Nase, sodass er kaum noch Luft bekam. Der Anführer trat vor und hob mit der behandschuhten Hand Andris' Kinn sanft hoch. Ihre Blicke trafen sich. Was Andris darin las, ließ jede Hoffnung kindisch erscheinen. Vor ihm stand ein eiskalter Mörder.

»Du willst reden. Gut so. Ich werde jetzt den Lappen aus deinem Mund ziehen. Wenn du Lärm machst, reiß ich dir die Zunge heraus. Kapiert?«, fragte er.

Andris nickte unwillkürlich, bevor die Erkenntnis seinen Verstand erreichte. Der Mann sprach Deutsch und wusste, dass sein Opfer ihn verstehen konnte. Der Lappen, der nach Öl und Eingeweiden stank, wurde ihm grob aus dem Mund gezerrt. Andris röchelte. Er spuckte eine Mischung aus Blut und Speichel aufs Deck, bevor er antwortete. Die Angst schüttelte ihn nicht länger. Andris wusste, dass er nur noch kurze Zeit zu leben hatte. Sein Widerstand war gebrochen, aber ein wenig Zeit hatte er dennoch schinden können.

»Karsums hat einen Brief geschrieben. Darin erzählt er von allen seinen Erlebnissen aus dem Krieg bis hin zur Flucht der ›Schattenkrieger‹. Außerdem gibt es eine Fotografie«, gab er sein Wissen preis.

In den Augen des Anführers glomm ein Feuer auf. Seine Rechte schoss vor und riss Andris' Kopf an den Haaren zurück.

»Was ist darauf zu sehen?«, fragte er.

Seine Stimme hatte er zu einem heiseren Flüstern gesenkt, was Andris' Angst neu entfachte.

»Marinesoldaten, die auf einer Treppe vor einem Gebäude stehen. In Mürwik am Ende des Weltkrieges. Karsums hat Sie wiedererkannt«, stammelte er.

Für einen Augenblick war der Deutsche irritiert. Doch er fasste sich sofort wieder und zerrte weiter an Andris' Haaren.

»Mich? Woran?«, wollte er wissen.

Andris sagte es ihm und wurde belohnt. Der Anführer löste den schmerzhaften Griff in den Haaren und trat zurück. Die Erleichterung hielt nicht lange an. Mit der flachen Hand schlug der Deutsche ihm links und rechts ins Gesicht.

»Wo sind der Brief und die Fotografie jetzt?«

Mehr Zeit würde Andris nicht herausholen können. Seine einzige Hoffnung war, dass die blonde Frau mit der Hornbrille die Post auf den Weg gebracht hatte.

»Verschickt. Mit der Post«, stieß er hervor.

Die drei Männer tauschten Blicke aus. Der Schrei einer Möwe drang an Andris' Ohr. Er schaute hinauf zur Luke. Feiner Nieselregen fiel hindurch, der im Licht eines Handscheinwerfers glitzerte. Ein leises Klicken ließ Andris' Blick zurück zu dem Anführer springen. Der hielt eine Glock in der Hand und zielte damit auf Andris' Magen.

»An wen hast du es geschickt?«, fragte er.

Vermutlich ahnte er es bereits, denn bei Henriks Namen zuckte kein Muskel in seinem Gesicht. Dann traf Andris ein harter Schlag in der Magengrube. Erst danach vernahm er den Schuss und er musste mit anhören, welche Befehle der Deutsche den beiden Letten erteilte. Der Mistkerl hatte ihm einen Bauchschuss verpasst, sodass Andris nur noch eine kurze Weile bei Bewusstsein bleiben würde, bevor der Blutverlust sein Tribut forderte.

»Werft ihn über Bord. Sein Leichnam soll gefunden werden, damit die Kugel zur Waffe zurückverfolgt werden kann. Bargen hatte sie in der Hand«, sagte er.

Als er Andris' fragenden Blick bemerkte, lachte der Deutsche rau auf.

»Wir haben deine Wohnung durchsucht und dabei diese Waffe gefunden. Da war klar, dass du sie bestimmt auch einmal Bargen gezeigt hast. Damit sind seine Fingerabdrücke darauf zu finden, was deine Reaktion mir soeben bestätigt hat«, sagte er.

Auf einmal erkannte Andris die Glock. Es war seine Reservewaffe, die er Henrik im vergangenen Jahr bei dessen Besuch in Riga gezeigt hatte. Als die Letten die Kette lösten, krachte Andris Mezecki aufs Deck. Er spürte es nicht mehr. Eine gnädige Ohnmacht hatte ihn übermannt, sodass er auch nicht den Aufprall im kalten Wasser des Hafenbeckens mitbekam.

KAPITEL 38

Er wusste es, kaum dass Sonja und Bastian an der Gangway zu sehen waren. Henrik setzte den Becher ab. Der Kaffee erschien ihm auf einmal bitter und ungenießbar.

»Andris?«, fragte er.

Der Blick der beiden Polizisten reichte als Antwort völlig aus. Mit einer wütenden Geste schleuderte Henrik den Becher über die Reling. Auf seinem Flug hinaus auf die Förde zog er eine braune Fontäne hinter sich her. Der Kaffee verlor sich gleich darauf im trüben Wasser.

»Es ist meine Schuld. Verflucht! Ich hätte ihn nicht da hineinziehen dürfen«, brüllte Henrik.

Er wusste nicht, wohin mit seiner Wut. Immer wieder trommelten seine Fäuste auf die nutzlos gewordenen Oberschenkel ein. Sonja war mit wenigen Schritten bei ihm und hielt seine Hände fest.

»Beruhige dich! Nur seine Mörder tragen Schuld«, mahnte sie.

Die Ruhe überkam ihn genauso schnell wie zuvor der Tobsuchtsanfall. Henrik entspannte sich.

»Wo und wie ist es passiert?«

Sonja löste den Griff und setzte sich auf die kleine Eckbank, während Bastian sich gegen den Rahmen des Schotts lehnte. Die beiden Ermittler berichteten abwechselnd. In Henriks Kopf lief ein Film ab, der die Geschehnisse nachzeichnete. Schließlich war alles gesagt und Sonja schwieg. Ein dumpfer, klagender Laut durchbrach die Stille. Der

Dampfer »Alexandra« legte ab, und der Steuermann betätigte wie immer die Sirene am Schornstein.

»Keine Augenzeugen? Nichts?«, fragte Henrik.

Sein Verstand weigerte sich, die Fakten anzuerkennen. Jemand musste für den Mord büßen und Henrik wollte derjenige sein, der es in die Wege leitete. Im gleichen Augenblick erkannte er die Absurdität seines Entschlusses.

»Nein, aber die Kollegen in Wismar bleiben dran«, versprach Bastian.

Sein Blick ging zum Rollstuhl, der in der Ecke neben dem Steuerhaus auf den nächsten Einsatz wartete. Henrik bemerkte es und stieß ein unfrohes Lachen aus.

»Unglaublich, oder? Mich haben die Schergen der ›Schattenkrieger‹ zum Krüppel gemacht und Andris gleich getötet«, stieß er hervor.

Der Schlag traf ihn unerwartet und sorgte dafür, dass Henrik die Tränen in die Augen sprangen. Ungläubig schaute er Sonja an. Auch Bastian konnte offensichtlich kaum fassen, was er soeben mit eigenen Augen gesehen hatte.

»Spinnst du?«, keuchte Henrik.

Mit einer unwilligen Geste wischte er die Träne weg, die sich aus dem Augenwinkel ihren Weg hinab zum Kinn gesucht hatte.

»Du heulst herum wie ein Jammerlappen! Das bist du nicht. Deine Beine werden wieder funktionieren, sobald du ernsthaft daran arbeitest«, schimpfte Sonja.

Seit Wochen sah sie hilflos zu, wie Henrik sich gehen ließ und in Selbstmitleid versank. Nachdem ihn nicht einmal der Mord an seinem Freund aus diesem Teufelskreis geholt hatte, verlor Sonja die Geduld. Nachsicht war der falsche Weg, um Henrik aus seiner Lethargie zu reißen.

»Lasst mich allein«, forderte er.

Seine Stimme verlor sich fast im Wind. Kläglich starrte Henrik auf seine Beine. Er vermied den direkten Blickkontakt. Bastian wandte sich bereits ab, doch Sonja blieb hart.

»Nein, so leicht machen wir es dir nicht mehr. Ich schaue nicht länger zu, wie du dein Leben wegwirfst. Andris' Tod wäre völlig sinnlos gewesen, wenn du seine Mörder nicht jagst«, widersprach sie.

Der Kopf blieb gesenkt. Bastian stand unschlüssig im Schott. Es kostete Henrik erkennbar viel Kraft, Sonja in die Augen zu sehen. Sie atmete innerlich auf, denn ein neuer Ausdruck lag in seinem Blick.

»Du kannst ganz schön stur sein«, murmelte er.

Henrik ahnte nicht, wie erleichtert Sonja war. Sie hätte nicht noch einmal die Kraft aufgebracht, gegen seine Lethargie anzukämpfen.

»Na schön. Ich verspreche euch, dass ich Andris' Mörder jagen und finden werde. Egal, wie lang es dauert«, sprach er weiter.

Es war ein großes Versprechen, von dem Henrik selbst nicht wusste, wie er es erfüllen sollte. Er brauchte aber etwas, woran er sich festhalten konnte. Vielleicht war der Rachegedanke stark genug, die Hindernisse zu überwinden. Sonja erhob sich und zog eine dünne Mappe aus ihrer Umhängetasche.

»Darin stehen die aktuellen Ergebnisse unserer Ermittlungen sowie die Telefonnummer des Kollegen aus Wismar. Keine Ahnung, wie du an die gekommen bist«, sagte sie.

Das verschwörerische Grinsen von Bastian erinnerte Henrik an bessere Zeiten. Noch konnte er es nicht erwidern.

KAPITEL 39

Reinhard Tewes warf einen abschließenden Blick auf die Unterlagen, bevor er sie zusammen mit der Waffe in den Safe einschloss. Irgendwann würden sie vermutlich darauf zurückgreifen müssen, aber noch war der Zeitpunkt nicht gekommen. Wenn es so weit war, würde der Mord an seinem Freund Bargens Vorwürfe endgültig unglaubwürdig erscheinen lassen. Als die Tür zu seinem Büro geöffnet wurde, schaute Tewes auf und bemerkte das schmale Gesicht seiner Schwiegertochter. Ulrike meldete sich ab. Sie hatte den spontanen Entschluss gefasst, Henrik Bargen einen Besuch abzustatten.

Nachdem sie ihre Angestellte angewiesen hatte, alle Termine für den Nachmittag zu verschieben, und ihren Schwiegervater informiert hatte, zog sie den Kurzmantel über und verließ die Kanzlei. Auf dem Weg zu Henriks Kutter traf Ulrike auf Kalle. Der weißhaarige Mann lüftete galant seine speckige Mütze und lächelte sie verschmitzt an.

»Moin, schöne Frau. Wollen Sie Henrik besuchen?«, fragte er.

Ulrike erwiderte sein Lächeln.

»Moin. Ja, das habe ich vor. Ist er denn auf der ›Sinje‹?«

Kalle schaute an ihr vorbei, seine Augen umwölkten sich.

»Ist er. Henrik kann jede Aufmunterung gut vertragen. Vielleicht kommt er endlich auf andere Gedanken und sucht nicht nur den Boden einer Flasche«, erwiderte er.

Ulrike nickte verstehend und winkte Kalle zum Abschied zu, bevor sie ihren Weg fortsetzte. Als sie vor der Gangway des Haikutters stand, glitt ihr Blick über das Deck. Alles erweckte den Anschein, dass Henrik sich weiterhin gut um die »Sinje« kümmerte. Ein Sonnenstrahl brach durch die nahezu geschlossene Wolkendecke und ließ einen Messingbeschlag aufleuchten.

»Ein schöner Anblick«, meldete sich Henrik.

Sie löste sich vom Anblick des Kutters und schaute dem Privatdetektiv forschend in die Augen. Selbst aus dieser Entfernung konnte Ulrike die geplatzten Äderchen darin erkennen.

»Ja, dein Kutter kann sich sehen lassen«, antwortete sie.

Henrik krauste die Stirn.

»Was vermutlich heißen soll, dass dir *mein* Anblick nicht zusagt«, stellte er fest.

Ulrike ging an Bord und blieb dicht vor Henrik stehen, der sich mit erkennbarer Mühe am Rahmen des Schotts festhielt. Ihr Blick streifte den Rollstuhl.

»Seltsam, dass jeder zuerst dieses verfluchte Ding anstarrt. Was verschafft mir die Ehre deines Besuchs?«, wollte Henrik wissen.

Sie standen so dicht beisammen, dass Ulrike den schwachen Kaffeeduft in Henriks Atem aufnahm. Sie roch aber keinen Alkohol.

»Darf man seinen Freund nicht einfach so besuchen? Benötige ich neuerdings eine schriftliche Einladung?«, fragte sie verstimmt.

Ihre Blicke verharrten einige Sekunden ineinander. Dann löste Henrik sich vom Schott und ging vorsichtig zurück in die Kajüte. Ulrike folgte ihm und setzte sich auf einen freien Platz auf der Eckbank. Auf dem Tisch stapelte sich schmutziges Geschirr und teilte sich den Platz mit einer großen Anzahl leerer Flaschen. Trotz des offenen Schotts lag ein muffiger Geruch in der Kajüte. Vermutlich hatte Henrik sich am Abend zuvor betrunken und war dann am Tisch eingeschlafen.

»Kaffee?«, fragte er.

Er hielt die Thermoskanne fragend in die Höhe und schenkte einen Becher voll, nachdem Ulrike zustimmend genickt hatte. Anschließend ließ er sich ächzend neben ihr auf die Bank fallen.

»Du hast es schon gehört, nehme ich an?«, fragte Ulrike.

Sie hatte den Namen des Toten in den Nachrichten sofort wiedererkannt und mit dem früheren Leben Henriks in Verbindung gebracht.

»Dass man Andris in Wismar ermordet hat? Ja, Sonja und Bastian waren vorhin hier und haben es erzählt«, erwiderte er.

Seine Stimme klang heiser. Da Ulrike ihn nur von der Seite ansehen konnte, kannte sie nicht den Grund dafür. Dann wandte Henrik den Kopf, und Ulrike erkannte einen Ansturm von Wut in seinen Augen. Sie verstand im gleichen Augenblick, dass der Verlust seines Freundes etwas in ihm ausgelöst hatte. Nicht das, was sie gehofft hatte.

»Da stecken diese verfluchten ›Schattenkrieger‹ dahinter. Sie werden bald erkennen, welchen Fehler sie gemacht haben!«, stieß Henrik hervor.

Ulrike blieb über eine Stunde auf der »Sinje«. Alle Versuche, ihn von seinen Ermittlungen abzuhalten, liefen ins Leere. Anschließend kehrte sie zurück in die Kanzlei, um sich die nächsten Schritte zu überlegen. Ihre Gefühle waren in Aufruhr. Irgendwie gelang es Henrik immer wieder, sie zu verunsichern. Was hatte er nur an sich, dass Ulrike nicht mehr klar denken konnte? Im Grunde war völlig klar, was sie tun musste. Dennoch redete sie sich ein, dass ihre eigenen Recherchen noch eine Weile warten konnten. Es war möglich, dass Henriks Wut wieder verflog und er in sein früheres Selbstmitleid verfiel.

KAPITEL 40

Die Fahrt hatte Henrik mehr angestrengt, als er erwartet hatte. Seit Andris' Ermordung waren sechs Wochen verstrichen, ohne dass die Ermittler in Wismar eine heiße Spur entdeckt hätten. Sonja und Bastian hielten Henrik ständig auf dem Laufenden, sodass er über den Verlauf der Ermittlungen informiert blieb. Seine Reha machte enorme Fortschritte, seitdem Henrik sie ernsthaft betrieb. Trotzdem hatte es bis heute gedauert, dass er sich hinters Lenkrad von Kalles Golf setzen und persönlich in die alte Hansestadt an der Ostsee fahren konnte. Vor wenigen Minuten hatte Henrik den Motor abgestellt und kämpfte gegen die einsetzende Erschöpfung an. Sein Blick wanderte zu den beiden Männern, die sich soeben in einen BMW älteren Baujahrs setzten.

»Habt ihr Andris auf dem Gewissen?«, murmelte Henrik.

Ihrem Erscheinungsbild nach konnte man sie nicht zu den harmlosen Besuchern der Polizeiinspektion zählen, zu der der Parkplatz in der Rostocker Straße gehörte. Sie nahmen keinerlei Notiz von Henrik, der die Seitenscheibe schloss und vorsichtig ausstieg. Er beugte sich über die Rückenlehne und zog die Gehhilfe heraus. Als er zehn Minuten später von Kommissar Häfner empfangen wurde, zitterte Henriks Arm unter der Anstrengung. Häfner registrierte es stumm und wartete gelassen ab, bis sein Besucher sich ächzend in einen Stuhl gesetzt hatte.

»Hauptkommissarin Martenson hat angerufen und Ihren Besuch angekündigt. Mir bleibt allerdings schleierhaft, was Sie eigentlich von mir wollen«, erklärte er dann.

Henrik ignorierte die abweisende Haltung und erklärte sein besonderes Verhältnis zu Andris. Als er von seinen Ermittlungen berichtete, veränderte sich Häfners Verhalten spürbar. Er beugte sich vor und fixierte Henriks Gesicht.

»Wollen Sie damit andeuten, dass der Mord in einem Zusammenhang damit steht? Wieso zum Teufel höre ich erst heute davon?«, fragte er wütend.

»Ich dachte, dass Hauptkommissarin Martenson alles mit Ihnen besprochen hätte«, erwiderte Henrik verblüfft.

Häfner lehnte sich zurück und nippte am Kaffee. Henrik hatte er keinen angeboten, was der registriert hatte. Er deutete auf den Becher.

»Könnte ich vielleicht auch einen bekommen?«

Mit einem unwilligen Knurren erhob Häfner sich und verließ das Büro, nur um kurz darauf mit einem Becher Kaffee zurückzukehren. Er stellte ihn vor Henrik ab und setzte sich wieder auf seinen Schreibtischstuhl. Durch das nur einen Spalt weit geöffnete Fenster drang das Aufheulen eines Automotors ins Büro.

»Wenn Sie mir einen kurzen Überblick gewähren, sind Sie mich schnell wieder los«, bot Henrik an.

Der Kommissar schaute ihm forschend ins Gesicht. Dann zog er eine dünne Akte aus dem Stapel rechts von sich und schob sie zu Henrik über den Tisch. Der starrte verblüfft darauf.

»Das ist alles?«, fragte er ungläubig.

Häfner schnaubte verächtlich.

»Es gibt lediglich die Aussage eines bekannten Säufers, der sich regelmäßig wichtigmacht. Wir kennen die Identität des Kollegen aus Riga, und das war's auch schon. Seine Dienststelle behauptet, dass er privat in Wismar war.«

Henrik überflog die wenigen Seiten und musste einsehen, dass die Hinweise tatsächlich äußerst dürftig waren. Andris war anscheinend ganz allein auf sich gestellt gewesen, und niemand nahm seinen Tod weiter zur Kenntnis. Mit einem Seufzer klappte Henrik die Akte wieder zu und schob sie zu Häfner zurück. Dann trank er einen großen Schluck des lauwarmen Kaffees und dachte nach. Der Säufer, dessen besonderes Merkmal laut Akte ein Bonanza-Rad war, blieb der einzige Anhaltspunkt.

»Darf ich dann wieder meiner Arbeit nachgehen, oder können Sie mir einen neuen Ansatz für weitere Ermittlungen liefern?«, wollte Häfner wissen.

Obwohl Henrik ihm kaum Vorwürfe machen konnte – der Kommissar hatte augenscheinlich mehrere offene Fälle zu bearbeiten –, ärgerte ihn das geschäftliche Verhalten. Er schluckte eine harsche Erwiderung hinunter und erhob sich.

»Danke, Herr Häfner. Eine letzte Frage hätte ich noch: Wo finde ich diesen vermeintlichen Zeugen, Eddy?«

Henrik erhielt die gewünschte Auskunft, nicht ohne eine deutliche Ermahnung mit auf den Weg zu bekommen.

»Glauben Sie dem alten Säufer kein Wort, Bargen. Er

wird sich nur aufspielen und Sie auf eine völlig falsche Fährte setzen«, sagte Häfner.

Henrik hörte die Worte nur am Rande, während er das Büro des Kommissars verließ. Fünf Minuten später steuerte er Kalles Golf hinunter zum Hafen, um sich auf die Suche nach Eddy zu machen.

KAPITEL 41

Das Klacken seiner Gehhilfe wurde von den Wänden der Gebäude im Alten Holzhafen zurückgeworfen. Henrik wusste, wie gering seine Chancen waren. Es war eher unwahrscheinlich, dass Eddy sich am helllichten Tag in der Nähe seines bevorzugten Schlafplatzes aufhielt. Zuerst hatte er bis zum Abend mit seiner Suche warten wollen, doch die Ungeduld trieb ihn jetzt schon hierher.

»Eddy?«

Aus dem Augenwinkel bemerkte Henrik eine Bewegung und dachte zunächst, einen Jugendlichen entdeckt zu haben. Doch der schmale Körperbau täuschte und das in der Akte beschriebene Fahrrad war augenfällig. Der Stadtstreicher verharrte und musterte Henrik misstrauisch. Es war vermutlich der Anblick der Gehhilfe, die ihn abwarten ließ. An der hohen Rückenlehne seines Bonanza-Fahrrades hatte Eddy seinen Schlafsack befestigt. Ein leichter Windstoß ließ den Wimpel von Hansa Rostock fröhlich flattern. Um das Misstrauen des Mannes weiter abzuschwächen, zog Henrik beiläufig die Flasche Doppelkorn aus seiner Umhängetasche. Beim Anblick des hochprozentigen Schnapses leckte Eddy sich unwillkürlich über die Lippen.

»Wer will das wissen?«, fragte er lauernd.

»Ich heiße Henrik. Mein Freund wurde vor einiger Zeit hier im Hafen ermordet. Du hast mit den Bullen darüber gesprochen, aber die glauben dir nicht.«

Es war riskant, gleich mit der Tür ins Haus zu fallen. Henrik handelte intuitiv und war darauf gefasst, dass Eddy sich in den Sattel seines Fahrrades setzte und einfach losradelte. Irgendwo hupte ein ungeduldiger Autofahrer mehrfach. Der Schrei einer einsamen Möwe vermischte sich mit dem Geräusch, während Eddy angestrengt nachdachte.

»Und du willst jetzt meine Geschichte hören?«

»Ja«, stimmte Henrik zu.

»Warum denn? Die Typen waren eiskalte Killer, und falls du sie auf eigene Faust jagen willst, musst du lebensmüde sein«, stellte Eddy fest.

Vorsichtig bewegte Henrik sich weiter auf ihn zu. Schließlich trennten sie nur noch zwei Meter. Er hob die Flasche fragend hoch.

»Wir können uns da drüben in den Schatten setzen. Komm«, forderte Eddy ihn auf.

Er schob das Bonanza-Fahrrad zu einem von Schmierereien überzogenen Verteilerkasten, um es dort anzulehnen. Eddy setzte sich auf die Umrandung eines Blumenbeetes, das anscheinend schon vor langer Zeit sich selbst überlassen worden war. Wortlos streckte er seine Hand aus. Henrik reichte ihm die Schnapsflasche und schaute bewundernd zu, wie Eddy in einem langen Zug fast ein Viertel des Inhaltes durch seine Kehle gluckern ließ. Dann setzte er ab, rülpste ungeniert und wischte sich mit dem Handrücken über die feuchten Lippen.

»Prost«, sagte er dann und reichte die Flasche zurück.

Henrik verkniff es sich, die Mündung abzuwischen. Er trank aber nur einen vergleichsweise kleinen Schluck, denn der Alkohol entzündete sofort einen Feuerball in seinem Magen. Seine letzte Mahlzeit lag einige Stunden zurück, weshalb Henrik lieber vorsichtig mit dem Genuss von Doppelkorn umging.

»Was willst du wissen?«, fragte Eddy.

Sein Blick flackerte von der Flasche in Henriks Hand zu seinem Gesicht.

»Alles. Erzähl einfach, was du gesehen und gehört hast«, erwiderte Henrik.

Zögernd begann Eddy seinen Bericht, der sich zunächst um die Zeit vor dem Mord drehte. Geduldig hörte Henrik zu. Der Stadtstreicher hatte seine übliche Runde durch Wismar gedreht, bevor er zum Alten Hafen zurückkehrte. Zu seinem Verdruss lungerten einige Halbstarke mit ihren aufgemotzten Wagen in der Nähe seines bevorzugten Schlafplatzes herum.

»Ich wollte keinen Ärger haben. Also ging ich hinüber zum Kutter«, erzählte Eddy.

Nachdem er sicher sein konnte, dass sich niemand an Bord befand, suchte er sein Versteck auf.

»Es gibt einen winzigen Verschlag, in dem der Fischer alte Netze und Winden aufbewahrt. Bei schlechtem Wetter ist es dort gemütlicher als in meinem normalen Nachtlager«, erklärte Eddy.

Er war nach kurzer Zeit eingeschlafen, und Henrik ahnte, was der Grund dafür gewesen war. In seinem Hinterkopf klang die Mahnung von Kommissar Häfner nach: »Er ist nur ein alter Säufer, der sich wichtigmachen will.«

Dumpfe Geräusche und der Klang mehrerer Stimmen weckten Eddy, der ganz erschrocken war.

»Ich dachte schon, ich hätte zu lange geschlafen und der Fischer wollte mit dem Kutter rausfahren. War aber nicht so«, sagte Eddy.

Seine Stimme wurde leiser und sein Blick richtete sich nach innen. Henrik reichte Eddy die Flasche Doppelkorn, der dieses Mal nur zwei kleine Schlucke trank. Dann räusperte er sich und setzte die Schilderung fort. Vor Henriks Augen stiegen die Bilder einer verregneten Nacht auf, in der sein Freund an Bord eines Fischkutters brutal gefoltert und zum Schluss erschossen wurde.

»Was? Welchen Namen nannte der Typ?«, fuhr Henrik auf.

Eddy krauste alarmiert die Stirn. Sein Blick flackerte zum Bonanza-Fahrrad, so, als wenn er sich aus dem Staub machen wollte.

»Keine Panik. Ich hatte nur verstanden, dass du ›Bargen‹ gesagt hattest«, beschwichtigte Henrik.

Eddy setzte erneut die Flasche an, trank einen großen Schluck. Dabei ließ er Henrik nicht aus den Augen.

»Bist du dieser Bargen?«, fragte er leise.

Henrik nickte automatisch. Bevor er es verhindern konnte, sprang Eddy auf und warf ihm die Flasche zu. In einem Reflex fing Henrik sie auf, während der Stadtstreicher unter wüsten Flüchen sein Fahrrad am Lenker packte und loslief. Erstaunlich flink sprang er in den Sattel und trat kräftig in die Pedale.

»He, warte! Ich tu dir doch nichts«, rief Henrik konsterniert.

Doch Eddy jagte bereits um die nächste Kurve und verschwand aus Henriks Sichtfeld. Der setzte sich wieder auf die Steinkante und trank einen weiteren Schluck Korn, der siedend heiß durch seine Kehle rann. In seinem Kopf wirbelten die Gedanken durcheinander. Andris' Mörder hatten genau gewusst, worauf der Lette sich eingelassen hatte. Henrik stöhnte leise auf.

»Es tut mir leid, alter Freund«, murmelte er.

Das wütende Kreischen zweier Möwen riss Henrik aus seinen trüben Gedanken. Die Vögel stritten sich um die Reste eines Brötchens.

Andris wurde mit seiner Reservewaffe erschossen, dachte Henrik.

Es war die Glock, die er in der Hand gehalten hatte. Bei einem Besuch in Riga hatte Andris ihm stolz die Waffe gezeigt, und natürlich hatte Henrik sie auch angefasst. Wussten die Mörder es, und konnten sich immer noch Henriks Fingerabdrücke darauf befinden? Ein kalter Schauer ließ ihn sich schütteln. Er blieb noch eine Weile auf der Kante sitzen und dachte angestrengt nach. Schließlich erhob Henrik sich und eilte zurück zum Golf. Erneut warfen die Gebäude das Klacken seiner Gehhilfe als Echo zurück. Auch das erschien Henrik auf einmal wie eine Mahnung.

KAPITEL 42

Vor seiner Abfahrt aus Wismar kaufte Henrik sich zwei belegte Brötchen sowie eine große Flasche Coca-Cola. Er wollte die Rückfahrt ohne Unterbrechungen schaffen, um keine Zeit zu verlieren. Henrik musste so schnell es ging an diesen Umschlag von Andris kommen. Normalerweise müsste der sich bereits auf der »Sinje« befinden. Henrik hatte einen sogenannten Garagenvertrag abgeschlossen, wonach der Zusteller die Sendungen in einer Kiste neben dem Schlagbaum ablegen durfte. Das war kein Geheimnis, und er befürchtete, dass die Handlanger der »Schattenkrieger« es ebenfalls wussten. Henrik befürchtete, dass sie ihm zuvorgekommen waren, aber noch bestand eine minimale Hoffnung. Vielleicht lag der Umschlag zwischen Werbebriefen, die Henrik oft einfach im Kasten liegen ließ. Dann könnten ihn auch seine Gegner übersehen haben.

»Wie? Du bist schon wieder zurück?«

Er hatte gerade den Golf abgestellt und schloss die Fahrertür ab, als Kalle ihn ansprach. Henrik spürte Schmerzen im Rückenbereich, und auch das rechte Bein verursachte zunehmend Probleme.

»Ja. Hast du den Postboten heute gesehen? War er auf der ›Sinje‹?«, erwiderte er.

Sein Bootsnachbar schüttelte fassungslos den Kopf.

»Du spinnst doch!«, schimpfte er.

»Was nun? War er auf meinem Kutter oder nicht?«, drängte Henrik.

Kalle murmelte weitere Flüche, bestätigte aber auch den Besuch des Postboten. Wortlos drückte Henrik ihm die Autoschlüssel zusammen mit einem Geldschein in die Hand.

»Die Papiere liegen im Handschuhfach. Ich hatte keine Zeit zum Tanken«, rief er und humpelte los.

Noch auf der Gangway konnte Henrik die Flüche von Kalle vernehmen. Doch seine Aufmerksamkeit richtete sich ausschließlich auf den Kasten neben dem Mast. Mit zitternden Fingern nestelte er den Verschluss auf und stieß frustriert die Luft aus. Nichts. Wie konnte das nur sein? Müde sank Henrik gegen die Reling und ließ den Kopf hängen. Offenbar waren seine Gegner wieder einmal schneller gewesen. Sein Blick blieb am Schlagbaum hängen. Mürrisch registrierte er ein Stück braune Pappe, welches hinter dem Kasten herauslugte. Man konnte es nur aus diesem speziellen Winkel erkennen. Henrik stutzte und war mit einem Satz neben dem Kasten. Er ging in die Hocke und zog an dem Papierfetzen. Er riss ein. Er musste schon länger hinter dem Kasten eingeklemmt gewesen sein, und nur mit viel Fingerspitzengefühl konnte Henrik schließlich einen braunen Umschlag aus dem Spalt ziehen. Als er seine Anschrift darauf las, durchflutete ihn tiefe Erleichterung. Es war schon einmal passiert, dass der Postbote eine Zustellung nachlässig eingeworfen hatte und ein kleiner Umschlag dabei zwischen Deckel und Rand eingeklemmt worden war. Dass aber ein gepolsterter brauner DIN-A4-Umschlag hinter die Kiste rutschte, war neu. Henrik nahm ihn an sich und registrierte zufrieden den Stempelaufdruck der Poststelle in Wismar. Er ging unter Deck und saß fünf Minuten später auf der Eckbank. Auf dem Tisch vor Henrik lag der verschlossene Umschlag und daneben stand die halbleere Flasche Whisky. Er füllte zwei Finger hoch die braune Flüssigkeit ins Glas, bevor er mit einer Schere die Lasche des Umschlages öffnete. Anschließend zögerte Henrik erneut und trank zuerst einen großen Schluck Whisky, bevor er die Unterlagen auf dem Kajütentisch ausbreitete.

»Dafür musste Andris sterben«, stellte er fest.

Seine Worte prallten ungehört von den Wänden zurück, während Henrik die einzelne Fotografie hochnahm und lange betrachtete. Einige Marine-Angehörige standen auf einer Treppe vor dem Stabsgebäude der Marineschule in Mürwik. Es war eine alte Aufnahme, wie die Uniformen belegten. Die Szene ließ Henrik an einen Abschied unter Kameraden denken. Auf der Rückseite war ein Datum notiert.

»Der Krieg ist eigentlich schon vorbei. Welches Kriegsschiff ist trotzdem noch ausgelaufen?«, fragte sich Henrik.

Der Anblick der prall gefüllten Seesäcke der Soldaten sowie die Waffen ließen im Grunde keinen anderen Rückschluss zu. Viel mehr konnte Henrik jedoch auf der Aufnahme nicht erkennen. Er legte sie zurück auf den Tisch und sichtete die Papiere, die Andris mit in den Umschlag gesteckt hatte. Zu seinem Verdruss war der Text in lettischer Sprache verfasst, sodass er sich keinen Reim auf den Inhalt machen konnte. Blieb nur die Fotografie, also suchte Henrik nach der Lupe. Normalerweise benutzte er sie zum Kartenlesen, wenn die Elektronik ausfiel. Nach längerer Suche unter vielen Verwünschungen fand er die Lupe endlich in einem Verschlag neben seiner Koje.

»So, jetzt schauen wir uns die Herrschaften einmal etwas genauer an«, knurrte Henrik.

Die Schmerzen im Rücken und im linken Bein machten ihm zu schaffen. Henrik beugte sich vor, um die Aufnahme direkt ins Licht der Lampe zu halten. Die Vergrößerung der Lupe löste die Gesichter der Männer aus dem verschwommenen Einerlei und machte ihre Konturen erkennbar. Die Qualität blieb zwar körnig, aber Henrik konnte trotzdem die Männer gut unterscheiden. Er ließ die Lupe langsam in der oberen Reihe von links nach rechts wandern, bis er überrascht anhielt. In der Vergrößerung starrte ihn ein Mann an, dessen Gesichtszüge Henrik in den zurückliegenden Wochen öfter gesehen hatte. Er lehnte sich überrascht zurück und grübelte eine Weile über seine Entdeckung nach.

Kann das sein? Es würde eine Menge erklären, dachte er.

Henrik prüfte erneut das Gesicht mithilfe der Lupe und überzeugte sich davon, dass sein erschöpftes Gehirn ihm keinen Streich gespielt hatte. Es war das bekannte Gesicht, und damit hielt er urplötzlich einen Schlüssel zur Lösung des Falles in der Hand. Genauer betrachtet sogar für die Aufklärung aller Morde einschließlich denen an Gerda Siehm und ihrer Nichte.

KAPITEL 43

Der Kommandeur der Marineschule schaute Henrik überrascht an, nachdem der sich ohne Anmeldung in Oltmanns Büro eingefunden hatte.

»Das muss dringend sein, wenn Sie einfach so hier auftauchen«, spekulierte er.

Sie schüttelten einander die Hand, und Henrik akzeptierte den angebotenen Kaffee, den Oltmann seinem Besucher einschenkte. Anschließend ergriff der Kapitän die Fotografie.

»Darum geht's?«

»Sehen Sie sich die Männer genau an. Einer von ihnen ist der Auslöser für die Morde im Mai '45 und die aktuellen Fälle«, erklärte Henrik.

Vorsichtshalber hatte er seine Lupe neben die Aufnahme gelegt, obwohl die Marine sicherlich auch über solche Hilfsmittel verfügte. Oltmann nahm sie in die Hand und studierte die Gesichter auf dem Bild. Als er am Ende der oberen Reihe ankam, stieß er einen ungläubigen Ruf aus.

»Das darf doch nicht wahr sein!«

»Nette, kleine Überraschung, oder?«, erwiderte Henrik.

Kapitän Oltmann besah sich den Soldaten nochmals, bevor er kopfschüttelnd Lupe und Fotografie aus der Hand legte.

»Wie sind Sie an dieses Bild gekommen?«, wollte er wissen.

Er hörte sich Henriks Erklärung an und sprach am Ende sein Beileid für den Verlust des Freundes aus. Sein Blick wanderte immer wieder zu dem Foto. Schließlich schaute er seinen Besucher eindringlich an.

»Dennoch ist es kein Beweis für seine Beteiligung. Was immer auch seine Vorfahren getrieben haben, es stellt keinen Beleg für seine Schuld dar«, sagte Oltmann.

Dem konnte Henrik nur bedingt widersprechen. Alles hing davon ab, was die Übersetzung der Schriftstücke aus dem Umschlag ergab. Zum Glück hatte er nach einigen

Telefonaten einen Studenten der Nautik an der Fachhochschule ausfindig gemacht, der aus Lettland stammte. Vor Henriks Besuch in der Marineschule hatten sie sich getroffen und er hatte den Studenten dazu bewegen können, die Schriftstücke ins Deutsche zu übertragen.

»Er will bis 15:00 Uhr damit fertig sein. Dann weiß ich endlich, was Karsums aufgeschrieben hat«, sagte er.

Der Kommandeur wollte wissen, was Henrik zu unternehmen gedachte.

»Solange es keine weiteren Beweise gibt, überhaupt nichts. Ich wollte nur, dass Sie informiert sind. Immerhin haben Sie die Ermittlungen angestoßen«, sagte er.

Kapitän Oltmann kratzte sich nachdenklich am Hinterkopf und betrachtete wieder die Fotografie auf seinem Schreibtisch. Mit einer angewiderten Bewegung schnippte er sie in Henriks Richtung.

»Machen Sie weiter. Ich muss wissen, wer damals wirklich für die Ermordung der beiden Frauen verantwortlich war. Wenigstens das möchte ich geklärt haben«, forderte er.

Die Aufnahme hatte ein wenig Licht in die Ermittlung gebracht, aber warf derzeit fast noch mehr Fragen auf. Henriks Instinkt riet ihm, die Verbindung zwischen den alten und neuen Morden nicht leichtfertig herzustellen. Trotzdem war er immer mehr davon überzeugt, dass eine existierte.

KAPITEL 44

Der Inhalt der Seiten hatte Linus offenkundig erschüttert. Als Henrik ihn in seinem Zimmer im Studentenheim aufsuchte, erwartete ihn ein bedrückter Lette.

»Karsums hat den Mörder gesehen und bis heute geschwiegen? Warum?«, fragte er mit flacher Stimme, nachdem Henrik seine Übersetzung gelesen hatte.

»Ganz so war es vermutlich nicht. Karsums befand sich auf der Flucht, und als er das Mietshaus in Flensburg gerade verlassen hatte, bemerkte er den Hauptbootsmann. Er konnte nicht wissen, wie weit der Mann für Informationen gehen würde«, wiegelte Henrik ab.

Doch auch ihn hatte die Übersetzung erschüttert. Karsums beschrieb Satz für Satz seine Flucht aus der Stadt an der Förde und schilderte dabei auch, wie ihn der Mörder der beiden Frauen nur knapp verpasst hatte.

»Und später? Wieso ist er nicht zur Polizei gegangen?«, blieb Linus skeptisch.

Das konnte Henrik sich auch nur so erklären, dass Karsums in Riga überhaupt nichts von den Morden sowie dem Prozess erfahren hatte. Erst der Besuch von Andris musste ihn aufgeschreckt und ihm den Umfang seiner Schuld verdeutlicht haben.

»Vorerst schweigen Sie bitte darüber. Ich fahre sofort zur Kriminalpolizei und gebe die Abschrift weiter«, bat Henrik.

Er vertraute dem jungen Mann aus Andris' Heimat. Als

er Linus die vereinbarte Geldsumme aushändigen wollte, wies der sie zurück.

»Nein, dafür nehme ich kein Geld. Sorgen Sie nur dafür, dass der wahre Mörder bekannt wird«, forderte er.

So viel konnte Henrik ihm zusichern. Ob der Inhalt der Schreiben noch weitergehende Entwicklungen auslösen sollte, war zu diesem Zeitpunkt nicht abzusehen. Immerhin nannte Karsums die Namen einiger der einflussreichsten »Schattenkrieger«. Henrik dankte Linus und fuhr zurück in die Stadt. Dort suchte er Sonja in ihrem Büro auf, die mit Aktenarbeit beschäftigt war. Sie hob bereits den Kopf, als sie das leise Klicken seiner Gehhilfe auf dem Gang hörte. Ein Lächeln erhellte ihr Gesicht und löste Erinnerungen an die gemeinsame Nacht in Gällivare bei Henrik aus.

Ich weiß immer noch nicht, was da eigentlich passiert ist, schoss es ihm durch den Kopf.

Er blieb an der offenen Bürotür stehen und hob den braunen Umschlag in die Höhe.

»Moin. Ich habe da etwas, was du und dein Team sehen solltet. Habt ihr Zeit?«, grüßte Henrik.

Sonja hob überrascht die Augenbrauen und erhob sich.

»Außer Bastian und Jo sind alle unterwegs. Wie geht es dir?«, erwiderte sie.

Ihr warmer Blick wanderte von der Gehhilfe hinauf in Henriks Gesicht. Er setzte ein breites Lächeln auf.

»Solange du mir nicht wieder ins Gesicht schlägst, bestens«, lautete seine Antwort.

Ein rosa Hauch erschien auf Sonjas Wangen. Sie räusperte sich.

»Solange du dich wieder normal aufführst, besteht kein Anlass dazu«, antwortete sie brüsk.

Dann schob Sonja sich an Henrik vorbei und holte ihre Kollegen in den Besprechungsraum. Henrik wurde von Jo und Bastian erfreut begrüßt, bevor er auf den Anlass seines Besuchs zu sprechen kam.

»Das ist der Umschlag, den Andris mir aus Wismar geschickt hat. Für den Inhalt musste er sterben«, erklärte er.

Er schüttelte die dicht beschriebenen Zettel zusammen mit der Übersetzung von Linus auf den Tisch aus. Zuletzt zog Henrik die alte Fotografie heraus und reichte sie Jo.

»Vermutlich wäre es gut, wenn du es digital erfassen und eine Vergrößerung an die Wand werfen könntest«, bat er.

Der drahtige Kommissar verschwand in sein Büro, um der Bitte nachzukommen. In der Zwischenzeit studierten Sonja und Bastian die Übersetzung von Linus. Sie stießen leise Kommentare hervor und warfen Henrik überraschte Blicke zu.

»Das ist ein Hammer!«, stellte Bastian schließlich fest.

Seine Vorgesetzte schüttelte zuerst den Kopf, bevor sie ihm deutlich zustimmte. Da in diesem Augenblick Jo mit seinem Laptop in der Hand zurückkehrte, musste die Aussprache noch zurückstehen. Er bemerkte die versteinerten Gesichter und schluckte schwer.

»So schlimm?«, fragte er leise.

Sein hünenhafter Kollege nahm Jo den Laptop ab und drückte ihm stattdessen die Übersetzung von Karsums Schreiben in die Hand.

»Lies selbst. Ich kümmere mich um den technischen Kram«, sagte er.

Wenige Minuten später war nur das leise Geräusch vom Lüfter des Laptops zu vernehmen. Alle Blicke gingen zu der Darstellung auf der Leinwand. Jo hatte die Fotografie nicht einfach nur vergrößert, sondern sie gleichzeitig durch ein

Bildbearbeitungsprogramm laufen lassen. Das Ergebnis war bemerkenswert und ließ die Aufnahme wesentlich aktueller wirken. Auf einmal beugte sich Jo mit leicht zusammengekniffenen Lidern vor und starrte dabei auf einen Mann am Rande der oberen Reihe.

»Scheiße, das ist ja Adams!«, stieß er hervor.

Doch dann schüttelte er den Kopf und korrigierte sich selbst: »Wohl eher sein Vater, aber die Familienähnlichkeit erlaubt kaum Zweifel.«

KAPITEL 45

In der sich anschließenden Stille erklang die Melodie einer alten Fernsehserie. Die englische Serie »Die Profis« zählte in den 70ern zu den absoluten Lieblingssendungen des ehemaligen Bundespolizisten, weshalb er sich den entsprechenden Klingelton heruntergeladen hatte. Henrik zog sein Handy aus der Tasche und bat mit erhobener Hand um Entschuldigung. Er trat hinaus auf den Gang und nahm den Anruf von Kapitän Oltmann entgegen.

»Adams war in den letzten Tagen nicht in Flensburg. Was wollen Sie jetzt machen?«

Das wusste Henrik selbst noch nicht so genau. Er bat den Kommandeur der Marineschule, sich vorerst ruhig zu verhalten. Leicht widerwillig akzeptierte Oltmann es. Henrik kehrte zurück in den Besprechungsraum, in dem eine lebhafte Diskussion entbrannt war. Sonja klatschte in die Hände und stellte dadurch umgehend Ruhe her.

»Ich möchte Kay Adams hier haben. Er wird uns einige Fragen beantworten müssen. Vor allem möchte ich wissen, ob er in den zurückliegenden Tagen in Flensburg war oder nicht«, ordnete sie an.

»War er nicht«, warf Henrik ein.

Alle schauten ihn verwundert an.

»Ich hatte Kapitän Oltmann gebeten, es herauszufinden. Adams war in den letzten drei Tagen nicht in der Marineschule und einer seiner Freunde wusste von einer Reise, ohne genauere Angaben machen zu können«, erklärte Henrik.

Er hielt dem verärgerten Blick der Hauptkommissarin stand. Sonja schaute zurück auf das Bild an der Wand und dachte über weitere Schritte nach.

»Ob wir genügend in der Hand haben, um Adams offiziell zur Fahndung auszuschreiben, muss ich erst noch klären«, stellte sie fest.

Als erneut die Melodie von Henriks Handy ertönte, strafte ihn Sonja mit einem bösen Blick. Er trat auf den Gang und meldete sich.

»Kommen Sie schnell hierher. Es sieht so aus, als wenn Adams im Archiv ein Feuer gelegt hat«, stieß Oltmann erregt hervor.

Fluchend drückte Henrik das Gespräch weg und riss die Tür zum Besprechungsraum auf.

»Was soll …«, setzte Sonja zu einem aufgebrachten Protest an.

»Adams hat in der Marineschule offenbar Feuer gelegt. Vermutlich hält er sich selbst noch dort auf«, würgte Henrik sie schnell ab.

Damit war die Besprechung beendet, und wenige Minuten später saß Henrik neben Sonja in einem Dienstwagen. Die Hauptkommissarin hatte sowohl Martinshorn als auch Blaulicht eingeschaltet, um dem zweiten Fahrzeug mit Bastian Kraft am Steuer zu folgen.

Die Einsatzfahrzeuge der Berufsfeuerwehr hatten die Verkehrsteilnehmer vor ihnen auf der Ballastbrücke zum ungeplanten Anhalten gezwungen.

»Will er seine Spuren beseitigen?«, fragte Sonja.

»Das auch. Möglicherweise fehlt ihm auch die Zeit, weiteres Belastungsmaterial gegen die ›Schattenkrieger‹ unbemerkt aus dem Archiv entfernen zu können«, erwiderte Henrik.

Unwillkürlich wanderten seine Gedanken zurück zu dem nächtlichen Überfall auf ihn in der Marineschule.

»Jo hat vermutlich doch recht gehabt«, sagte er.

Verwirrt schaute Sonja ihn von der Seite her an.

»Was meinst du denn jetzt damit?«, wollte sie wissen.

Henrik erzählte von Fechners Verdacht gegen Kay Adams, der unmittelbar nach dem Verschwinden des Angreifers auf der Bildfläche erschienen war.

»Seine Erklärung dafür klang damals plausibel. Jetzt muss ich es wohl anders bewerten«, sagte er.

Acht Minuten später standen sie neben Kapitän Oltmann vor dem Stabsgebäude und starrten hinauf zu den Flammen, die aus dem Dachstuhl schlugen. Löschtrupps der Marine unterstützten die Berufsfeuerwehr, um das Feuer schnell unter Kontrolle zu bekommen. Auf dem Platz hatten sich viele Soldaten versammelt, die von einem halben Dutzend Polizeibeamten abgeschirmt wurden.

»Was ist mit Adams? Haben Sie ihn wirklich gesehen? Bei unserem ersten Telefongespräch meinten Sie doch noch, dass er sich im Moment nicht in der Stadt aufhält«, fragte Henrik.

Oltmann ließ ein wütendes Knurren vernehmen. Seine Kiefer mahlten aufeinander und erzeugten knirschende Geräusche als Untermalung.

»Ich kam von der Toilette zurück. Jemand, der aus der Ferne wie Adams aussah, war auf dem Weg zur Haupttreppe. Als ich ihm nachrief, schaute er sich kurz um und lief dann einfach weiter. Ich könnte schwören, dass es Adams war«, antwortete er schließlich.

Der Kommandeur war in dem Moment viel zu überrascht gewesen, um den ehemaligen Hauptbootsmann aufzuhalten. Als wenige Augenblicke später Feueralarm ausgelöst wurde und Rauch unter der Tür zum Archivraum hindurchdrang, stellte Oltmann allerdings die Verbindung zu Adams her.

»Ich habe sofort die Wache alarmiert und die Schule abriegeln lassen. Zurzeit durchkämmen Wachsoldaten das gesamte Areal. Wir finden ihn«, versicherte er.

Das erklärte die angetretenen Soldaten auf dem Platz vor dem Stabsgebäude. Henrik warf Sonja einen Seitenblick zu. Ihr Gesicht zeigte keine Reaktion. Eine metallisch klingende Stimme lenkte seine Aufmerksamkeit zurück auf Oltmann. Erst jetzt bemerkte Henrik das Funkgerät in der Hand des Kapitäns.

»Im Archiv liegt ein Leichnam«, teilte Oltmann gleich darauf mit.

Zehn Minuten später war der Brand gelöscht und die Ermittler konnten in Begleitung von Kapitän Oltmann zum Archiv gehen. Die Feuerwehrmänner hatten alle Fenster geöffnet, sodass der beißende Geruch abziehen konnte. Auf dem Gang lag eine Löschdecke und darauf die verkrümmte Gestalt des Toten. Der Leichnam lag auf der Seite, alle Extremitäten waren in der typischen Haltung von Brandopfern gekrümmt. Ein unangenehmer, süßlicher Geruch ging von der Leiche aus. Es musste sich um Adams handeln.

»Er muss noch einmal zurückgekehrt sein. Der Leiter der Feuerwehr geht davon aus, dass er mit Brandbeschleuniger gearbeitet hat und in der Eile unvorsichtig wurde«, erklärte Oltmann.

Es war denkbar, und dennoch weigerte Henrik sich, es so einfach hinzunehmen. Als eine Viertelstunde später die Techniker der Spurensicherung eintrafen, war auch die Durchsuchung der Kasernenanlage abgeschlossen. Man hatte keine Spur von Kay Adams finden können.

»Damit steht wohl fest, dass er es ist«, meinte Oltmann.

Sonja übertrug Bastian die Aufsicht in der Schule und fuhr zusammen mit Henrik zurück in die Stadt. Während der Fahrt sprachen sie wenig miteinander und der Abschied im Museumshafen fiel einsilbig aus. Henrik eilte zu seinem Kutter, wobei er sich einmal mehr über die Beeinträchtigung durch die Gehhilfe ärgerte. Alles ging ihm viel zu langsam.

KAPITEL 46

Die Pistole lag auf dem Schreibtisch zwischen den beiden Frauen. Als Ulrike Tewes bei Sonja anrief und um einen dringenden Besuch bat, ahnte die Hauptkommissarin nicht, was sie erwarten würde.

»Die Waffe wurde Ihnen also anonym zugespielt?«, fragte sie.

»Ganz genau. Das ist der gefütterte Umschlag. Leider haben wir keine Ahnung, wer uns dieses unschöne Geschenk hat zukommen lassen«, wiederholte Ulrike.

In ihrem dunkelroten Kostüm wirkte sie noch aparter als gewöhnlich, was Sonjas Komplexe bezüglich ihrer eigenen Figur verstärkte.

Gegen sie wirke ich wie ein Bauerntrampel. Kein Wunder, dass Henrik sich zu ihr hingezogen fühlt, dachte sie.

Neben der Waffe lag die ausgedruckte Kopie der Mail, die laut Tewes' Aussage an diesem Vormittag zusätzlich zur Waffe an sie geschickt worden war. In wenigen Worten stand darauf zu lesen, dass es sich um die Mordwaffe im Fall Andris Mezecki handelte und Fingerabdrücke von Henrik Bargen darauf zu finden seien. Der Privatdetektiv wurde unumwunden als der Mörder des Letten bezeichnet.

»Glauben Sie, was da behauptet wird?«, fragte Sonja.

Die Rechtsanwältin verzog den schmalen Mund zu einem gequälten Lächeln.

»Nein, aber das spielt wohl kaum eine Rolle«, antwortete sie.

Ulrike Tewes machte tatsächlich den Eindruck, dass der Gedanke sie traf und es ihr unangenehm war, darüber sprechen zu müssen.

Sie empfindet mehr als nur freundschaftliche Gefühle für Henrik, wurde Sonja klar.

»Sie haben Ihren Mandanten noch nicht über diese Waffe oder Mail informiert?«, fragte sie laut.

Die Anwältin hielt sich an die Spielregeln. Sie hatte Henrik Bargen lediglich ebenfalls zu diesem Termin in ihre Kanzlei bestellt. Sie warteten jedoch vergeblich auf ihn.

KAPITEL 47

Er hatte einfach reagiert. Der Anruf von Ulrike hatte Henrik aus seinen Überlegungen gerissen. Die Mordwaffe war in Flensburg aufgetaucht. Irgendjemand hatte sie an Ulrikes Kanzlei geschickt und ihr gleichzeitig eine Mail zukommen lassen, in der man Henrik des Mordes an Andris beschuldigte. Im Nachhinein schüttelte Henrik über sich selbst den Kopf. Er hatte die Leinen der »Sinje« gelöst und war losgefahren. Ohne Plan oder Ziel.

Wenn die Polizei schneller reagiert hätte, säße ich längst in Untersuchungshaft, dachte er.

Sein Blick ging hinaus auf den Sund. Seinen Kutter hatte Henrik in Vindeby zurückgelassen. Es grenzte an ein Wunder, dass seine unvorbereitete Flucht über die Ostsee überhaupt gut gegangen war. In Svendborg hatte er sich in den Zug nach Odense gesetzt, um sich dort einen Wagen zu mieten und damit die Fahrt nach Schweden fortzusetzen. Die Winterlandschaft wirkte friedvoll und zeigte eine andere Welt, als die, in der Henrik sich zurzeit bewegte.

»Leitest du die Fahndung nach mir, Sonja?«, murmelte er halblaut.

Die Lichter der Öresundbrücke huschten über die Windschutzscheibe des Mazdas 3. In Malmö würde er den Wagen gegen ein Fahrzeug mit schwedischen Nummernschildern tauschen. Vermutlich ahnte Sonja Martenson, wohin er sich absetzen wollte. Henrik musste in Gällivare die wahren Mörder seines lettischen Freundes aufspüren. Sein Instinkt sagte ihm, dass der Sicherheitschef von Traubnitz damit zu tun haben musste. Am Ende der knapp acht Kilometer langen Brücke passierte Henrik die schwedische Mautstation und stieß gleich darauf einen langen Fluch aus. Ein ziviler Streifenwagen tauchte urplötzlich hinter dem Mazda auf und setzte bereits mit eingeschaltetem Blaulicht zum Überholen an.

»Das Ende einer unrühmlichen Flucht. Du hast doch schneller als erwartet reagiert, Sonja«, schimpfte Henrik.

Er hatte es nicht einmal ganz bis nach Malmö geschafft. Resigniert befolgte er die Anweisungen der Polizisten. Ein kleines Laufband in der Heckscheibe des Volvos befahl ihm in englischer Sprache, dem Wagen zu folgen. Sie verließen die Schnellstraße und bogen hintereinander auf einen Parkplatz ein. Am Rand des Platzes hatten die Räumfahrzeuge den Schnee zu hohen Bergen aufgetürmt. Henrik stoppte den Mazda und schaltete den Motor aus. Dann legte er beide Hände gut sichtbar aufs Lenkrad, während sich einer der Beamten seinem Wagen näherte. Er machte Zeichen, dass Henrik die Seitenscheibe herunterlassen sollte.

»Dein Partner bleibt im Wagen sitzen? Seid ihr Anfänger oder was?«, staunte er.

Eine nächtliche Überprüfung eines Fahrzeuges im Alleingang gehörte sicherlich auch in Schweden nicht zum Standardvorgehen.

»Herr Bargen?«, fragte der Beamte.

Er leuchtete mit einer Taschenlampe in Henriks Gesicht. Der nickte stumm.

»Steigen Sie bitte aus und kommen Sie mit. Unsere Kollegen kümmern sich um Ihren Wagen«, ordnete der Polizist an.

Im Rückspiegel sah Henrik einen weiteren blau-gelb lackierten Streifenwagen hinter dem Mazda ausrollen. Er kam der Anweisung nach und rechnete damit, sich gegen die Seite des Wagens lehnen zu müssen. Seine Füße glitten auf dem vereisten Boden fast weg.

»Nein, das wird nicht erforderlich sein. Bitte, kommen Sie einfach mit«, wehrte der Beamte in fast akzentfreiem Deutsch ab.

Verwirrt ging Henrik mit zum Volvo und rutschte auf den Beifahrersitz, während der Polizist ihm die Tür aufhielt. Der Fahrer streckte Henrik wortlos den Hörer des Funkgerätes hin.

»Hallo?«

Als er Södergreens Stimme hörte, schaute Henrik verwundert durch die Windschutzscheibe. Der Kommissar der Reichspolizei fasste sich kurz.

»Willkommen in Schweden. Meine Leute werden Sie zu einer sicheren Wohnung in Malmö bringen. Wir treffen uns dort, aber vorher schlafen Sie sich ordentlich aus«, sagte er.

Grußlos beendete Södergreen das Gespräch, sodass Henrik automatisch den Hörer zurück auf die dafür vorgesehene Ablage legte. Der Fahrer startete den Motor und sein Kollege setzte sich auf die Rückbank des Volvos. Sie warteten ab, bis der Mazda und der andere Streifenwagen an ihnen vorbeigefahren waren. Erst dann steuerte der Fahrer den Volvo zurück auf die Schnellstraße und beschleunigte zügig. 40 Minuten später stoppte der Wagen vor einem Mehrfamilienhaus in der Barkgatan. Der Fahrer blieb hinterm Lenkrad sitzen. Sein Partner schloss die Haustür auf und führte Henrik in eine Wohnung im zweiten Stockwerk.

»Der Kühlschrank ist gut gefüllt. Das Telefon hat eine Direktleitung zu einem unserer Leute. Falls es Probleme gibt, brauchen Sie einfach nur den Hörer abzunehmen«, erklärte er sachlich.

Anschließend verließ der Polizist die Wohnung und schloss Henrik ein. Der hatte immer noch einige Mühe, die neue Situation zu erfassen. Er hängte seine Lederjacke über eine Stuhllehne und öffnete den Kühlschrank. Hunger verspürte er zwar nicht, aber gegen ein kühles Bier war nichts einzuwenden. Mit der Flasche in der Hand wanderte er durch die Wohnung und genoss die Erfrischung in kleinen Schlucken.

»Bin gespannt, was du mir morgen erzählen willst«, murmelte er.

Zwei weitere Bier später sank Henrik auf der Couch um und schlief übergangslos ein.

KAPITEL 48

Er hatte überhaupt nicht bemerkt, dass er die Pistole in der Hand hielt. Voller Entsetzen bemerkte Henrik, wie sich die roten Flecken auf der weißen Bluse ausbreiteten.

»Ulrike! Mein Gott, was habe ich getan«, stöhnte er.

Sein Blick wanderte hoch über den Kragen und den schmalen Hals, um dem vorwurfsvollen Blick von Andris zu begegnen. Noch während Henrik zu verstehen versuchte, wieso ihn auf einmal der Freund aus Riga anschaute, kippte der Lette nach hinten. Ein Blutschwall trat aus Andris' Mund und vermischte sich mit dem Schneeregen. Als sein Körper schwer auf dem Boden aufschlug, wachte Henrik auf. Er lag nicht mehr auf der Couch, sondern daneben. Seine Gehhilfe hinderte ihn daran, sich zu erheben. Henrik war vom eigenen Sturz wach geworden.

»Na, deine Träume möchte ich aber auch nicht haben«, meldete sich Södergreens Stimme.

»Wie bist du hereingekommen?«, wunderte sich Henrik und wechselte genauso selbstverständlich zur persönlichen Anrede über.

Der schwer gebaute Schwede lachte polternd.

»Das fragst du mich? Diese Wohnung gehört meiner Dienststelle«, erwiderte er.

Ächzend kam Henrik auf die Beine und ließ sich dann zurück auf die Couch fallen. Auf dem Tisch stand ein Korb mit Brötchen, daneben ein Teller mit frischem Aufschnitt sowie eine Packung Käse. Aus der Küche kam der wunderbare Duft nach frisch aufgesetztem Kaffee. Henriks Magen knurrte vernehmlich, was Södergreen erneut sein polterndes Lachen ausstoßen ließ.

»Dachte mir schon, dass du ein kräftiges Frühstück vertragen könntest. Glückwunsch übrigens zu deinen Fortschritten«, rief er.

Verwundert schaute Henrik ihn an. Södergreen deutete stumm auf die Gehhilfe.

»Mit ein wenig handgreiflicher Unterstützung von Sonja«, stellte Henrik fest.

Der Kommissar von der Sicherheitspolizei ging in die Küche und kam gleich darauf mit einer Thermoskanne zurück ins Wohnzimmer. Er füllte zwei Becher mit aromatisch duftendem Kaffee. Dann schaute er Henrik dabei zu, wie der nacheinander zwei Brötchenhälften belegte und verschlang. Södergreen nippte unterdessen an seinem Kaffee und übte sich in Geduld. Nachdem Henrik seinen größten Hunger gestillt hatte, kehrten die Erinnerungen an seine aktuelle Situation zurück.

»Wieso versteckst du mich eigentlich? Wo ist der Mietwagen?«, fragte er.

»Der Wagen steht bei der Mietwagenfirma auf dem Parkplatz am Flughafen. Die Antwort auf deine erste Frage ist komplizierter, und dafür muss ich ein wenig ausholen«, antwortete Bengt.

Als er das Fahndungsersuchen von Europol entdeckt hatte, hatte er instinktiv gehandelt und seine Leute losgeschickt. Sie kreisten Henrik innerhalb kürzester Zeit ein und konnten ihn seit Odense verfolgen. Sobald sie schwedisches Hoheitsgebiet erreicht hatten, griffen sie zu.

»Ja, aber warum? Damit handelst du dir doch jede

Menge Ärger ein«, verstand Henrik die Handlungsweise des Schweden immer noch nicht.

»Klaus Traubnitz und seine Kumpane wollen dich in Polizeigewahrsam wissen, deswegen läuft ihre Maschinerie an. Sie haben eine Story entwickelt, in der es nur einen Täter gibt. Dich!«

Henrik spülte den letzten Bissen seines Käsebrötchens mit einem großen Schluck Kaffee hinunter und verstand nur Bahnhof.

»Wieso mich? Was haben diese Leute sich denn ausgedacht?«, fragte er verblüfft.

Bengt Södergreen hatte sich Einblick in die Unterlagen der Staatsanwaltschaft aus Flensburg verschafft. Wie ihm dieses Kunststück gelungen war, verriet er nicht.

»Sie konnten tatsächlich eine plausible Geschichte kreieren, in der Henrik Bargen der alleinige Buhmann ist. Abgesehen natürlich von Gent Karsums, der am 5. Mai 1945 zwei Frauen in Flensburg ermordet hat«, erklärte er.

In der Version von Traubnitz begann alles mit Henriks Nachforschungen innerhalb der Marineschule. Mit Hilfe von Kay Adams konnte er die sogenannten Schattenkrieger aufspüren und sogar einen Überlebenden in Glücksburg ausfindig machen.

»Kohnfeld?«, warf Henrik ein.

»Exakt. Du wolltest ihn mit deinem Wissen erpressen. Er bat um Bedenkzeit und holte sich Hilfe bei einem alten Freund«, stimmte Bengt zu.

»Rainer Traubnitz«, murmelte Henrik.

Es kam zu zwei unterschiedlichen Treffen, bei denen jeweils ein Mensch sein Leben verlor. Zunächst tötete Henrik angeblich Traubnitz, der mit einer Anzeige bei der Polizei drohte.

»Zwei Tage später hast du dann Kohnfeld in seinem Zimmer heimgesucht. Da du durch die geöffnete Terrassentür eindringen konntest, hat dich niemand gesehen. Dann hast du Kohnfeld ermordet, und zwar so, dass man es für einen Unfall halten konnte. Der Trick mit der Luger war dazu gedacht, die Ermittler zu der Annahme zu bringen, Kohnfeld hätte Traubnitz auf dem Gewissen«, sprach Bengt weiter.

Anschließend nutzte Henrik angeblich seine guten Beziehungen zur Kripo in Flensburg, um deren Ermittlungen zu manipulieren.

»Und wie passen die Vorfälle in Gällivare in diese absurde Geschichte?«, fragte er.

Laut der Theorie fuhr er deswegen allein dorthin, um den Bruder von Rainer Traubnitz zu erpressen. Der spielte auf Zeit, um sich mit einem Rechtsbeistand zu beraten. Später benutzte Henrik den zufälligen Streit mit einigen angetrunkenen Schweden, um daraus einen Überfall auf sich zu konstruieren.

»Unterdessen traf Hauptkommissarin Martenson ein, um ihrerseits Nachforschungen in Gällivare anzustellen. Deine Pläne waren gefährdet, weshalb du für Ablenkung sorgen musstest. In einem unbeobachteten Moment hast du die Luftversorgung im Schacht manipuliert. Zu deinem Pech bemerkte ein Mitarbeiter von Traubnitz es und reagierte umgehend«, antwortete Bengt.

Klaus Traubnitz hetzte seinen Sicherheitschef auf Henrik, der ihn ausreichend einschüchtern konnte. Ein neuer Plan musste her, und so entwickelte Henrik den absurden Einfall mit einem Bombenattentat. Die dadurch entstehende Öffentlichkeit wollte er als weiteres Druckmittel nutzen.

»Ich soll so verrückt gewesen sein, eine Bombe in dem

Zug zu zünden, in dem ich selbst sitze? So einen Unfug glaubt doch niemand«, warf Henrik ein.

Bengt wedelte mit der Hand und lächelte maliziös.

»Vergiss bitte nicht, dass du rechtzeitig die Gefahrenzone verlassen hast. Es passt hervorragend in die von Traubnitz entwickelte Geschichte, insbesondere da du nur leicht verletzt wurdest«, widersprach er.

Es war schier unglaublich, wie clever die Details zu seinen Ungunsten verdreht wurden.

»Und wie erklärt Traubnitz den Mord an Andris?«, sah er einen Schwachpunkt in der erfundenen Darstellung.

Bengt schenkte sich frischen Kaffee nach und hob fragend die Thermoskanne hoch. Henrik spürte aber, wie seine Magensäure zu rebellieren begann, und lehnte ab.

»Auch diesen Mord können sie dir ohne Probleme anlasten. Andris war schließlich ein alter Freund. Was lag also näher, als ihn mit der Suche nach Karsums zu beauftragen?«

Henrik nickte zustimmend.

»So war's ja auch«, sagte er.

»Jetzt kommt der kleine Dreh, mit dem Traubnitz die Wahrheit zu deinen Ungunsten verändert. Karsums wollte weder mit Andris reden noch ein Geständnis ablegen. Dein brutaler Freund musste ihn foltern und dazu zwingen. Am Ende blieb nur Karsums' Ermordung, um ihn zum Schweigen zu bringen«, fuhr Bengt fort.

Es war unglaublich, wie leicht man die Fakten umdeuten konnte. Mehr und mehr erkannte Henrik, dass die gegen ihn erhobenen Vorwürfe sehr geschickt aufgebaut waren.

»Und der Mord in Wismar?«

Er konnte nicht verhindern, dass seine Stimme leicht vibrierte.

»Der typische Streit zwischen zwei Verbrechern. Andris wollte einen höheren Anteil, weil er schließlich für dich gemordet hatte. Du hast ihn in Wismar in den Hafen gelockt und mit seiner eigenen Waffe erschossen«, sagte Bengt.

Zuerst wollte Henrik auch diese Kröte noch schlucken, doch dann entdeckte er die Lücke.

»Halt! Es gibt einen Zeugen. Eddy hat alles mit angesehen und wird aussagen, dass ich keiner der Männer war, die Andris gefoltert haben«, frohlockte er.

Der Schwede holte ein mehrfach gefaltetes Schreiben aus der Innentasche seiner Jacke. Er legte es auf den Couchtisch und strich es sorgsam glatt.

»Meinst du etwa diesen armen Kerl, der das Opfer eines Verkehrsunfalles wurde?«, fragte er.

Mit einem flauen Gefühl in der Magengrube zog Henrik das Schreiben zu sich heran und überflog die amtliche Meldung der Polizei aus Wismar. Eddys ganzer Stolz, das Bonanza-Fahrrad, war nach dem Zusammenstoß mit einem Auto nur noch Schrott. Der Wimpel vom Rostocker Fußballklub lag im Dreck neben dem Leichnam des Stadtstreichers.

»Wenn ich ihn finden konnte, konnten es auch die Schergen von Traubnitz«, murmelte Henrik betroffen.

Jetzt blieb nur noch ein letztes Rätsel.

»Wieso wurde die Pistole an Ulrike Tewes geschickt und nicht direkt an die Polizei?«, wollte er wissen.

Auch hierfür hatte Bengt Södergreen eine plausible Erklärung gefunden.

»Dein guter Draht zu Hauptkommissarin Martenson und ihrem Team hat Traubnitz vermutlich diesen Weg einschlagen lassen. Die Kanzlei von Tewes steht schließlich in enger Verbindung zu den ›Schattenkriegern‹«, sagte er.

Ohne Ulrikes Warnung wäre Henrik voll in die Falle getappt. Sehr viel besser war seine Lage zurzeit zwar auch nicht, aber er war noch auf freiem Fuß und schien in Kommissar Södergreen einen unerwarteten Verbündeten zu besitzen.

»Kein Wunder, dass die Staatsanwaltschaft mich umgehend zur Fahndung ausgeschrieben hat. Die Fakten wurden so geschickt verdreht, dass ich einen hervorragenden Täter abgebe«, schimpfte Henrik.

Bengt stimmte zu. Er lehnte sich im Sessel zurück und gewährte Henrik die Zeit, sich mit der unschönen Situation anzufreunden.

»Wieso hilfst du mir?«

Das breite Grinsen des Schweden bewies Henrik, dass Södergreen mit dieser Frage gerechnet hatte.

»Weil ich Traubnitz und seine miesen Freunde kenne. Leider darf ich nicht offiziell gegen sie vorgehen. Als Polizist muss ich mich an die bestehenden Gesetze halten und kann ohne handfeste Beweise nicht einfach die Stollen untersuchen, obwohl ich mich dort sehr gern einmal umsehen würde«, antwortete er.

Nach einigen Sekunden erwiderte Henrik das Grinsen. Er hatte den Wink mit den Stollen verstanden.

»Was aber nicht auf mich zutrifft. Wenn ich mich reinwaschen will, muss ich handfeste Beweise gegen Traubnitz und seine Bande sammeln«, sagte er.

Bengt zog den imaginären Hut vor Henrik. Damit war die neue Allianz geschmiedet.

KAPITEL 49

Der umtriebige Södergreen hatte Henriks Weiterreise gut vorbereitet.

»Der Camper ist auf ein schwedisches Ehepaar aus einem winzigen Nest an der Grenze zu Norwegen zugelassen. Der Laptop enthält jede Menge an Informationen, die hilfreich für dich sein könnten«, hatte er zum Abschied gesagt.

Mehr als eine Nacht konnte er Henrik nicht in der Wohnung verstecken. Der VW Multivan A4 wies zwar reichlich Gebrauchsspuren auf, aber technisch war er sehr gut in Schuss. Die Innenausstattung fand Henrik sehr ansprechend, da sie ihn an seine »Sinje« erinnerte. Lediglich die zweifarbige Lackierung schmerzte in seinen Augen ein wenig. Unten herum war der Camper in einem dunklen Blau gehalten. Oberhalb der Fensterlinie hatte man ihn weiß lackiert.

»Wenn du nicht zu viele Pausen einlegst, kannst du morgen am Abend oder übermorgen Vormittag in Gällivare sein«, redete Bengt ihm gut zu.

Er schlug Henrik jovial auf die Schulter und schob ihm dabei ganz nebenbei zwei Dinge in die Seitentaschen seiner Jacke. Das eine war ein Funkempfänger, mit dem Henrik die laufenden Polizeimeldungen abhören konnte. Als er jedoch die Glock 17 betastete, die ihm Bengt zusammen mit drei Reservemagazinen in die rechte Jackentasche geschoben hatte, wollte Henrik protestieren.

»Du wirst sie gut gebrauchen können. Sjöstrandt und seine Handlanger kennen kein Pardon, wie du sehr wohl weißt. Sie ist nirgends registriert und kann somit auch nicht zu dir zurückverfolgt werden«, wehrte Bengt ab.

Sie reichten sich zum Abschied die Hand. Als Henrik den starken Motor des Campers startete und langsam anfuhr, winkte Bengt ihm aufmunternd zu. Trotzdem spürte Henrik eine gewisse Beklemmung in sich aufsteigen. Die paar Stunden in Sicherheit waren viel zu schnell vergangen.

»Ab jetzt stehst du wirklich allein in der Welt«, murmelte Henrik zu sich selbst.

Ohne Bengts vielfältige Hilfe stünde es vermutlich längst nicht mehr gut um Henrik. So blieben ihm einige Tage, in denen er sich hoffentlich frei bewegen konnte. Das eingeschaltete Navigationsgerät zeigte ihm eine Strecke von mehr als 1.750 Kilometern an, die es bis nach Gällivare waren. Wenn Henrik sich nicht zu sehr ans Tempolimit hielt, konnte er die Fahrt mit zwei Pausen sicherlich gut bewältigen. Sobald er den Großraum Malmö hinter sich gelassen hatte, nahm der Verkehr stark ab. Viele Stunden rollte er meistens allein auf den gut ausgebauten Fernstraßen in Richtung Polarkreis. Im Radio hatte er sich einen Country-Sender gesucht. Die oft besungene Sehnsucht des Truckers nach seiner Familie passte gut zu seinen eigenen Gefühlen.

»So fühlt es sich also an, wenn aus dem Jäger der Gejagte wird«, stellte er halblaut fest.

Mit einem schiefen Grinsen drehte er die Lautstärke bis zum Anschlag auf, als eine rockige Nummer gespielt wurde.

»Are you crazy? Yeah, Kumpel. Da könntest du durchaus recht haben«, sagte er.

Trotz der inneren Anspannung trommelten die Finger den Takt auf dem Lenkradkranz mit. Henrik entspannte sich mit der Zeit. Je weiter ihn seine Fahrt nach Norden führte, umso besser fühlte er sich. Er vergaß dennoch nie, dass Sonja und ihr Team voraussehen würden, wohin er fuhr. Es war bereits nach Mitternacht, als Henrik unter anhaltendem Gähnen von der Straße abbog. Er lenkte den Camper auf einen einsam gelegenen Waldparkplatz und schaltete den Motor aus. In der Stille um ihn herum klang das Knacken des abkühlenden Motors wie entfernte Schüsse.

»Reicht für heute«, murmelte Henrik.

Er stieg aus, leerte seine Blase an einer Buche und reckte die Arme in den Nachthimmel. Die kühle Luft belebte ihn ein wenig. Sein Magen knurrte, obwohl er vor gut zwei Stunden eine Pizza im Ofen aufgewärmt und während der Fahrt verschlungen hatte. Henrik humpelte zurück. Im Van schnappte er sich eine Tüte Kartoffelchips und ein Bier. Dann setzte er sich an den kleinen Tisch und aktivierte den Laptop.

Mal sehen, was du mir verraten kannst, dachte er.

Er trank zwei große Schlucke aus der Bierdose und kaute dann eine Handvoll Chips. Eine halbe Stunde später schlug die Erschöpfung erbarmungslos zu. Henrik schaltete den Laptop aus und warf noch einen prüfenden Blick aus dem Seitenfenster. Sein Van stand nach wie vor völlig allein auf dem Parkplatz. Mit einem leisen Seufzer streckte er sich auf der zur Liegefläche umgebauten Bank aus, nachdem er die Weckfunktion in seinem Handy aktiviert hatte. Fünf Stunden mussten ihm zur Erholung reichen. Danach wollte Henrik die nächste Etappe seiner Reise ins Ungewisse antreten. Seine Gedanken kreisten um das belastende Material und den Stollen in Gällivare.

KAPITEL 50

Es war das Geräusch fremder Stimmen, welches Henrik aus unruhigen Träumen riss. Tageslicht fiel durch die Scheiben des Vans, doch sein Handy hatte noch nicht den Wecker ausgelöst. Mit steifen Gelenken kam Henrik hoch, massierte unwillkürlich die schmerzende Hüfte und lauschte der dunklen Männerstimme.

»Russisch«, murmelte er.

Vorsichtig beugte er sich zur Scheibe über der Liegefläche und schaute hinaus. Zunächst erfasste sein Blick die Werbeaufschrift auf der Seitenfläche des Trucks. Mit ein wenig Mühe konnte Henrik das Länderkennzeichen entziffern.

»Weißrussland. Du bist weit weg von zu Hause«, stellte er fest.

Sein Pulsschlag beruhigte sich wieder. Es war unwahrscheinlich, dass die »Schattenkrieger« ihn mit Trucks jagten. Offenbar telefonierte der Fahrer, denn in Henriks Sichtfeld war niemand zu sehen. Er deaktivierte die Weckfunktion in seinem Handy, baute die Liegefläche zurück und setzte frischen Kaffee auf. Er war durch den Lastwagenfahrer zwar eine halbe Stunde früher als geplant wach geworden, doch an Weiterschlafen war jetzt nicht mehr zu denken. Als Henrik die Seitentür des Vans aufstieß, saß der Weißrusse bei offener Fahrertür auf dem Sitz. Er winkte Henrik grüßend zu, der die freundliche Geste in gleicher Weise erwiderte. Fünf Minuten später hatte der Trucker sein Telefonat beendet und kletterte aus dem Führerhaus. Henrik hielt einen Becher mit frischem Kaffee in der Hand.

»Coffee?«, rief er.

Es war anzunehmen, dass ein Fernfahrer wenigstens über rudimentäre Englischkenntnisse verfügte. Ein Strahlen erhellte das zerknitterte Gesicht des Truckers, der eine Klappe unterhalb der Ladefläche öffnete und anschließend mit einem Laib Brot sowie einer Art Salami in der Hand zum Van kam. Henrik deutete auf die Sitzbank und schob dem Trucker einen Becher Kaffee hin. Der legte das Brot und die Wurst auf den Tisch, sodass Henrik zwei Teller und das erforderliche Besteck sowie dänische Butter auf dem Tisch verteilte.

»Holiday?«, fragte der Trucker.

Henrik bestätigte es mit bekräftigendem Nicken und deutete in Richtung Norden.

»Kiruna«, log er.

Das Brot hatte keinen erkennbaren Eigengeschmack, aber das machte die stark gewürzte Salami wieder wett. Die Konversation beschränkte sich auf wenige Worte. Henrik erfuhr so, dass der Fahrer Anton hieß und aus Kobryn kam. Er hatte Metallteile geladen, die anscheinend für eine Gasleitung vorgesehen waren. Schließlich trennte man sich in bestem Einvernehmen, und Henrik setzte gut gestärkt seine Fahrt fort. Die Ablenkung durch Anton hatte ihm gutgetan, doch bereits nach wenigen Minuten auf der Straße kreisten seine Gedanken wieder um die belastenden Unterlagen.

Ich kann nicht einfach in den Stollen einfahren. Sjöstrandt und seine Männer kennen mich, dachte er.

Die Ausführungen von Bengt Södergreen in Verbindung mit den passenden Dateien auf dem Laptop ließen Henrik nicht daran zweifeln, dass es belastendes Material im Besitz von Traubnitz gab. Dessen war er sich sicher. Vermutlich lag der Kommissar der Sicherheitspolizei auch richtig mit seiner Vermutung, dass sich das Versteck im alten Stollen befand. Dies alles brachte Henrik kein Stück weiter. Er konnte sich in Gällivare nicht frei bewegen, und ihm wollte einfach keine Idee kommen, wie sich das Problem lösen ließ.

Die Paranoia wird Traubnitz dazu veranlasst haben, die Sicherheitsvorkehrungen zu erhöhen. Solange ich auf freiem Fuß bin, kann er sich seiner Sache nicht sicher sein, grübelte Henrik weiter.

Er überholte einen alten Saab, in dem ein älteres Ehepaar gemütlich über die Fernstraße zuckelte. Beide hoben grüßend die Hand, was Henrik mit einem Lächeln erwiderte.

»Paranoia«, entfuhr es ihm.

Ausgerechnet der Anblick des harmlosen Ehepaares löste den Einfall aus. Wenn Henrik nicht zum Versteck vordringen konnte, musste er dafür sorgen, dass Traubnitz die Unterlagen von dort wegholte. Der beste Weg dazu war, seine Ängste auszunutzen. Henrik musste den Anschein erwecken, dass die belastenden Dokumente im Stollen nicht mehr länger in Sicherheit waren. Endlich gab es einen brauchbaren Ansatz, von dem aus Henrik weiterdenken konnte. Sein Blick fiel auf den Funkempfänger, der ausgeschaltet in der Mittelkonsole lag. Mit einem Fluch schaltete Henrik das Gerät ein und lauschte auf die Meldungen. Er hatte schlicht vergessen, dass er den Empfänger in der Nacht ausgeschaltet hatte. Als sein Name mehrfach fiel und der Name des Flugplatzes von Malmø, lief ein kalter Schauder über seinen Rücken.

»Sie sind mir auf den Fersen. Lange wird es nicht mehr dauern, bis die Polizei auch auf dieser Straße Kontrollposten einrichtet«, sagte Henrik.

Sein Ziel war leicht auszurechnen, insbesondere wenn die Flensburger Kriminalpolizei mit den Schweden zusammenarbeitete. Davon ging Henrik aus und steuerte daher den nächsten Parkplatz neben der E 4 an. Auf den Übersichtskarten seines Navigationsgerätes wählte er eine neue Strecke aus und gab Sollefteå als Ziel ein. Die Route führte mehr ins Landesinnere, wo ihn die Polizei vermutlich zunächst nicht vermuten würde. Von der kleinen Stadt am Fluss Ångermanälven konnte er dann weiter in Richtung Norden fahren. Es war ein nicht unerheblicher Umweg, aber seine Sicherheit ging vor.

»So kann man auch Schweden kennenlernen«, brummte Henrik mit einem Anflug von Sarkasmus.

Er füllte seinen Kaffeebecher nach und legte einen Schokoriegel in die Ablage neben seinem Sitz. Dann schaltete er das Autoradio ein. Henrik suchte sich einen Sender mit einem Mix aus Oldies und aktueller Popmusik heraus. Die gut gelaunten Moderatoren hellten seine düsteren Gedanken auf, sodass er in gehobener Stimmung den Van zurück auf die E 4 lenkte. Wenige Kilometer hinter Sundsvall würde er diese Straße endgültig verlassen, um über die E 14 weiterzufahren.

»Womit mache ich Traubnitz so nervös, dass er die Unterlagen in ein neues Versteck bringt?«, fragte Henrik sich.

Ihm blieb ausreichend Zeit, diese Frage zu klären und einen guten Plan zu entwickeln. Diese Art zu reisen, hatte eben auch ihre Vorteile.

KAPITEL 51

Ihr Weg hatte Sonja unbewusst in den Museumshafen geführt. Sie stand an dem verwaisten Liegeplatz der »Sinje« und starrte auf eine Orangenschale, die im Fördewasser trieb.

»Egal, was gesagt wird. Henrik ist kein Mörder.«

Von ihr unbemerkt war Kalle auf dem Achterdeck seines Gaffelschoners aufgetaucht. Seine heisere Stimme klang wütend.

»Blöderweise verhält er sich aber sehr dumm. Insbesondere für einen pensionierten Polizeibeamten«, erwiderte Sonja.

In den eisblauen Augen des weißhaarigen Mannes funkelte es verdächtig. Seine Hände umklammerten die Reling des Schoners. Sonja konnte die weißen Knöchel erkennen und wusste, dass Kalle um seine Beherrschung rang.

»Was wäre denn passiert, wenn Sie ihn verhaftet hätten? Welche Mittel stünden der Kripo zur Verfügung, um den internationalen Gangstern auf den Leib zu rücken?«, wollte er wissen.

Kalle wusste natürlich nichts von den vielen belastenden Beweisen gegen seinen Freund. Sobald Henrik festgenommen worden war, würde die Staatsanwaltschaft ein Verfahren gegen ihn einleiten. Dazu benötigte man kaum weitere aufwendige Ermittlungen, und darüber zerbrach sich nicht nur Sonja den Kopf. Ihr gesamtes Team drückte Henrik mehr oder weniger offen die Daumen. Er musste ein kleines Wunder vollbringen, um die Beweislast umzukehren. Und das als gejagter Mörder. Von all dem ahnte Kalle nichts.

»Leider nur sehr begrenzte Mittel«, räumte Sonja ein.

»Aber für die Jagd auf Henrik werden alle Register gezogen«, schimpfte Kalle.

Er schaute die Hauptkommissarin vorwurfsvoll an, bevor er sich unter leisen Flüchen abwandte und unter Deck verschwand. Diese Ungerechtigkeit drängte Sonja zu einem Anruf, den sie eigentlich nicht tätigen durfte. Sie zog die Visitenkarte von Bengt Södergreen aus der Jackentasche und starrte auf die lange Mobilfunknummer des Kommissars. Nach einem letzten Zögern holte Sonja ihr Handy heraus und tippte hastig die Nummernfolge ein. Sie schlenderte ein kleines Stück vom Liegeplatz weg, um ungestört telefonieren zu können.

»Sonja Martenson«, meldete sie sich.

Die dunkle Stimme des gemütlich wirkenden Schweden kam aus dem winzigen Lautsprecher. Sonja setzte auf ihren Instinkt und erklärte Södergreen, warum sie ihn anrief.

»Wir konnten die Spur von Henrik Bargen bis nach Malmö verfolgen. Seitdem konzentriert sich die Fahndung auf schwedisches Territorium«, sagte sie.

Der Kollege der Sicherheitspolizei ließ Sonja reden. Er hakte nicht ein oder unterbrach ihren Redeschwall. Geduldig wartete der Kommissar ab, bis Sonja endlich zum Grund ihres Anrufes kam.

»Wir können ihm in Ihrem Land nicht helfen. Henrik ist ganz auf sich allein gestellt«, sagte sie.

Für einige Sekunden blieb es ruhig in der Leitung. Aus dem Lautsprecher drang lediglich statisches Rauschen, untermalt von den klagenden Schreien einer Möwe. Der Vogel kreiste in der Nähe des Anlegers und fühlte sich offenkundig durch die Anwesenheit der telefonierenden Sonja gestört.

»Da müssen Sie dann seinen Fähigkeiten vertrauen. Herr Bargen kennt solche Situationen bereits aus seiner Zeit im Kosovo. Diese Erfahrung sollte ihm helfen«, erwiderte Södergreen schließlich.

Er entschuldigte sich mit wartenden Kollegen und beendete das Gespräch, bevor Sonja nachhaken konnte. Verblüfft schaute sie auf das dunkle Display und war kurz davor, erneut Södergreens Nummer einzutippen. Seine Worte hatten kein Mitgefühl für Henrik in seiner aussichtslosen Lage gezeigt. Dabei hatte Sonja bei dem letzten Treffen mit dem Kommissar einen völlig anderen Eindruck gehabt. Södergreen und Henrik schienen sich auf mehr als nur beruflicher Ebene zu verstehen. Sollte sie sich dermaßen in dem Schweden getäuscht haben?

»Was soll der Hinweis auf das Kosovo?«, rätselte Sonja.

Sie ging gedanklich ihr Wissen über Henriks Dienstzeit bei der multinationalen Polizeitruppe in Priština durch. Sie schlenderte zurück zur Fußgängerampel an der Schiffbrücke. Sonja musste dort warten und erkannte auf einmal, worauf Södergreen sie hatte hinweisen wollen.

»Henrik hatte damals einen Freund, der trotz aller Widrigkeiten zu ihm stand«, murmelte sie erfreut.

Der Mann neben ihr schaute sie fragend an, doch Sonja ignorierte ihn. Sie wusste jetzt, dass Henrik nicht ganz auf sich allein gestellt war. Offenbar hielt der schwedische Kommissar schützend seine Hand über den eigenwilligen Privatdetektiv. Sonja hatte eine Ahnung, warum Södergreen es tat.

Eine Hand wäscht die andere, dachte sie.

Sie fühlte sich ein wenig erleichtert, aber suchte weiterhin nach einer Möglichkeit, Henrik Unterstützung zukommen zu lassen. Wie das gehen sollte, stand aber vorerst noch in den Sternen.

KAPITEL 52

In seinem Büro in Gällivare schaute Klaus Traubnitz ungläubig seinen Sicherheitschef an. Sjöstrandt hatte soeben gemeldet, dass die Fahndung nach Bargen immer noch keinen Erfolg gehabt hatte.

»Wie schafft er das?«, wollte Traubnitz wissen.

Sein immer gelassen auftretender Sicherheitschef zuckte lässig mit den breiten Schultern.

»Bargen verfügt über einige Erfahrung und kennt die Taktik der Polizei. Dieses Wissen nutzt er, um sich den Kontrollen zu entziehen«, antwortete Sjöstrandt.

Nicht nur für Traubnitz und seine Holding stand ungeheuer viel auf dem Spiel. Alles hing davon ab, dass Henrik Bargen gefasst und vor Gericht gestellt wurde. Das sorgfältig präparierte Material durfte nicht zu sehr infrage gestellt werden. Traubnitz sah sich gezwungen, den Druck auf den Deutschen zusätzlich zu erhöhen.

»Wir setzen eine Kopfprämie auf ihn aus«, teilte er mit.

Sjöstrandt krauste die Stirn. Zwischen seinen Augenbrauen bildete sich eine Unmutsfalte.

»Damit gehen wir ein enormes Risiko ein. Es wird Fragen geben, weshalb der Deutsche so interessant für uns ist. Möglicherweise glaubt jemand, dass Bargen ein gutes Faustpfand darstellt«, warnte er.

Traubnitz wusste selbst, dass es noch weitere Risiken gab. Ein übereifriger Kopfgeldjäger konnte auf den dummen Einfall kommen, den Privatdetektiv kurzerhand über den Haufen zu schießen. Dabei hing sehr viel davon ab, dass Bargen in einem ordentlichen Verfahren verurteilt wurde.

»Dann müssen Sie die Jagd auf ihn eben persönlich steuern. Tun Sie endlich etwas für Ihr Geld«, herrschte Traubnitz seinen Sicherheitschef an.

Diese ganze Sache war ihnen über den Kopf gewachsen. Es wurde Zeit, dass Bargen endlich keine Gefahr für seine Geschäfte mehr darstellte. Klaus Traubnitz spürte, wie sein Einfluss innerhalb der Organisation schwand und musste dringend etwas dagegen unternehmen. Sobald Bargen inhaftiert wurde, lösten sich die meisten seiner aktuellen Probleme auf.

»Das könnte aber eine ganze Menge Geld kosten«, erwiderte Sjöstrandt.

»Mir egal! Finden Sie den verfluchten Deutschen und übergeben Sie ihn den Behörden«, fauchte Traubnitz.

Sein Sicherheitschef musterte ihn mit einem nicht zu deutenden Blick. Dann nickte Sjöstrandt knapp und verließ das Büro.

KAPITEL 53

Als Henrik den Van abstellte, wurden die Dächer von Gällivare von der Morgenröte angestrahlt. Seine Hüfte schmerzte zwar immer noch, aber weniger als befürchtet.

»Willkommen zurück«, murmelte er.

Seinen ersten Besuch in der schwedischen Stadt hoch im Norden hatte Henrik nicht unbedingt in bester Erinnerung. Davon wollte er sich aber nicht beirren lassen. Auf der langen Fahrt hierher hatte er einen Plan entwickelt, wie er Klaus Traubnitz zur Verlegung des Materials aus dem Stollen bewegen konnte. In Henriks Kopf war ein simpler Ablauf entstanden. Gällivare war ein Nest mit kaum mehr als 1.000 Einwohnern.

»Umso leichter müsste ich die passenden Typen finden«, sagte sich Henrik.

Sein Plan beruhte darauf, Kleinkriminelle zu suchen und für seine Zwecke einzusetzen. Auf dem Parkplatz vor dem Bahnhof standen ein halbes Dutzend Fahrzeuge. Vermutlich von Berufspendlern abgestellt, die ihre weitere Fahrt mit dem Zug angetreten hatten. Es gab eine Zone für Taxis, die aber genauso verwaist war wie bei seinem ersten Besuch. Henrik war sich nicht einmal sicher, ob es in Gällivare überhaupt ein Taxi gab. Er stieß die Tür des Vans auf und schnappte nach Luft. Eisige Kälte drang ins warme Innere des Campers und veranlasste Henrik dazu, hastig die Tür wieder zu schließen. Er hatte vergessen, wie rau das Klima in der schwedischen Kleinstadt war. Henrik kletterte in den hinteren Teil und wollte schon in seine Lederjacke schlüpfen, als ihm eine Idee kam. Er erinnerte sich an Södergreens Umsicht. Also öffnete er die bislang ignorierten Klappen der oberen Staufächer und wurde fündig. Er zog einen Parka, eine Fellmütze sowie dicke Handschuhe aus einem der Fächer. In der Seitentasche des mitternachtsblauen Parkas entdeckte er außerdem eine Gesichtsmaske, die seine Haut bei extrem tiefen Temperaturen schützen sollte.

»Auch für andere Zwecke bestens geeignet«, stellte Henrik fest.

Nachdem er sich warm angezogen hatte, wagte Henrik einen neuen Anlauf. Die Kälte traf sein Gesicht zwar erneut mit brutaler Wucht, aber der restliche Körper war jetzt besser geschützt. Während sich in Flensburg der Januar wie ein verspäteter Herbstmonat zeigte, herrschte in Gällivare tiefster Winter. Henrik verzichtete auf die Gehhilfe, die ihm angesichts der festen Schneedecke sowieso keine große Hilfe gewesen wäre. Er ging in den Bahnhof und schaute sich um. Genau wie bei seinem ersten Besuch lungerten einige junge Männer auf den Bänken in der Nähe des Kiosks herum. Ihre abschätzigen Blicke wanderten über den Neuankömmling. Einer stieß seinen Ellenbogen in die Seite seines Kumpels, der seine Nase in ein Magazin mit extrem leicht bekleideten Frauen gesteckt hatte. Henriks Auftauchen beinhaltete das Versprechen auf eine der seltenen Abwechslungen in ihrem ansonsten trüben Tagesablauf. Er warf den Halbstarken lediglich einen Seitenblick zu, bevor er sich dem Kiosk näherte. Henrik hatte sich bei seinem ersten Aufenthalt naturgemäß nicht für die Unterwelt der schwedischen Kleinstadt interessiert. Daher erinnerte er sich auch nur vage an den Mann im Kiosk. Er war etwa in Henriks Alter und verströmte die Aura eines Menschen mit erheblichem

Durchsetzungsvermögen. Wäre es nicht so, würden ihm die jungen Burschen sicherlich eine Menge Ärger bereiten.

»Hej«, grüßte Henrik.

Der Mann musterte den Fremden und wartete ab. Henrik zog die aktuelle Ausgabe von »Expressen« aus dem Ständer und wählte zusätzlich eine Regionalzeitung aus. Er zahlte den Preis und verließ den Bahnhof. Einer der jungen Rüpel kreuzte seinen Weg und legte es darauf an, Henrik anzurempeln. Anschließend würde er es als Auslöser für eine hinterhältige Attacke benutzen. Das übliche Verhalten von solchen dumpfen Schlägertypen. Seine Kumpane verfolgten den Ablauf und lauerten darauf, ihrem Freund zur Seite springen zu können. Das lädierte Bein versetzte Henrik in eine unglückliche Ausgangssituation für eine handfeste Auseinandersetzung. Er kürzte den Ablauf daher ab, indem er sich dem Angreifer vorzeitig stellte und die Glock halb aus der Tasche zog. Beim Anblick der Pistole zuckte der junge Schläger erschrocken zusammen, warf Henrik einen ungläubigen Blick zu und machte sich dann davon. Seine Kumpels schauten ihn verwirrt an, doch darum scherte Henrik sich bereits nicht mehr. Er kletterte in den Van und fuhr davon. Neben dem obligatorischen Discounter im Zentrum stellte er den Camper ab und setzte sich an den kleinen Tisch im hinteren Teil des Wagens. Nachdem er sich die Anzeigen in der Regionalzeitung durchgelesen hatte, in denen erotische Kontakte angeboten wurden, dachte Henrik über den nächsten Schritt nach.

»Erst einmal den Kühlschrank auffüllen, und dann sehen wir weiter«, sagte er sich.

Henrik konnte den Kontakt zu einer der Prostituierten frühestens am Nachmittag suchen. Vorher würde keine von ihnen einen Kunden empfangen. Bis dahin blieb ihm reichlich Zeit für den Einkauf, ein ausgiebiges Frühstück und einige Stunden Schlaf. Sein Plan barg einige Unwägbarkeiten, die sich besser im ausgeruhten Zustand bewältigen ließen.

KAPITEL 54

Es geschah völlig unbewusst. Dass Henrik ohne Gehhilfe ins Haus gegangen war, bemerkte er erst auf dem zweiten Treppenabsatz. Verblüfft hielt er kurz inne, bevor er kopfschüttelnd seinen Weg fortsetzte. Die »süße Britt« erwartete den vermeintlichen Kunden. Vor der Wohnungstür blieb Henrik stehen, atmete mehrfach durch und streifte die bestehenden Zweifel endgültig ab. Er setzte sein bestes Lächeln auf und drückte den Klingelknopf. Leise Schritte hinter der Tür und dann war die erste Hürde genommen.

»Hej, ich bin Henrik«, sagte er.

Der mittelgroße Mann wirkte auf den ersten Blick nicht sonderlich gefährlich, doch allein die Tätowierungen an der Rechten sagten dem erfahrenen Beobachter genug.

»Ein Deutscher?«, fragte der Zuhälter verwundert, als er den deutlichen Akzent im Englischen registrierte.

Henrik zuckte mit einem schiefen Grinsen die Schultern.

»Ist das ein Problem?«, wollte er wissen.

Ein schnelles Grinsen huschte über das Gesicht des Zuhälters, während er in einer international verständlichen Geste Zeigefinger und Daumen der Linken aneinander rieb.

»Solange das stimmt, haben wir kein Problem miteinander«, erwiderte er.

Damit hatte Henrik gerechnet und zeigte ein gerolltes Bündel Euro-Noten vor. Keine schlaue Vorgehensweise, wenn er der harmlose Kunde gewesen wäre, für den man ihn zurzeit noch hielt. Ein gieriger Ausdruck stieg in den Augen des Zuhälters auf. Gleichzeitig gab er die Tür frei und lud Henrik mit einer einladenden Geste in die Wohnung ein.

»Britt wird dich besser verwöhnen, als du es bisher jemals erlebt hast«, versicherte er.

Mit einem leichten Kribbeln im Nacken ging Henrik an dem Zuhälter vorbei und erwiderte das Lächeln der fülligen Blondine, die im Durchgang zu einem Raum stand.

»Hallo, Henrik«, begrüßte sie ihn.

Da sie ihren Kunden in Deutsch empfing, musste Britt dem Dialog an der Tür gelauscht haben.

»Ich bin dann nebenan«, sagte der Zuhälter.

Bevor er die Wohnungstür hinter sich schließen konnte, hielt Henrik ihn zurück.

»Das Geld ist nicht für Britt«, rief er.

Mit gefurchter Stirn und einem Ärger verheißenden Blick kehrte der Zuhälter in die Wohnung zurück. Britt verschwand aus Henriks Augenwinkel.

»Was soll das bedeuten?«, knurrte der Zuhälter.

Mit einer lässigen Geste warf Henrik ihm die Rolle im Wert von 500 Euro zu. Der Zuhälter fing sie geschickt auf.

»Ich benötige deine Hilfe in einer sehr speziellen Angelegenheit«, erklärte Henrik.

Damit hatte er das Interesse des Mannes gewonnen, der mit dem Absatz die Wohnungstür zustieß.

»Wer bist du, und was willst du von mir?«, fragte er dann.

In Henriks Nacken verstärkte sich das Kribbeln, und er ahnte, woher es rührte. Er deutete mit dem Daumen über seine Schulter.

»Es redet sich schlecht über Geschäfte, wenn dein Mädchen eine Kanone auf mich richtet«, sagte er.

Der Zuhälter stand zwei Meter vor Henrik und wirkte unentschlossen. Es wurde Zeit, einen echten Trumpf zu ziehen. An dieser Stelle konnte sich das Vorhaben in jede Richtung entwickeln, aber dieses Risiko musste Henrik eingehen.

»Die Bullen suchen nach mir, und deswegen kann ich einen Besuch leider nicht persönlich vornehmen. Das Geld ist nur eine Anzahlung. Wer mir bei der Sache hilft, bekommt das Zwanzigfache«, erklärte er.

Die Augenbrauen des Zuhälters rutschten in die Höhe. Die genannte Summe hatte ihm glatt die Sprache geraubt. Er leckte sich über die Lippen, während es hinter seiner Stirn merklich arbeitete.

»Füll die Gläser auf«, raunzte er dann dem Mädchen zu.

Wie durch Zauberei verschwand das Kribbeln in Henriks Nacken. Er drehte sich langsam um. Britt schob die Schublade am Schrank zu, in der sie die Waffe für einen Notfall aufbewahrte. Anschließend ging sie zu einer Anrichte, auf der eine Batterie von Flaschen stand. Sie schaute Henrik fragend an, der wortlos auf den Wodka deutete.

»Setzen wir uns erst einmal«, forderte der Zuhälter ihn auf.

Das Geldbündel war verschwunden. Es hatte seinen Zweck erfüllt. Bis hierher hatte Henriks Plan reibungslos funktioniert. Britt stellte die Gläser auf den Tisch und sank in einen mit Fell bezogenen Sessel.

»Wer sagt mir, dass es kein Trick der Bullen ist?«, fragte der Zuhälter.

»Ich sage es, und du kannst es leicht herausfinden. Vielleicht fangen wir erst einmal damit an, uns vorzustellen. Mein Name ist Henrik Bargen und die Staatsanwaltschaft Flensburg sucht mich unter anderem wegen mehrfachen Mordes«, erwiderte Henrik.

Er schob seinen in Plastik eingeschweißten Personalausweis über den Tisch.

»Ich bin Ken Gustavson, und du hast verfluchtes Glück, ausgerechnet an meiner Tür geklingelt zu haben«, sagte der Zuhälter.

Ob es so war, musste sich für Henrik erst noch herausstellen. Ken streckte Britt den Ausweis hin. Sie erhob sich und verschwand aus dem Wohnzimmer.

»Solange ich noch an deine Geschichte glaube, kannst du mir mehr über den Job verraten«, forderte Ken.

Zuerst hatte Henrik sich über diesen Teil seines Vorhabens nur wenig Gedanken gemacht. Doch auf der letzten Etappe war ihm klar geworden, dass man auch das scheinbar Unmögliche bedenken musste. Henrik hatte sich daher bemüht eine plausible Geschichte zu erfinden. Ob es ihm gelungen war, würde Kens Reaktion bald zeigen.

»Ungeschliffene Diamanten im Wert von 500.000 Euro? Und du willst nur die Papiere, die ebenfalls in dem Versteck liegen?«, fragte er nach.

»Exakt. Die Diamanten sind heiß, und wenn du nicht die Südafrikaner am Hals haben willst, musst du sie schnell und damit günstig an den Mann bringen. Deswegen verspreche ich dir nur die 50.000 Euro«, bestätigte Henrik.

Die Überlegungen von Ken wurden durch die zurückkehrende Britt unterbrochen. Sie reichte Henrik seinen Personalausweis und konnte nicht verhindern, dass ihre Finger leicht zitterten.

»Interpol ist hinter ihm her. Mehrfacher Mörder und bewaffnet«, sagte sie zu Ken.

Der zweite Teil war sicherlich auch als Warnung gedacht, denn Ken versteifte sich und sein Blick huschte hinüber zur Schublade mit der Pistole.

»Keine Sorge, ich will keinen Stress mit euch haben«, wiegelte Henrik ab.

Er hatte nicht erwartet, dass sein Steckbrief ein Problem werden könnte. Aber ein Zuhälter in Gällivare spielte nun einmal in einer völlig anderen Liga als seine Kollegen in Stockholm oder Göteborg. Ken stürzte den Rest aus seinem Glas mit einem Ruck hinunter.

»Schenk nach«, fuhr er Britt an.

Ken hatte Angst, und das war nicht das Übelste, wie Henrik fand. So würde er hoffentlich keine dummen Ideen entwickeln. Ein Anruf bei der örtlichen Polizei konnte dem Zuhälter einige Pluspunkte einbringen, wenn die anschließend den gesuchten Mörder dingfest machen konnten. Britt füllte alle Gläser nach und sank dann wieder in ihren Sessel.

»Jetzt, wo du alles weißt, sollte dir auch der Zeitfaktor klar sein. Ich kann mich nur kurz in eurer schönen Stadt verstecken«, drängte Henrik.

Ken kaute nachdenklich auf seiner Unterlippe herum und bestätigte Henriks Hinweis mit einem geistesabwesenden Nicken. Offenbar überlegte er schon, wie er an die Diamanten und Papiere kommen konnte.

»Worüber denkst du nach?«, fragte Britt.

Ihr wurde es langsam zu langweilig.

»Halts Maul! Verschwinde und schaff mir Anders her«, fuhr Ken sie an.

Sie zog zwar einen Schmollmund, erhob sich aber aus dem Sessel. Britt schlüpfte in eine billige Kaninchenfelljacke und zog krachend die Wohnungstür ins Schloss. Ken warf Henrik einen schiefen Blick zu.

»Der poliere ich später die Fresse«, sagte er.

»Kann man deinem Kumpel trauen?«, fragte Henrik.

»Klar, Mann. Anders würde nie so dämlich sein, sich mit mir anzulegen«, versicherte Ken großspurig.

In seiner Stimme schwang trotzdem leichte Unsicherheit mit, wie Henrik erfreut registrierte. Für Kleinkriminelle waren gigantische Summen im Spiel. Wenn Henrik richtig kalkuliert hatte, sollte es die gewünschte Wirkung erzielen. Britt würde über die vielen Wünsche nachdenken, die sie sich mit 50.000 Euro erfüllen könnte. Gleiches sollte später für Anders und jeden weiteren Komplizen von Ken gelten.

»Gut. Bis wann kannst du die Sache abgewickelt haben?«, fragte Henrik.

Er musste seiner Rolle treu bleiben. Ken wiegte den Kopf.

»Im Winter gibt es nur selten Führungen in der alten Anlage. Der Stollen wird zwar überwacht, aber das dürfte kein Problem sein. Gib mir bis morgen Zeit«, erwiderte er.

Henrik ließ sich die Handynummer von Ken geben, bevor er die Wohnung verließ. Der Zuhälter zwinkerte ihm kumpelhaft zu, als er ihn zur Tür brachte.

»Du kannst dich auf mich verlassen. Morgen hast du die Papiere und diese dreckigen Verräter in der Hand«, versprach er.

Auch diesen Teil der Geschichte hatte Ken geschluckt. Er kaufte es Henrik ab, dass er mit den Unterlagen aus dem Versteck einflussreiche Männer dazu bringen konnte, ihm auf der Flucht zu helfen. Henrik war gespannt, welchen Weg der Zuhälter einschlagen würde. Selbst mit seinem begrenzten Verstand musste Ken erkennen, welche Möglichkeiten sich boten. 50.000 Euro in Form ungeschliffener Diamanten waren ein reizvoller Preis für seine Hilfe. Vielleicht entschied Ken sich aber auch, selbst aus den Dokumenten Kapital zu schlagen. Bei der Beratung mit seinen Komplizen musste zwangsläufig auch der Gedanke aufkommen, Henrik zu verraten und dafür abzukassieren. Das war der ungefährlichste Weg. Henrik baute darauf, dass sie diese Wahl trafen.

KAPITEL 55

Es war nicht Sjöstrandts Art, sich so aufgeregt zu zeigen. Als er in Traubnitz' Büro platzte und wie ein gereizter Tiger vor dem Schreibtisch auf und ab marschierte, stutzte sein Arbeitgeber.

»Was ist los?«, fragte Traubnitz alarmiert.

Sein Sicherheitschef atmete tief durch und blieb stehen. Er schob mit erzwungen wirkender Gelassenheit die Hände in die Hosentaschen.

»Bargen hält sich vermutlich hier in Gällivare auf«, verkündete er dann.

»Was? Wie konnte er so weit kommen? Die gesamte Polizei Europas jagt den Mann!«, stieß Traubnitz hervor.

Sjöstrandt schien es ebenfalls zu irritieren.

»Er muss Hilfe haben. Noch ist es nicht ganz sicher, aber die Gerüchte erscheinen mir glaubhaft«, erwiderte er.

Traubnitz löste die verkrampften Hände von den Seitenlehnen seines Schreibtischstuhles und beugte sich vor.

»Gerüchte? Wovon reden Sie eigentlich?«, fuhr er Sjöstrandt an.

Sein Sicherheitschef hatte einen Hinweis erhalten, dass in der überschaubaren Unterwelt von Gällivare etwas im Gange war. Er nahm Kontakt zu einigen Informanten auf. Anschließend eilte er umgehend ins Büro seines Arbeitgebers.

»Ein Deutscher treibt sich in der Stadt herum. Er stellt ein Team zusammen, um einen Raubzug im Stollen durchzuführen«, erklärte Sjöstrandt.

Klaus Traubnitz zuckte zusammen. Im Stollen gab es nur eine Sache, die von Wert war. Bargen musste herausgefunden haben, dass Traubnitz dort belastendes Material gegen die »Schattenkrieger« aufbewahrte.

»Er weiß von den Unterlagen?«, stammelte er.

Sein Sicherheitschef hatte sich ein wenig beruhigt. Sjöstrandt zog einen Besucherstuhl heran und ließ sich fallen. In seinen Augen blitzte es verärgert auf.

»Sieht ganz so aus, oder? Dieser Schnüffler muss es zufällig entdeckt haben, als er und die Polizistin im Stollen waren«, stellte er fest.

Traubnitz schnaubte auf.

»Zufällig entdeckt? So ein Unsinn! Das Versteck kann man nicht so leicht finden. Himmel, er muss es damals schon gewusst haben«, schimpfte er.

Doch diese Annahme verwies Sjöstrandt ins Land der Fantasie, denn ansonsten hätte Bargen das Material schon damals an sich nehmen können. Seine anfängliche Aufregung machte der üblichen Überlegenheit Platz.

»Es ist auch völlig egal, wann oder woher Bargen es erfahren hat. Wir wissen jetzt, was er vorhat und werden ihm eine Falle stellen«, erklärte Sjöstrandt.

Er entwickelte aus dem Stegreif einen Plan, der Traubnitz' Zustimmung fand. Der wollte allerdings kein Risiko eingehen und bestand darauf, dass die Unterlagen in ein neues Versteck gebracht wurden.

»Wir können sie vorübergehend in die Jagdhütte der Firma bringen. Die wird zurzeit nicht genutzt«, schlug Sjöstrandt vor.

Im Normalfall hätte Traubnitz es abgelehnt. Die Hütte war kaum mehr als ein schlichtes Holzhaus und verfügte über keinen Safe oder einen ähnlich sicheren Platz für wertvolle Dinge. Angesichts der ungewöhnlichen Situation willigte er jedoch ein und befahl seinem Sicherheitschef, umgehend die Unterlagen aus dem Stollen hinaus zur Hütte zu schaffen. Sjöstrandt verließ das Büro, sodass Klaus Traubnitz einige Minuten ungestört über die unerwartete Entwicklung nachdenken konnte. Sein Blick wanderte zum Telefonhörer, doch er wollte sich keinen Rüffel aus Flensburg abholen. Der Mann dort zählte seit vielen Jahren zum engsten Kreis der Entscheider – weltweit nur wenige Personen. Traubnitz war bisher nicht in diesen elitären Zirkel vorgedrungen, was aber weiterhin seine Ambition war. Vielleicht benötigte man nur noch einen Anstoß, um über diesen Aufstieg zu entscheiden.

Es reicht völlig, wenn ich nach der Ergreifung von Bargen einen Bericht abgebe, dachte er.

Für den unwahrscheinlichen Fall, dass sie den Privatdetektiv nicht erwischen sollten, musste Traubnitz auch keinen Misserfolg melden. Sekunden später widmete er sich wieder den vielfältigen Aufgaben seiner Unternehmensgruppe. Für eine Weile traten die Sorgen über Bargens Auftauchen in Gällivare in den Hintergrund.

KAPITEL 56

Der Anruf aus Wismar überraschte Sonja kurz vor dem geplanten Feierabend. Helga Thoms stand neben ihrem Schreibtisch, da sie einen kleinen Einkaufsbummel in der Stadt geplant hatten.

»Es gibt eine weitere Zeugenaussage?«, fragte Sonja.

Sie schaltete den Lautsprecher am Telefon ein, damit ihre Kollegin dem Gespräch unmittelbar folgen konnte. Der Kollege aus Mecklenburg-Vorpommern berichtete von einem Touristen, der sich erst jetzt bei der Kripo in Wismar gemeldet hatte.

»In der Nähe der Liegestätte des Fischkutters existiert ein Ferienappartement. Es liegt sehr isoliert im Hafen, mit freier Sicht bis hinüber in die Altstadt«, berichtete Hauptkommissar Häfner.

Bei dem neuen Zeugen handelte es sich um einen Wirtschaftsjuristen, der während eines Wismar-Aufenthaltes in der Ferienwohnung gelebt hatte.

»Er war an dem Abend zu einem Essen eingeladen und hatte sich dafür frisch gemacht. In der Wohnstube brannte kein Licht, und als er es gerade einschalten wollte, bemerkte der Mann einen Lichtstrahl auf dem Kutter«, berichtete Häfner.

Aus reiner Neugier ging der Jurist hinaus auf den Balkon und konnte so das Geschehen an Bord des Fischkutters gut beobachten.

»Er dachte, es wäre der Eigner mit seiner Mannschaft. Erst als er von dem Mord an dem Letten in einer Zeitung las und den Zeitpunkt erfuhr, wurde er stutzig«, sagte Häfner.

Auf einer Reise im Ausland fiel dem Wirtschaftsjuristen eine ältere Wochenzeitung aus Deutschland in die Hände. Den Bericht über den Mord im Hafen von Wismar las er daher mit einiger zeitlicher Verzögerung.

»Seine Aussage ergibt nur dann einen Sinn, wenn Bargen mit Komplizen in Wismar unterwegs war oder jemand anderer Andris Mezecki getötet hat«, schloss Häfner seinen Bericht.

Sonja und Helga tauschten einen Blick aus.

»Schicken Sie mir bitte eine Kopie der Aussage zu, Herr Häfner«, bat Sonja.

Der Kollege aus Wismar hatte es bereits auf dem elektronischen Weg veranlasst und eine Einschätzung der Zeugenaussage angefügt. Sonja dankte ihm und beendete das Gespräch. Als sie und Helga den Bericht überflogen, erschien Thorsten Albrecht in der offenen Bürotür.

»Ich dachte, ihr wolltet längst die Geschäfte in der Großen Straße leer kaufen?«, wunderte er sich.

Sonja erzählte von dem Anruf und ließ den Dezernatsleiter einen Blick auf die Berichte aus Wismar werfen. Seine Miene verdüsterte sich zusehends.

»Dann passt Traubnitz' Theorie von Bargen als Einzeltäter nicht mehr und es muss Mittäter geben. Wenn er nicht allein auf dem Kutter war, müssen wir in völlig neuer Richtung ermitteln«, sagte Albrecht.

»Diese Zeugenaussage muss der Staatsanwaltschaft genügen, um uns weitere Ermittlungen anstellen zu lassen«, sagte Helga Thoms.

Der Dezernatsleiter überflog nochmals die Zeilen auf dem Monitor, bevor er mit einem entschlossenen Nicken sein Handy hervorholte. Albrecht verließ das Büro, um in Ruhe telefonieren zu können.

»Damit fällt unsere Shoppingtour wohl ins Wasser«, stellte Sonja mit einem schiefen Grinsen fest.

Für sie wäre es nur ein Weg gewesen, mit dem Frust umzugehen. Jetzt sah es aber so aus, als wenn sie und ihr Team Henrik doch noch weiterhelfen konnten.

»Wenn diese Aussage falsch ist, was ist dann mit den übrigen Indizien?«, fragte Helga.

Eine Frage, die Sonja schon länger beschäftigte. Der Staatsanwalt hatte die Indizienkette wie aus dem Hut hervorgezaubert. Auf den ersten Blick wirkte alles schlüssig, und trotzdem hatte nicht nur Sonja sich gewundert. Normalerweise lag es bei dem Ermittlungsleiter, der Staatsanwaltschaft die erforderlichen Erkenntnisse zu liefern.

»Fragt sich sowieso, weshalb der Staatsanwalt auf einmal sein eigenes Ding durchzieht«, erwiderte Sonja.

Der Dezernatsleiter kehrte ins Büro zurück. Sein hageres Gesicht wirkte sehr verschlossen.

»Was sagt der Staatsanwalt?«, fragte Sonja.

»Er ist nicht überzeugt davon, dass der Zeuge die bestehende Aussage aufrechterhält. Bei einer zweiten Befragung war er sich seiner Sache nicht mehr so sicher, besonders in Hinblick auf das Datum«, antwortete Albrecht.

Die aufkommende Hoffnung verflog und hinterließ einen bitteren Nachgeschmack bei Sonja. Ihre Mitarbeiterin schüttelte ungläubig den Kopf.

»Wenn wir es auf sich beruhen lassen, könnte ein Strafverteidiger es als unzureichende Ermittlungsarbeit ankreiden«, stieß sie hervor.

»Deswegen billigt der Staatsanwalt uns weitere 24 Stunden zu. Sollten wir bis zum Ende dieser Frist keine neuen Erkenntnisse präsentieren können, bleibt die Anklage gegen Bargen in der vorliegenden Form bestehen«, erwiderte Albrecht.

»24 Stunden? Das ist doch eine reine Alibifrist«, protestierte Helga.

»Es muss uns reichen«, warf Sonja entschieden ein.

Der Dezernatsleiter verabschiedete sich, während die beiden Frauen bereits die Handys in der Hand hielten. Das gesamte Team musste zurück in die Inspektion kommen, um die gewonnene Zeit möglichst effektiv zu nutzen.

KAPITEL 57

Der nur mäßig beleuchtete Parkplatz entwickelte sich immer mehr zu einer bizarren Schneelandschaft. Henrik saß hinter dem Lenkrad des Vans und starrte aus brennenden Augen hinaus ins Dunkle. Zwischen den von Schneepflügen aufgetürmten Hügeln parkten gerade einmal drei Pkw, die dem Wachpersonal am Stollen gehörten.

»Mehr Cola geht nicht, sonst bekomme ich einen Zuckerflash«, brummte Henrik.

Seit drei Stunden hockte er in seinem Van, um auf die Verlegung des Materials zu warten. Er war davon ausgegangen, dass Traubnitz auf jeden Fall reagieren musste. Egal, ob Ken nun den Plan verriet oder Henrik durch einen Diebstahl hintergehen wollte. Mit der fortschreitenden Zeit stiegen aber immer mehr Zweifel in ihm auf. Er zerdrückte die geleerte Dose und warf sie in den Mülleimer zwischen den Vordersitzen. Auf einmal veränderte sich das Bild am Tor zur Anlage. Henrik kniff die Lider zusammen, um trotz des Schneegestöbers mehr erkennen zu können. Als er den silberfarbenen Land Rover sah, beschleunigte sich sein Pulsschlag. Sjöstrandt war damit vor gut zwei Stunden eingetroffen.

Also doch, dachte Henrik zufrieden.

Die Erschöpfung verflog sofort und machte einer fiebrigen Anspannung Platz. Henrik hob den Camcorder ans Auge und filmte den Land Rover. Er achtete darauf, dass er Sjöstrandts Gesicht einfing, als der Geländewagen unter einer der Laternen vorbeifuhr. Henrik war der Gedanke gekommen, dass es nicht allein mit dem Fund des belastenden Materials getan sein könnte. Er fuhr daher am Nachmittag zu dem Discounter und erwarb einen Camcorder, der zwar bereits ein älteres Modell war, aber für seine Zwecke vollkommen ausreichte. Henrik würde möglichst lückenlos die Verlegung des Materials bis hin zu seiner Beschlagnahme dokumentieren.

»Hauptsache, das neue Versteck ist kein Bankschließfach«, sagte er halblaut.

Aus dem Funkgerät kam eine Männerstimme. Vermutlich kämpfte die Polizei zurzeit mehr mit Verkehrsproblemen, denn Henriks Name wurde seit Stunden nicht mehr genannt. Ihm konnte es nur recht sein. Während er den Van über die verschneiten Straßen von Gällivare steuerte und aufmerksam die Rücklichter des Land Rovers im Blick behielt, ging ihm ein neuer Gedanke durch den Kopf.

Es kann nicht schaden, Södergreen einen Hinweis zukommen zu lassen, dachte er.

Damit gäbe es so etwas wie eine Rückversicherung. Doch der Kommissar hatte sich eindeutig gegen jede Kontaktaufnahme ausgesprochen. Henrik kaute nachdenklich auf der Unterlippe herum. Die Finger trommelten nervös auf dem Lenkrad, während er zu einem Entschluss kommen wollte. Der Land Rover vor ihm rollte über eine Brücke. Henrik verschob seine Überlegung und warf einen prüfenden Blick auf das Display seines eingeschalteten Navigationsgerätes.

»Andra Sidanvägen.«

Er hatte keinen Schimmer, wohin Sjöstrandt fuhr. Auf dem Display wurden die Umrisse des Sees angezeigt, der südwestlich des Stadtzentrums lag. An dessen Ufer standen diverse Wochenendhäuser. Es erschien Henrik unwahrscheinlich, dass Traubnitz so ein brisantes Material in eines der wenig gesicherten Häuser am See bringen ließ.

»Ist deine Panik größer als dein Hang zur Vorsicht?«, murmelte Henrik.

Sieben Minuten später wurde der Land Rover langsamer. Henrik schaltete das Licht am Van aus. Es war nicht ungefährlich, aber erforderlich. Die Wege zwischen den Bäumen waren kaum befahren, und Sjöstrandt war zu erfahren, um nicht auf etwaige Verfolger zu achten. Henrik dankte Södergreen für dessen Umsicht, ihm einen Van mit Allradantrieb zur Verfügung zu stellen. Als 300 Meter vor ihm die Bremslichter des Land Rovers grell aufleuchteten, lenkte Henrik den Van schnell in die Auffahrt eines Hauses. Die Fenster waren alle dunkel und es existierte keine Fahrspur im Schnee. Mit ein wenig Glück kam der Besitzer der Hütte in den kommenden Stunden nicht hierher. Henrik schnappte sich den Parka, die Mütze sowie die Glock. Er hatte keinen Plan entwickeln können, wie er ans Material kommen sollte. Ab jetzt galt es zu improvisieren.

KAPITEL 58

Sjöstrandt wuchtete den Metallkasten aus dem Land Rover und stapfte durch den Neuschnee in Richtung Haustür.

Unmittelbar bevor er sie erreichte, öffnete der derzeitige Bewohner sie.

»Hättest ruhig mit anfassen können«, schimpfte Sjöstrandt auf Deutsch.

Adams trat lediglich ein Stück zurück, um den Weg frei zu machen. Ächzend ließ der Sicherheitschef den Kasten gleich darauf auf den soliden Küchentresen fallen. Hinter ihm schloss Kay Adams die Tür, wobei er die Kiste neugierig musterte. Zwei solide Schlösser sicherten den Inhalt vor unbefugten Augen.

»Denk nicht einmal daran«, mahnte Sjöstrandt.

Er wusste erst seit wenigen Stunden, dass der angeblich bei einem Feuer in Flensburg getötete Mann sich in der Hütte aufhielt. Es wurmte Sjöstrandt, dass Traubnitz solche Dinge vor ihm geheim hielt.

»Es wäre hilfreich, mehr über den Inhalt zu wissen, wenn ich darauf aufpassen soll«, erwiderte Adams.

Er ging an dem Sicherheitschef vorbei. Sjöstrandt bemerkte den Knauf einer Pistole hinten im Gürtel des Deutschen. Wenigstens war Adams nicht unvorsichtig. Im frei stehenden Ofen loderte ein Feuer und sorgte für starke Wärme im Inneren des Hauses. Sjöstrandt hatte nicht vor, lange zu bleiben. Die Hitze trieb ihm den Schweiß auf die Stirn.

»Halte dich nur an die Anweisungen. Der Boss will, dass du bis morgen die Kiste mit deinem Leben beschützt. Mehr musst du nicht wissen«, erwiderte Sjöstrandt abweisend.

Die beiden Männer waren sich auf Anhieb unsympathisch. Sie tauschten einen abschätzenden Blick aus, bevor Sjöstrandt sich umwandte und das Haus verließ. Adams stand einige Sekunden lang in der Tür und verfolgte, wie der Sicherheitschef den Land Rover vorsichtig zurück auf die schmale Straße steuerte und dann zügig in Richtung Gällivare davonfuhr. Nach einem abschließenden Blick hinauf in den Himmel verschwand Adams wieder im Haus.

KAPITEL 59

Das Vorankommen im tiefen Schnee zwischen den Häusern erwies sich als zu mühsam. Henrik gab es bereits nach wenigen Metern auf. Er riskierte es, sich dem Haus über die Fahrspur zu nähern. Als er neben dem Land Rover stand, war das Knacken des Motors zu hören. Davon abgesehen herrschte eine idyllische Stille, die unter anderen Umständen durchaus etwas Angenehmes für Henrik gehabt hätte. Heute erinnerte sie ihn nur daran, sich äußerst vorsichtig zu bewegen und keine verdächtigen Geräusche zu verursachen.

»Mal sehen, wer dich erwartet hat«, brummte er.

Als jemand die Haustür für Sjöstrandt geöffnet hatte, hatte Henrik nur eine Kontur erkennen können. Es war definitiv ein Mann. Neben dem Haus war ein schmaler Weg vom Schnee befreit worden. Henrik wählte ihn, um sich einem der erleuchteten Fenster zu nähern. Der von Fußabdrücken übersäte Pfad führte ums Haus und endete an einem Überstand, unter dem einige Klafter Holz sauber aufgestapelt worden waren. Im Schnee zeichnete sich ein helles Rechteck ab. Dorthin schlich Henrik, um sich neben dem Fenster an die Wand zu drücken. Sehr vorsichtig schob er anschließend den Kopf vor. Sein Blick erfasste Schränke und eine Dunstabzugshaube oberhalb eines Küchenblocks. Sjöstrandt hatte eine Metallkiste darauf abgestellt und sprach zu einem Mann, den Henrik nur von hinten sehen konnte. Das breite Kreuz und die dunklen Haare mit vielen Silberfäden darin kamen ihm vage vertraut vor. Auf einmal stieß der Mann sich ab und folgte Sjöstrandt zur Haustür. Dort verharrte er eine kurze Weile, während Henrik den Motor des Land Rovers starten hörte. Sjöstrandt setzte den Wagen langsam zurück auf den Weg und beschleunigte dann zügig. Henrik war vorsichtshalber in die Hocke gegangen, damit seine Silhouette nicht ins Licht der Scheinwerfer geriet. Als er die Rückleuchten des Geländewagens sich schnell entfernen sah, erhob er sich wieder und starrte erneut durch das Küchenfenster. Der Mann schloss soeben die Haustür und wandte sich um. Beim Anblick von Kay Adams verschlug es Henrik die Sprache.

»Du sollst doch bei dem Feuer umgekommen sein«, entfuhr es ihm.

Doch der ehemalige Hauptbootsmann der Bundesmarine bewegte sich quicklebendig durchs Haus und ging auf den Küchentresen zu. Adams unterzog die Kiste einer eingehenden Untersuchung und wirkte ausgesprochen neugierig. Henrik lächelte.

Traubnitz hat dir nicht verraten, was sich darin befindet, und das wurmt dich, dachte er.

Jetzt musste Henrik herausfinden, ob sich außer Adams noch jemand im Haus aufhielt.

KAPITEL 60

Nachdem Henrik eine halbe Stunde ums Haus geschlichen war und keine Anzeichen für weitere Männer darin hatte ausmachen können, fasste er einen Entschluss. Er kehrte zum Küchenfenster zurück und warf einen Blick ins Innere. Adams hatte es sich wieder in einem Sessel bequem gemacht und nippte an einer dunkelbraunen Flüssigkeit, die Henrik für Whisky hielt. Die Stirn des ehemaligen Marinesoldaten glänzte. Er hatte den Ofen mit weiteren Holzscheiten gefüllt, die es im Haus sicherlich behaglich warm machten. Unwillkürlich zog Henrik fröstelnd die Schultern hoch.

»In spätestens einer Stunde schläfst du tief und fest«, sagte er sich und beschloss, die Wartezeit in seinem Auto zu verbringen.

Die Standheizung des Vans summte leise vor sich hin. Die Wärme im Wagen tat Henrik gut. Er saß in der Eckbank und schaute regelmäßig mit dem Fernglas zum Haus hinüber. 40 Minuten nachdem Henrik in den Van zurückgekehrt war, erlosch das Licht hinter dem Wohnzimmerfenster. Er zügelte seine Ungeduld und blieb eine weitere halbe Stunde ruhig sitzen. Dann schlüpfte er wieder in seinen Parka, schob die Glock in die Seitentasche und zog die Handschuhe an. Als er über den festgefahrenen Schnee auf der Fahrbahn huschte, knirschte es vernehmlich.

»Wenn er gerade nach frischer Luft schnappt, muss er mich einfach hören«, murmelte Henrik erschrocken. Nach kurzem Zögern setzte er seinen Weg fort.

Im Haus blieb es still. Henrik schob sich neben das Küchenfenster. Er lauschte einige Sekunden, bevor er den Strahl der Taschenlampe ins Innere schickte. Das glühende Brennholz tauchte den Wohnbereich in ein rötliches Licht. Auf dem Tisch neben dem Sessel standen das leere Glas und die Whiskyflasche, deren Pegel sich dem Flaschenboden näherte. Falls der ehemalige Soldat bereits mehrere Gläser intus hätte, käme es Henriks Vorhaben sehr entgegen.

»Dieser Schlummertrunk sollte auch für einen Mann mit deiner Figur ausreichen«, sagte Henrik sich und schaltete die Taschenlampe aus, um zur Hintertür zu schleichen.

Als Henrik die Türklinke bewegte, stieß er einen leisen Fluch aus. Adams war ein typischer Deutscher, der alle Zugänge zum Haus sorgfältig abschloss, bevor er zu Bett ging. Henrik ging in die Hocke und leuchtete das Schloss mit der Taschenlampe aus. Es war ein simples Schnappschloss und bot eine Chance, es mit ein wenig Einbrechererfahrung gewaltsam zu öffnen. Sekunden später klickte es vernehmlich, und die Tür ließ sich problemlos öffnen. Henrik warf einen prüfenden Blick in das Innere des Hauses. Nachdem es weiterhin völlig ruhig blieb, betrat er das Gebäude und wurde von der Wärme darin überwältigt.

KAPITEL 61

Jo Fechner betrat am frühen Morgen sein Büro in der Dienststelle und öffnete zuerst das Fenster. Er wollte die verbrauchte Luft verscheuchen, um besser arbeiten zu können. Als er seine Winterjacke an den Haken hinter der Tür hängen wollte, stieß er mit der Schuhspitze gegen ein Paket. Verblüfft hängte er den Parka auf und hob das Paket hoch. Sein Blick erfasste den Absender.

»Na, endlich!«, murmelte er.

Jo rief den Beamten im Eingangsbereich an und erhielt die Bestätigung, dass ein Kurier am gestrigen Abend das Paket abgeliefert hatte. Da es keine Anzeichen für einen Sprengsatz gegeben hatte, hatte der Beamte es in Jos Büro gestellt. Es kam aus Freiburg. Jo hatte versucht, aus dem Gedächtnis eine Liste der Unterlagen zu erstellen, die ihm an der Bushaltestelle gestohlen worden waren. Daraufhin hatte sich der freundliche Mitarbeiter des Archivs per Mail gemeldet und Jo zugesichert, dass er ihm neue Kopien aller Dokumente zukommen lassen würde. An manchen Stellen hatte er die nicht ganz vollständige Liste sogar noch ergänzt. Jo eilte mit dem Paket ins Büro seiner Vorgesetzten, wo Sonja sich gerade mit Helga unterhielt.

»Moin. Das sind endlich die Unterlagen aus Freiburg. Sobald ich sie geordnet habe, sage ich dir Bescheid«, erklärte Jo, um anschließend wieder in sein eigenes Zimmer zu verschwinden.

Die beiden Frauen hoben verwundert die Augenbrauen

an, tauschten einen Seitenblick aus und zuckten dann gleichzeitig mit den Schultern.

»Jo eben«, sagte Helga und ging in das Büro, das sie sich mit Bastian Kraft teilte und in dem der sich gerade hinter seinem Schreibtisch einrichtete.

Anfangs war es nur als Übergangslösung gedacht gewesen, doch mit der Zeit hatten sich die beiden Kommissare daran gewöhnt und verzichteten auf eigene Büros. Helga erzählte von Jo und seinen Unterlagen. Normalerweise hätte Bastian jetzt einen seiner Sprüche klopfen müssen, doch zu ihrer Verwunderung sprang der Hüne auf und eilte aus dem Raum.

»Wunder gibt es immer wieder«, murmelte Helga und schaltete gleichzeitig ihren Computer ein.

Als Bastian in den Konferenzraum stürmte, zuckte Jo erschrocken zusammen.

»He, wo brennt's denn?«, wollte er wissen.

»Das sind die Unterlagen, in denen du etwas über die ›Schattenkrieger‹ gefunden hast?«, fragte Bastian.

Jo nickte und schaute dann ungläubig zu, wie Bastian sich alle Kopien der alten Fotografien schnappte und sie auf einem der Tische auslegte. Auf einmal erkannte er, was sein Kollege vorhatte. Wenige Augenblicke später griff Jo sich erst eine Aufnahme und dann zwei weitere. Er blickte zu Bastian auf, der mit grimmiger Miene nickte.

»Diese Typen waren sich ihrer Sache damals so sicher, dass sie unbedingt Erinnerungsbilder machen mussten. Als wir die Fotografie bei Karsums' Unterlagen fanden, dachte ich mir schon so etwas«, sagte Bastian.

Jo tippte mit dem Zeigefinger auf einen Zivilisten, der neben einer Gruppe von Marineoffizieren stand.

»Zeig es Sonja. Ich sichte die anderen Dokumente und stelle sie so zusammen, dass wir Albrecht überzeugen können«, sagte er und klopfte seinem Kollegen jovial auf die Schulter.

Das war eine sehr ungewöhnliche Handlung für den menschenscheuen Kommissar, sodass Bastian stumm staunte. Anschließend ging er ins Büro seiner Vorgesetzten und zeigte Sonja die alten Fotografien. Sie betrachtete sie aufmerksam, während Bastian ihr die Zusammenhänge erklärte. Beim Anblick des Zivilisten stutzte sie, und als sie den Kopf hob, lag ein verstehender Ausdruck in ihren Augen.

»Das erklärt endlich, wieso man damals die ›Schattenkrieger‹ unbehelligt aus Mürwik hat verschwinden lassen«, stieß sie hervor und senkte erneut den Kopf, so als wenn sie sich nochmals versichern musste.

»Ganz genau, und Henrik hat mit seinen Recherchen alte Gespenster aufgescheucht, die unbedingt im Dunkeln bleiben sollten«, stimmte Bastian zu.

Sonja erfuhr von Jos aktueller Absicht, und gewährte dem Kommissar die Zeit, alle Unterlagen für seine Präsentation vorzubereiten. Als er sich bei ihr meldete, griff sie sofort zum Telefonhörer. Sonja bat den Dezernatsleiter, für eine wichtige Besprechung in den Konferenzraum zu kommen.

KAPITEL 62

In der ersten halben Stunde wirkte die Präsentation wie der Vortrag eines Geschichtslehrers und veranlasste Albrecht, Sonja fragende Blicke zuzuwerfen. Sie bat mit einer Geste um Geduld, die der Dezernatsleiter schließlich aufbrachte.

Jo ging sehr ausführlich auf eine Organisation ein, die eine unrühmliche Rolle während der Nazizeit eingenommen hatte. Die »Nordische Gesellschaft« war eine 1921 in Lübeck gegründete und dort ansässige Organisation, die sich zunächst der Förderung der wirtschaftlichen und kulturellen Beziehungen zwischen Lübeck und den Ländern des europäischen Nordens widmete. Nach der nationalsozialistischen Machtübernahme 1933 wurde sie »gleichgeschaltet« und zu einem nationalsozialistischen Propagandainstrument umgebildet. Im Mittelpunkt ihrer völkischen und rassistischen Ideologie stand nun der Gedanke, in der »nordischen Rasse« manifestiere sich die germanisch-deutsche Kulturüberlegenheit.

Albrechts Unruhe verflog, als Jo Fechner das Bild mit Marineoffizieren auf den Treppen vor dem Stabsgebäude in Mürwik aufrief.

»Wir konnten mittlerweile die Offiziere alle identifizieren. Von besonderer Bedeutung ist hier dieser Korvettenkapitän. Sein Name lautet Horst Bastner. Er war der Vorsitzende im Kriegsgerichtsprozess gegen Oberbootsmann Schlichting, der damals zu Unrecht für die Morde an Gerda und Anneliese Siehm zum Tode verurteilt wurde«, führte er aus.

Einige der Offiziere tauchten auf anderen Fotografien erneut auf, wobei dieses Mal auch Bootsmänner zu erkennen waren. Jo zeigte eine Serie von Aufnahmen, um so die Zugehörigkeit der Marinesoldaten zu den sogenannten Schattenkriegern zu belegen. Zum Schluss blieb eine Fotografie übrig, auf der auch ein Zivilist erkennbar war. Jo wandte sich direkt an Hauptkommissar Albrecht.

»Erkennen Sie den Mann?«, fragte er.

Jetzt wurde dem Dezernatsleiter klar, warum der Kommissar einen derartig weitschweifenden Ausflug in die Geschichte vorangestellt hatte. Albrecht nickte ungläubig.

»Das ist Werner Koeppen. Damals gehörte er zum Stab von Großadmiral Döring, aber zuvor zum Einsatzstab von Reichsleiter Rosenberg mit besten Verbindungen zum Führerhauptquartier«, sagte Jo.

Mittels einiger Dokumente aus dem Militärarchiv konnte Jo die Verbindung zur »Nordischen Gesellschaft« nachweisen, die seit Hitlers Machtübernahme massiv für die politischen und wirtschaftlichen Verbindungen in den skandinavischen Raum verantwortlich gewesen war. Als Adjutant Rosenbergs gehörte Koeppen zum Führungsgremium der Gesellschaft, wodurch seine Nähe zu den »Schattenkriegern« eine spezielle Note erhielt.

»Anhand dieser Unterlagen können wir also sowohl die Existenz dieser offenbar wirtschaftlich ausgerichteten Sondereinheit der Kriegsmarine nachweisen als auch deren Verbindung zur ›Nordischen Gesellschaft‹. Neben Korvettenkapitän Bastner gehörten die Vorfahren von Rainer Traubnitz dazu, genauso wie der Vater von Adams, der ermordete Ewald Kohnfeld und Gent Karsums«, fasste Jo zusammen.

Mehr und mehr schälte sich für die Ermittler ein Bild aus den vielen Details heraus, welches eine völlig neue Zielrichtung für ihre laufende Ermittlung vorgab. Die aktuelle Annahme des Staatsanwaltes, dass hinter den Morden an Kohnfeld und Karsums der Privatdetektiv Henrik Bargen steckte, war nicht mehr aufrechtzuerhalten.

»Das sind entscheidende Hinweise, die ich dem Staatsanwalt präsentieren werde. Ich muss zugeben, dass mich die Entwicklung überrascht hat. Noch verfügen wir nicht über alle Antworten, aber ich denke doch, dass wir die Ermittlungen nunmehr unbefristet fortsetzen können«, erklärte Albrecht und nickte Jo anerkennend zu.

Nachdem der Dezernatsleiter den Raum verlassen hatte, lobte Sonja ihre Mitarbeiter für die Arbeit.

»Es bleibt leider das Problem mit der Pistole bestehen, die Frau Tewes an uns ausgehändigt hat«, mahnte sie anschließend.

Doch allein die Tatsache, dass ihre Ermittlungen nicht länger unter einer sehr begrenzten Frist standen, gab Sonja neue Hoffnung. Sie baute darauf, dass Henrik in Nordschweden ebenfalls neue Beweise beschaffen konnte. Gemeinsam sollte es ihnen dann gelingen, auch die letzten offenen Fragen zu klären.

KAPITEL 63

Bereits Sekunden nach seinem Eindringen rann Henrik der Schweiß übers Gesicht. Er schlich bis zum Tresen und verharrte lauschend. Als das noch glimmende Holzscheit im Kamin einige Funken knackend absprühte, zuckte er zusammen. Nachdem er die Ursache des Geräusches erkannt hatte, entspannte er sich ein wenig. Adams schien tatsächlich tief und fest zu schlafen, denn die Schnarchgeräusche waren nicht zu überhören. Henrik wandte sich der Metallkiste zu und sah sich in seinen Erwartungen bestätigt. Sein heimlicher Wunsch, noch an Ort und Stelle einen Blick auf den Inhalt werfen zu können, musste unerfüllt bleiben. Das Schloss an der Kiste war elektronisch und nicht mit simplen Werkzeugen zu knacken. Also packte Henrik sie und hob sie hoch. Sie war schwerer als gedacht. Vorsichtig ging er zurück zur Hintertür und verließ das Haus. Kaum war Henrik im Freien, packte ihn die Kälte und ließ ihn erschauern.

Vermutlich hole ich mir für diese Scheißkiste den Tod und erspare so den »Schattenkriegern«, mich ermorden zu lassen, fuhr es ihm durch den Kopf.

Trotz des damit verbundenen Risikos eilte Henrik mit dem Behältnis über die Straße. Das laute Knirschen des hart gefrorenen Schnees war eigentlich dazu geeignet, jedermann aus dem Schlaf zu reißen. Als Henrik den VW-Bus erreichte, atmete er auf. Schnell wuchtete er die Kiste in den hinteren Bereich und sprang dann auf den Fahrersitz. Anschließend startete er den Motor und war froh über die Standheizung. Zunächst rollte Henrik ohne Beleuchtung die Auffahrt hinunter, doch dann schüttelte er verärgert den Kopf.

»Man kann es auch übertreiben. Sollte Adams aus dem Fenster sehen, ist da nur ein Nachbar, der mit seinem Bus wegfährt. Wenn ich aber ohne Licht fahre, könnte es sein Misstrauen wecken«, schalt er sich selbst.

Alles blieb ruhig und nach zehn Minuten stoppte Henrik den Bus an einer Haltestelle, um aus dem Parka zu schlüpfen. Anschließend trank er einen großen Schluck Coca-Cola und setzte dann die Fahrt fort. Jetzt, wo die Kiste in seinem Besitz war, musste er eine Entscheidung fällen. Ohne fremde Hilfe würde er das Schloss kaum öffnen können. Viele Alternativen gab es nicht, daher schlug Henrik den Weg nach Luleå ein.

Die Uhr am Armaturenbrett zeigte bereits 5:11 Uhr an, als Henrik den VW-Bus an der Coop-Arena in Luleå abstellte. Auf dem riesigen Parkplatz standen lediglich sechs andere Fahrzeuge, aber das reichte ihm als Deckung völlig aus. Da es zu früh war, um Södergreen anzurufen, gönnte Henrik sich eine Mütze voll Schlaf. Er stellte den Wecker in seinem Handy auf 10:00 Uhr und legte sich hin. Innerhalb eines Gedankenganges war er eingeschlafen.

KAPITEL 64

Die Kaffeemaschine zischte noch, als Henrik den Kommissar telefonisch in seinem Büro erreichte.

»Hi, Bengt. Rate mal, wer dir ein Geschenk übergeben möchte?«, fragte er.

Sein Blick ruhte dabei auf der Metallkiste, die neben dem kleinen Tisch am Boden des VW-Busses stand.

»Geschenk? Das höre ich gern. Komm einfach zu mir auf die Dienststelle, Henrik«, erwiderte Bengt.

Verwundert krauste Henrik die Stirn. Konnte der Kommissar nicht frei sprechen? Doch in diesem Falle hätte er wohl kaum Henriks Namen erwähnt.

»Sicher? Es gibt möglicherweise einige Leute, die mich dort nicht so gern sehen möchten«, hakte er vorsichtig nach.

Das dröhnende Lachen aus dem kleinen Lautsprecher ließ Henrik aufhorchen.

»Ich habe ebenfalls ein Geschenk zu überreichen, alter Plattfuß. Der Haftbefehl gegen dich wurde gestern zurückgezogen. Die sympathische Kommissarin aus Flensburg hat mir dazu einiges an neuem Material geschickt. Und natürlich Grüße an dich«, erzählte Bengt und brachte Henrik so dazu, ungläubig den Kopf zu schütteln.

»Ernsthaft?«, fragte er.

Bengt schwor ihm, dass sein Versteckspiel ein Ende hatte und Henrik sich ungefährdet auf der Dienststelle einfinden konnte. Vorher gönnte der Detektiv sich noch einen großen Becher frischen Kaffee, der angesichts der neuen Situation doppelt gut schmeckte. Anschließend lenkte er den VW-Bus durch die schwedische Kleinstadt und schleppte dann die Metallkiste in Södergreens Büro. Der Kommissar hatte belegte Brötchen und Kaffee organisiert. Während Henrik von seinem Besuch in Adams Hütte berichtete, verschlang er drei Brötchenhälften.

»Tja, und jetzt müssten sich deine Spezialisten mit dem Schloss beschäftigen. In der Zwischenzeit würde ich mir gern das Material aus Flensburg ansehen«, sagte er.

Dagegen hatte Bengt nichts einzuwenden. Er schob einen Stapel Unterlagen zu Henrik über den Tisch und telefonierte dann mit einem Techniker aus dem Labor. Der holte die Kiste wenige Augenblicke später ab, doch das registrierte Henrik nur am Rande. Er war von den Neuigkeiten aus seiner Heimatstadt dermaßen gefesselt, dass er die Welt um sich kaum noch wahrnahm. Dank der hervorragenden Arbeit der Kripo gab es endlich Antworten auf die meisten drängenden Fragen. Als Henrik eine Stunde später den Kopf hob, hämmerte Bengt konzentriert auf die Tastatur vor sich ein. Dennoch schien er den Blick bemerkt zu haben.

»Du hast es dir angesehen. Was sagst du dazu?«, wollte er wissen.

Während Henrik seine Gedanken sortierte, hob Bengt den Kopf und schaute den Deutschen gespannt an.

KAPITEL 65

Der Motor der »Sinje« tuckerte gleichmäßig vor sich hin. Henrik hatte den Kutter in Vindeby wieder in Empfang nehmen können, da dessen Beschlagnahmung mit der Aufhebung des Fahndungsbefehls ebenfalls der Vergangenheit angehörte. Auf der Rückfahrt nach Flensburg ließ er die Ermittlungen Revue passieren. Fasste man die Erkenntnisse der Kripo sowie die Auswertung der Dokumente aus der Metallkiste zusammen, entstand ein verstörendes Bild. Es war noch nicht völlig lückenlos, da man immer noch nicht genau sagen konnte, wie Reinhard Tewes dazu passte. Henrik erinnerte sich an sein Telefonat mit Sonja, welches er vor seinem Aufbruch aus Luleå getätigt hatte. Sie hatten ausführlich über die Ergebnisse gesprochen, vermieden aber alle privaten Fragen.

»Wir können dank deiner und Södergreens Vorarbeit nunmehr die Morde an George Seymore sowie Rainer Traubnitz und Ewald Kohnfeld aufklären. Adams hat zudem in seiner Aussage gegenüber der schwedischen Polizei den Angriff in der Marineschule auf dich gestanden, genauso wie die Brandlegung. Der Tote war einer seiner Helfer, der offenbar ungeschickt vorgegangen ist«, fasste Sonja den Stand der Ermittlungen zusammen.

Ungeklärt war immer noch, wer für die Ermordung von Andris Mezecki verantwortlich war. Dieser Punkt beschäftigte Henrik besonders, weil er den Tod seines Freundes unbedingt gerächt sehen wollte. Aber auch die Frage, welche Rolle Reinhard Tewes spielte, bereitete ihm Kopfschmerzen. Obwohl Henrik sich dagegen sperrte, musste er auch über Ulrikes Verwicklung nachdenken. Die langsame Fahrt auf dem Kutter gewährte ihm dazu ausreichend Zeit. Als Henrik am späten Nachmittag im Museumshafen seinen angestammten Liegeplatz ansteuerte, fehlten jedoch immer noch Antworten. Durch reines Nachdenken würden sie sich auch nicht ergeben, wie Henrik einsehen musste. Als Kalle die »Sinje« bemerkte, nahm er grüßend die speckige Mütze hoch.

»Wenigstens einer freut sich vorbehaltlos über unsere Rückkehr«, murmelte Henrik, der sich unsicher über die Reaktionen von Sonja, Ulrike und den Kripo-Ermittlern war.

Zehn Minuten später schob er die Gangway auf den Anleger. Offenbar hatte Kalle nicht nur den Weg zu seinem eigenen Schiff von Eis und Schnee frei gehalten. Als der Mann mit den grauen Haaren auf die »Sinje« zuschlenderte, konnte er sich auf trockenem Boden bewegen.

»Moin, du Gangster«, rief er fröhlich.

Von Sonja wusste Henrik, wie viele Sorgen sein väterlicher Freund sich gemacht hatte. Kalle wurde von ihr rechtzeitig über die veränderten Voraussetzungen aufgeklärt, sodass Henrik ihm seine burschikose Begrüßung nicht krummnahm.

»Das sagt der Richtige«, konterte er und schaltete bereits den Wasserkocher ein.

Die beiden Männer grinsten sich an und beließen es schließlich dabei. Als Kalle die Flasche Rum und die beiden Gläser bemerkte, leuchteten seine wasserblauen Augen begeistert auf.

»Du weißt, wie man einen alten Seebären begrüßt«, stellte er zufrieden fest.

Während das Wasser noch kochte, begann Henrik ungefragt mit seinem Bericht. Er unterbrach ihn nur, um die beiden Grogs aufzusetzen und Kalle zuzuprosten. Nach dem zweiten Glas wusste Kalle alles, was es zu wissen gab. Abgesehen von Henriks ungeklärten Gefühlen gegenüber Sonja und Ulrike.

»Mein lieber Mann. Was für eine Geschichte. Da hast du wahrlich mitten ins Wespennest gestochen«, staunte Kalle.

Er wirkte erkennbar abwesend, was Henrik stutzen ließ.

»Was geht dir durch den Kopf?«, drängte er seinen Freund zum Reden.

Kalle antwortete nicht sofort, sondern leerte zuerst sein Glas. Als Henrik fragend auf die Rumflasche deutete, wehrte sein Bootsnachbar überraschend ab.

»Nee, lass mal. Ich glaube, in Bezug auf die Vergangenheit der Familie Tewes gibt es jemanden, der dir weiterhelfen könnte«, erklärte Kalle.

Er kannte Gott und die Welt, sodass Henrik sich nicht sonderlich wunderte. Ihn ärgerte nur, dass er nicht selbst gefragt hatte. Auf einmal schob Kalle sich aus der Bank und drückte sich die Mütze auf den Kopf.

»Ich muss ein wenig herumtelefonieren. Der Mann, der uns helfen kann, ist meistens irgendwo in der Weltgeschichte unterwegs. Sobald ich weiß, wo Aaron sich herumtreibt, melde ich mich«, sagte er und eilte dann von Bord.

Einen Augenblick lang schaute Henrik ihm hinterher. Dann seufzte er leise und beschloss, den Gang hinüber zur Dienststelle der Kripo anzutreten.

KAPITEL 66

Für Simon Tewes wurde es langsam unerträglich. Zwischen seinem Vater und seiner Frau lief etwas. Sie gingen wesentlich vertrauter miteinander um, als es sich für einen Vater und die Frau seines Sohnes gehörte.

»Nie konnte ich es dir recht machen, Vater«, stieß Simon wütend hervor.

An diesem Nachmittag prallten sie wieder einmal heftig aufeinander. Vater und Sohn standen sich unversöhnlich gegenüber. Reinhard Tewes hatte andere Dinge im Kopf, als seinen überforderten Sohn zu beruhigen. Er hatte es bereits sehr oft bereut, Simon zum Studium der Rechtswissenschaften gedrängt und ihn trotz erkennbarer Unfähigkeit in der Kanzlei beschäftigt zu haben. Der einzige Moment, in dem Reinhard seinen Sohn in positivem Licht gesehen hatte, war bei der Hochzeit mit Ulrike gewesen. Sie war eine ausgesprochen begabte Rechtsanwältin, die außerdem ein Talent für die Förderung der besten Seiten von Simon entwickelte. Einige Jahre sah es so aus, als wenn Vater und Sohn doch noch eine harmonische Beziehung aufbauen konnten. Das war der Zeitpunkt, an dem Reinhard Simon reinen Wein über die wirklich lukrativen Geschäfte mit den »Schattenkriegern« einschenkte. Die Reaktion seines Sprösslings war mehr als nur enttäuschend. Simon erkannte weder das Potenzial noch wollte er ein Teil dieser besonderen Geschäftsbeziehungen werden. Seit diesem Tag ignorierte Reinhard seinen eigenen Sohn. Bei den wenigen familiären Anlässen konzentrierte er sich auf seine Schwiegertochter, was mit der Zeit bei Simon zu einer wachsenden Eifersucht führte. Davon ahnte Reinhard allerdings nichts und wollte daher auch an diesem Mittwoch den unsinnigen Ausbruch seines Sohnes kühl abwürgen.

»Du bist eine einzige Enttäuschung, Simon. Du kommst absolut nach deiner Mutter, und jetzt lass mich arbeiten, denn damit verdiene ich auch deinen Lebensunterhalt«, kanzelte er Simon ab.

Der Blick von Simon umwölkte sich. Ohne eine weitere Erwiderung eilte er aus dem Zimmer. Schon als die Tür ins Schloss fiel, waren die Gedanken von Reinhard Tewes bei den Zwischenfällen in Nordschweden. Erst von dem Rechtsanwalt seines Geschäftspartners hatte er erfahren müssen, dass Klaus Traubnitz von der Polizei inhaftiert worden war. Mehrere Spezialeinheiten hatten völlig überraschend den Unternehmer in seinem Haus festgenommen. Als Polizisten der Reichspolizei den Leiter des Sicherheitsdienstes, Erik Sjöstrandt, verhaften wollten, kam es zu einem Schusswechsel. Der Sicherheitschef erlag seinen Verletzungen später im Krankenhaus. Mittlerweile beschäftigte sich eine Sonderkommission der Staatsanwaltschaft mit der Überprüfung der Holding, was eine große Gefahr für alle Geschäfte der »Schattenkrieger« darstellte. Als Reinhard Tewes den Kollegen aus Schweden nach dem Anlass dieser Maßnahmen fragte, erhielt er eine verstörende Antwort.

»Offenbar wurde eine Kiste mit Material entdeckt, das Aufschluss gibt über die komplexen Verwicklungen von Herrn Traubnitz in die Machenschaften einer Gruppe mit dem seltsamen Namen ›Schattenkrieger‹. Ich hatte bislang keinen Einblick in die Unterlagen und mein Mandant will darüber nicht sprechen. Können Sie mir hierbei weiterhelfen? Immerhin betreuen Sie ja die internationalen Rechtsangelegenheiten der Holding«, erklärte der Anwalt.

Darauf gab Tewes eine ausweichende Antwort. Er hatte das Gespräch kaum beendet, als Simon in seinem Büro aufgetaucht war. Reinhard hatte ihm nicht einmal richtig zugehört, sondern gedanklich am Problem Traubnitz gearbeitet. Er musste herausfinden, ob ihm eventuell ebenfalls Ungemach durch die gefundenen Unterlagen drohte.

»So viele Jahre hat es gedauert, um bis an die Spitze zu kommen, und nun macht ein dummer Fehler vielleicht alles kaputt«, murmelte Reinhard.

Er konnte sich natürlich denken, warum Traubnitz diese Unterlagen aufbewahrt hatte. In der Vergangenheit hatte es immer wieder Säuberungsaktionen unter den Nachfolgern der »Schattenkrieger« gegeben. Alte Traditionen galten den Erben wenig, während sie selbst immer skrupelloser wurden. Klaus Traubnitz hatte sich gegen einen solchen Unglücksfall wappnen wollen, und jetzt drohte deswegen die Offenlegung aller geheimen Geschäfte. Reinhard Tewes hatte eigene Vorkehrungen für diesen Fall getroffen. Es existierte ein Stufenplan, wie er sich für eine Weile aus den laufenden Geschäften der Kanzlei zurückziehen und im Ausland den Ermittlungen eifriger Staatsanwälte ausweichen konnte. Dazu musste er aber Ulrike einweihen. Sie konnte ohne Weiteres die normalen Fälle betreuen, doch ob sie bereit war, für die »Schattenkrieger« tätig zu werden, vermochte Reinhard nicht einzuschätzen. Er setzte sich hinter seinen Schreibtisch aus starker Eiche und öffnete mit einem Schlüssel, den er immer bei sich trug, eine der Schubladen. Darin lagen eine Ledermappe mit brisanten Dokumenten über die »Schattenkrieger«, aber auch die amtliche Bestätigung über den Wechsel seines Familiennamens. Nur unter dem Geburtsnamen seiner Mutter konnte Reinhard damals den Nachforschungen der britischen Besatzungsmacht entgehen. Dieser clevere Schachzug sorgte dafür, dass er unbehelligt studieren und später die Kanzlei aufbauen konnte. In Gedanken versunken nahm er einen silbernen Siegelring mit einer Gravur aus der Schublade. Er trug ihn nur sehr selten und so gut wie nie in der Öffentlichkeit. All diese Dinge würde er auf seine Reise natürlich mitnehmen, damit sie keinem Unbefugten in die Hände fallen konnten.

Vielleicht darf ich dich bald ganz ohne Scheu tragen, dachte Reinhard und streifte den verräterischen Ring wieder ab. Er legte ihn zurück in die Schublade neben die Walther PPK.

Dieser Ausflug in die Vergangenheit brachte Reinhard dazu, seine Schwiegertochter nicht jetzt schon in alle Geschäfte einzuweihen. Dennoch war es an der Zeit, ihr mehr Kompetenzen einzuräumen. Reinhard erhob sich und überquerte gleich darauf den Gang, um Ulrike in ihrem Büro aufzusuchen. Er bemerkte nicht einmal den wütenden Blick seines Sohnes, der am Kopiergerät stand.

KAPITEL 67

Der Empfang fiel unerwartet aus. Nicht nur Sonja war froh, ihn wiederzusehen. Bastian Kraft schlug Henrik schmerzhaft auf die Schulter und strahlte dabei wie ein Kind unter dem Weihnachtsbaum. Helga ließ sich zu einer Umarmung hinreißen, und Jo gab für einen Moment seine gewohnte Scheu auf. Er streckte Henrik die Hand hin.

»Ich bin echt froh, Sie unversehrt wieder bei uns zu haben«, sagte er.

»Danke, Jo. Ohne Ihre tolle Unterstützung müsste ich mich immer noch in den Wäldern Nordschwedens verstecken«, dankte Henrik aus ganzem Herzen.

Danach schmeckte der Kaffee sogar besser, als er ihn in Erinnerung hatte. Sonja sammelte ihr Team im Konferenzraum, um mit Henrik die Ergebnisse abzustimmen. Wieder einmal genoss er die Situation, nahezu wie ein gleichberechtigter Ermittler behandelt zu werden. Der gegenseitige Austausch nahm mehr als eine Stunde in Anspruch. Schließlich waren alle im Raum auf dem gleichen Stand.

»Zu ärgerlich, dass immer noch nicht feststeht, wer für den Mord an Ihrem Freund verantwortlich ist«, stellte Helga fest.

Dazu war Henrik ein Gedanke gekommen, den er nun laut äußerte.

»Vielleicht sollte man die Bilder aller Verdächtigen den Kollegen in Wismar schicken, damit sie diese dem Augenzeugen aus der Ferienwohnung vorlegen können«, schlug er vor.

»Gute Idee. Jo, das übernimmst du«, stimmte Sonja sofort zu.

Anschließend kreisten die Überlegungen um die Verbindung zwischen der Traubnitz-Holding und der Kanzlei Tewes. Sonja warf Henrik während der Diskussion immer wieder forschende Blicke zu. Er wusste jetzt, dass Ulrike Tewes der Kripo die Glock samt Schreiben ausgehändigt hatte. Wie ging er damit um? Tatsächlich bereitete es ihm Kopfschmerzen, weil er Ulrikes Rolle immer weniger abschätzen konnte. Solange jedoch die schwedischen Ermittler keine belastenden Hinweise fanden und die Untersuchung ihren deutschen Kollegen überließen, waren Sonjas Team die Hände gebunden. Allein aus dem Umstand, dass die Kanzlei von Reinhard Tewes für die internationalen Rechtsangelegenheiten der Holding zuständig war, konnte man ihnen keinen Strick drehen.

»Gibt es mittlerweile mehr Erkenntnisse, wie der Mord an George Seymore ausgeführt wurde?«, fragte Henrik.

Darauf konnte Bastian Kraft antworten.

»In Glückstadt wurde ein Schlepper gefunden, der in Kiel gestohlen wurde. Es gab einige Beschädigungen am Rumpf, aber die waren nicht so stark, dass der Besitzer deswegen Anzeige erstatten wollte. Erst als er erfuhr, dass sein Schlepper für den Untergang des englischen Gaffelschoners verantwortlich sein könnte, hat er sich bei den Kollegen der Wasserschutzpolizei gemeldet«, sagte er.

Eine gründliche Spurenauswertung ergab schließlich Gewissheit. Der Gaffelschoner mit Seymore an Bord war offenkundig vom Schlepper überrollt worden. Es war ein heimtückischer Anschlag, der unter anderen Umständen vermutlich als ein weiterer Unglücksfall auf hoher See durchgegangen wäre. Die schwedischen Ermittler wollten

Kay Adams zu diesem Vorfall befragen, auch wenn Sonja einige Zweifel an der Aussagewilligkeit des ehemaligen Hauptbootsmannes hatte. Nach der Besprechung begleitete Henrik sie zu ihrem Auto und half ihr, die Scheiben vom Eis zu befreien.

»Du und Holger. Habt ihr euch mittlerweile ausgesprochen?«, fragte er.

Sonja verstaute ihren Eiskratzer im Seitenfach der Fahrertür. Als sie sich wieder aufgerichtet hatte, zuckte sie mit den Achseln.

»Als Aussprache würde ich unser letztes Treffen eher nicht bezeichnen. Er wirft mir vor, zu wenig für unsere Beziehung getan zu haben. Deswegen wohne ich vorerst wieder auf dem Hof meiner Eltern. Echt ätzend!«, erwiderte sie mit Wut in der Stimme.

Verlegen trat Henrik von einem Fuß auf den anderen. Irgendwie fühlte er sich für den Bruch in Sonjas Beziehung mit verantwortlich.

»Ich kann dir jederzeit eine Koje auf der ›Sinje‹ anbieten, wenn dir die Decke auf den Kopf fällt«, bot er an.

Mit einem dankbaren Lächeln strich Sonjas behandschuhter Finger über seine Wange.

»Danke für das Angebot. Wenn es so weit ist, komme ich vielleicht darauf zurück«, erwiderte sie und stieg ein.

Während Sonja den Wagen vorsichtig vom Parkplatz steuerte, setzte Henrik sich in Bewegung. Auf der »Sinje« wartete eine Flasche Rum auf ihn. Ein oder zwei Grog würden Henrik wieder aufwärmen, und dabei konnte er über alles nachdenken, was ihn derzeit so stark beschäftigte. Zwei sehr unterschiedliche Frauen spielten dabei eine nicht unwesentliche Rolle.

KAPITEL 68

Er schaffte nicht einmal ein Glas. Henrik sortierte seine Seekarten, um auf andere Gedanken zu kommen, als ein leiser Ruf von der Gangway erklang. Es war unverkennbar eine Frauenstimme, und unwillkürlich dachte er an Sonja Martenson. Als Henrik jedoch das Schott öffnete und die schlanke Frauengestalt entdeckte, war es Ulrike Tewes.

»Ich bitte um Erlaubnis, an Deck kommen zu dürfen«, sagte sie förmlich.

»Erlaubnis erteilt«, erwiderte Henrik und spürte seinen beschleunigten Pulsschlag.

Sein Blick glitt bewundernd von den schwarzen Stiefeln über die eng anliegende schwarze Hose und den weinroten Lederparka bis hinauf zur Baskenmütze auf den braunen Haaren. Ulrike bemerkte es nicht, da ihre Augen auf den Weg über Deck geheftet waren. Erst unmittelbar vor Henrik hob sie den Kopf und sah den Ausdruck auf seinem Gesicht.

»Wenn das jemand anderes sehen könnte, wüsste er sofort Bescheid«, murmelte sie und beugte sich vor, um Henrik sanft zu küssen.

Ihre Intimität überraschte ihn. Ihre Zungenspitzen spielten kurz miteinander, bevor Ulrike sich von ihm löste. Henrik spürte eine vertraute Erregung und fragte sich, ob der Abend eventuell einen unerwarteten Verlauf nehmen würde. Unter Deck schlüpfte Ulrike aus ihrem Mantel, nahm die Baskenmütze ab und legte beides nach einem prüfenden Blick auf die Koje, in der Henrik seine Schlafstatt hatte.

»Ich kann dir leider nur ein Bier oder einen Grog anbieten«, entschuldigte er sich.

»Grog passt doch hervorragend zu dem Wetter«, erwiderte Ulrike und überraschte ihn damit erneut.

Zwei Minuten später stellte Henrik das Glas mit heißem Wasser vor seiner Besucherin ab, die sich selbst mit Zucker und einer ordentlichen Portion Rum versorgte. Anschließend nippte sie daran, bevor sie Henrik forschend musterte.

»Anscheinend bist du nicht sauer auf mich«, stellte sie erleichtert fest.

»Wegen der Glock und dem Schreiben? Nein, wieso auch. Leider tappen wir aktuell noch im Dunkeln, wer hinter dem Mord an Andris sowie dieser Vertuschungsaktion steckt«, antwortete Henrik.

Ulrike krauste fragend die Stirn.

»Ich arbeite eng mit der Kripo zusammen. Selbst der Staatsanwalt hat mittlerweile eingesehen, dass man mich nur als Sündenbock aufbauen wollte«, führte Henrik es weiter aus.

Ein schmales Lächeln huschte über Ulrikes Gesicht. Henriks Herz setzte prompt zwei Schläge aus, und ihm wurde erneut schmerzhaft bewusst, dass die Rechtsanwältin ihre anfänglich intime Beziehung nicht fortsetzen wollte. Mehr als seltene Küsse durfte er nicht erwarten, und das war auf Dauer zu wenig. Ein Teil von ihm akzeptierte es aber auch und bewunderte Ulrike für ihre Haltung. Sie hatte einem Mann ein Versprechen gegeben und mit ihm drei Kinder gezeugt. Ihr Charakter ließ nicht zu, dass sie sich aus der Verantwortung stahl.

»Das freut mich. Wie ich dich kenne, wirst du nicht lockerlassen, bis der Mörder deines Freundes gefasst ist«, sagte Ulrike und leerte anschließend ihr Glas.

»Wie läuft es denn so bei dir?«, fragte Henrik, den es wirklich interessierte, der Ulrike aber auch vom bevorstehenden Abschied abhalten wollte.

»In der Kanzlei brodelt es ein wenig. Reinhard und Simon sind wieder einmal aneinandergeraten. Später war er bei mir, um über eine Verlagerung der Kompetenzen zu sprechen«, erwiderte sie.

Es war deutlich, dass Ulrike nicht über ihr Privatleben reden wollte.

»Simon will die Kompetenzen neu regeln? Warum?«, hakte Henrik nach.

»Nein, nicht er. Reinhard plant offenbar eine längere Auszeit im Ausland. Vorher möchte er die Leitung der Kanzlei auf mich übertragen«, korrigierte Ulrike und akzeptierte, dass Henrik ihr Glas erneut mit heißem Wasser auffüllte.

Während sie sich beim Zucker und Rum bediente, ging Henrik der Sinn ihrer Worte auf. Sein Instinkt schlug an. Mit einem Schlag verflog sein Sinn für Intimität.

»Kommt das nicht ein wenig überraschend?«, wollte er wissen.

Ulrike schürzte nachdenklich die Lippen und verrührte dabei den Zucker, damit er sich im Getränk auflösen konnte.

»Ja, schon. Vielleicht macht ihm die Sache mit der Traubnitz-Holding mehr zu schaffen, als er zugeben will«, antwortete sie.

Bislang hatten sie es vermieden, zu tief in diesen Teil von Henriks Ermittlungen einzusteigen. Das wurde nunmehr aber in seinen Augen unvermeidlich.

»Könnten die Schweden etwas finden, was deinen Schwiegervater belastet?«, fragte er direkt.

Das Glas klirrte laut, als Ulrike es hart absetzte. Ihr Blick hatte sich verändert. Mit einem verärgerten Kopfschütteln erhob sie sich und zog trotz Henriks Protest ihren Parka wieder an.

»Wir können doch nicht so tun, als wenn die Familie deines Mannes nicht irgendwie mit der Holding verbandelt wäre, Ulrike!«, bat er mit Nachdruck um mehr Einsicht.

Sie schüttelte Henriks Hand ab und schob sich energisch an ihm vorbei.

»Die Kanzlei und meine Familie sind tabu, Henrik. Schon vergessen? Ich werde nicht zulassen, dass du die Regeln änderst«, fuhr sie ihn an und eilte gleich darauf über Deck.

Dieses Mal achtete sie nicht auf den Weg und rutschte unmittelbar vor der Reling aus. Mit einem blitzschnellen Reflex hielt sie sich fest. Henrik war mit drei Schritten bei ihr und stützte Ulrike. Als sie sich aufrichtete, schwammen ihre Augen in Tränen. Betroffen nahm Henrik ihr schmales Gesicht in beide Hände.

»Verzeih mir. Ich wollte dich nicht verletzen«, bat er leise mit rauer Stimme.

Sie biss sich auf die Unterlippe. Dann löste sie vorsichtig seine Hände von ihrem Gesicht und drückte kurz seine Finger. Anschließend wandte Ulrike sich um und ging über die Gangway davon. Henrik spürte kaum den schneidenden Wind. Sein Blick hing an der schmalen Gestalt, die immer kleiner wurde. Erst als Ulrike in der Dunkelheit verschwunden war, kehrte er in die Kajüte zurück.

KAPITEL 69

Der Gedanke ließ Henrik nicht mehr los. Offenbar plante Reinhard Tewes seine Flucht, um sich in Sicherheit zu bringen. Schließlich griff der Detektiv zum Handy und rief bei Sonja an.

»Da hast du vermutlich sogar recht. Dennoch reicht diese Aussage keinesfalls, um irgendetwas zu unternehmen. Uns sind die Hände gebunden«, sagte sie.

Im Grunde hatte Henrik es vorher gewusst. Noch galt der Rechtsanwalt als unbescholtener Bürger und konnte reisen, wann und wohin er wollte.

»Ja, schon klar. Entschuldige die Störung«, bat er und beendete das Gespräch.

Es gab Momente, da war Henrik froh, mehr Freiheiten als ein Polizeibeamter zu genießen. Kurz entschlossen packte er den kleinen Rucksack, nachdem er sich mit dem restlichen Grogwasser schnell noch schwarzen Tee gekocht hatte. Einige Müsliriegel sowie eine Flasche Coca-Cola vervollständigten den Notfallproviant. Anschließend schlüpfte Henrik in seinen Parka, setzte die Wollmütze auf und stopfte die Handschuhe in die Taschen. Danach ging er zu Kalle und störte seinen Bootsnachbarn, der sich gerade die Übertragung eines Handballspiels anschaute. Als Henrik darum bat, den Golf wieder einmal ausleihen zu dürfen, warf ihm Kalle die Schlüssel zu.

»Ja, aber der Tank ist nicht einmal zur Hälfte gefüllt«, sagte er und widmete sich dann wieder dem Spiel.

Auf der Fahrt hinaus zur westlichen Höhe dachte Henrik über sein Vorhaben nach. In der Leberstraße parkte er den Golf in der Auffahrt eines Hauses, welches zum Verkauf stand. Von hier aus konnte er die weiße, dreistöckige Villa der Familie Tewes gut beobachten. Sollte der Rechtsanwalt sich davonschleichen wollen, würde Henrik sich an seine Fersen heften. Keine Stunde später konnte er durch eines der hohen Fenster in der ersten Etage Vater und Sohn bei einem Streit beobachten. War Simon eingeweiht und nicht mit der Flucht seines Vaters einverstanden? Henrik trank einen Schluck des heißen Tees und genoss die Wärme, die sich in seinem Körper ausbreitete. Als er die veränderte Körpersprache von Reinhard Tewes bemerkte, stellte Henrik den Becher in die Mittelkonsole und stieß einen leisen Fluch aus. Er kannte zu gut die Schreckstarre, wenn jemand mit einer Waffe bedroht wurde. Henrik überlegte blitzschnell, wie er jetzt vorgehen sollte. Wenn er die Polizei rief und der Streit sich bereits wieder gelegt hätte, waren die Tewes gewarnt. Also entschied er sich, zunächst die Lage zu peilen. Henrik stieß die Wagentür auf und rannte wenige Augenblicke später über die Straße. Da er annahm, dass er nicht einfach durch das Tor an der Zufahrt aufs Gelände kommen würde, sprang er an der mannshohen Mauer hoch. Auf der anderen Seite ließ er sich in den knöchelhohen Schnee fallen und rechnete halbwegs damit, dass Alarmsirenen losgingen und grelle Flutlichter ihn markieren würden. Zu seiner Erleichterung passierte jedoch nichts dergleichen, sodass er hinüber zur Terrasse hetzte. Meistens waren diese Türen am leichtesten zu knacken, und so war es auch. Nur mithilfe seines altmodischen Einbrecherwerkzeugs hebelte Henrik das Schloss innerhalb weniger Sekunden auf. Anschließend drückte er die Tür nach innen auf und schob die Vorhänge auseinander. Aus dem Obergeschoss erklangen Männerstimmen.

»Du hast wohl völlig den Verstand verloren!«, brüllte Reinhard Tewes.

Noch immer war nicht klar, was für eine Auseinandersetzung da oben eigentlich stattfand. Henrik eilte über das Holzparkett und beschmutzte sicherlich wertvolle Teppiche, als er mit seinen dreckigen Schuhen zur Treppe rannte.

»Ihr verarscht mich doch nach Strich und Faden!«, schrie Simon mit sich überschlagender Stimme.

Er hörte sich wie jemand an, der kurz davor war, seine Beherrschung zu verlieren. Was immer Simon Tewes dermaßen aus der Fassung brachte, es konnte ihn zu unbedachten Handlungen treiben. Henrik wunderte sich, dass Ulrike sich nicht blicken ließ. Schließlich erreichte er den Gang in der ersten Etage und bemerkte die halb offen stehende Tür. Als er sich ihr näherte, schob sich auf einmal Simon Tewes in sein Sichtfeld. Er hatte eine Pistole in der Hand und zielte damit ganz offensichtlich auf seinen Vater. Henrik zog sich ein Stück zurück und alarmierte mit seinem Handy den Notruf. Er beschrieb exakt, wie die Situation war und bat um schnelle Unterstützung. Anschließend schob er sein Handy zurück in die Jackentasche und zuckte dann zusammen. Simon hatte geschossen!

»Du bist ja wahnsinnig!«, stieß Reinhard Tewes keuchend hervor.

Bis zum Eintreffen der Polizei konnte es zu spät sein. Die Situation eskalierte zusehends, weshalb Henrik alle Bedenken über Bord warf. Er ging hinüber zur Tür und drückte sie ein Stück auf. Sein Blick erfasste Reinhard Tewes, der sich an die Kante eines massiven Holzschreibtisches klammerte. Zwischen seinen Fingern tropfte Blut auf den Teppichboden. Simon Tewes hatte tatsächlich auf den eigenen Vater geschossen. Noch konnte Henrik sich wieder zurückziehen, doch dann bemerkte der verletzte Rechtsanwalt ihn und riss ungläubig die Augen auf. Simon registrierte es und wirbelte mit der Walther PPK im Anschlag herum.

»Ganz ruhig, Simon! Ich bin unbewaffnet«, rief Henrik und spreizte dabei die Hände seitlich vom Körper ab.

Das wachsbleiche Gesicht von Ulrikes Mann war schweißbedeckt, und der Blick seiner Augen flackerte. Henrik stand vor einem Menschen, der sich nicht mehr unter Kontrolle hatte und somit unberechenbar war. Was hatte ihn nur geritten, sich einzumischen?

»Sie? Wollten Sie meiner Frau einen späten Besuch abstatten? Habe ich etwa eine Hure geheiratet?«, stieß Simon hervor.

Der Mann war völlig von Sinnen. Henrik verstand nicht, worauf seine Fragen abzielten.

»Ich habe den Schuss gehört und die Polizei verständigt. Jetzt wollte ich nur nachsehen, ob ich Ihnen helfen kann«, erklärte er und versuchte dabei, seine Stimme möglichst ruhig klingen zu lassen.

»Du Blödmann verdirbst noch alles«, meldete sich Reinhard Tewes zu Wort.

Wenn er nur geschwiegen hätte. Henrik hatte den Eindruck, dass seine Worte zu Simon durchgedrungen waren. Doch der böse Vorwurf seines Vaters veranlasste ihn, sich zu ihm umzudrehen. Dabei richtete Simon die Mündung der Pistole wieder auf den schon verletzten Mann.

»Ach wirklich? Was denn, Vater? Was ist in dieser Mappe, das dir so viel bedeutet?«, fragte er.

Erst jetzt bemerkte Henrik eine prall gefüllte Mappe aus braunem Leder. Einige Dokumente waren herausgerutscht.

Vermutlich hatte Simon seinen Vater dabei gestört, als dieser die Unterlagen in die Mappe stecken wollte. Ein leises Wimmern ließ Henrik nach links zu einer Sitzgruppe aus dunkelgrünem Leder schauen. Um mehr sehen zu können, trat er zwei Schritte vor, und zuckte erschrocken beim Anblick von Ulrike zusammen. Blut lief über ihr Gesicht und der rechte Arm hing schlaff neben ihrem Körper. Ulrike lag halb auf der Couch. Es sah so aus, als wenn sie dorthin geschleudert worden wäre.

»Stehen bleiben!«, fauchte Simon.

Er hatte sich wieder Henrik zugewandt, der erleichtert den an- und abschwellenden Klang von Martinshörnern vernahm. Hilfe würde bald hier sein. Es lag jetzt an Henrik, jede weitere Eskalation zu unterbinden. Er hätte zwar lieber nachgesehen, wie schwer Ulrike verletzt war, aber er zwang sich, Simon in die Augen zu sehen.

»Ich habe keine Ahnung, warum das alles hier passiert ist. Was ich aber weiß, ist, dass Sie niemanden mehr verletzen wollen«, redete er auf ihn ein.

Die Mündung der Walther senkte sich um wenige Millimeter. Offenbar hatte Henrik den richtigen Ton getroffen.

»Noch ist nichts passiert …«, setzte er erneut an.

»Entweder knallst du uns jetzt alle über den Haufen oder verschwindest endlich! Himmel, womit habe ich nur so einen dämlichen Sohn verdient!«, brüllte Reinhard Tewes.

Es musste an seiner Schusswunde liegen, dass er die Lage komplett falsch einschätzte. Simon drehte sich fast gemächlich um, und dann krachte es zweimal. Hilflos musste Henrik mit ansehen, wie sich Reinhard Tewes zuerst steil aufrichtete, um dann kraftlos über dem Schreibtisch zusammenzubrechen. Beide Projektile hatten ihn getroffen. Henrik schluckte schwer und überlegte fieberhaft, wie er jetzt wenigstens noch Ulrikes und sein Leben retten konnte. Simon hatte eine Schwelle überschritten, und es war möglich, dass er ohne Bedenken weiter tötete. Als er sich langsam umdrehte, warf er Henrik einen nicht zu deutenden Blick zu.

»Sie sind wirklich nur wegen des Schusses gekommen? Es hatte nichts mit Ulrike zu tun?«, wollte Simon wissen.

Verblüfft schüttelte Henrik den Kopf.

»Nur wegen des Schusses, Simon. Ihre Frau hat mich als Mandanten vertreten, und ich schulde ihr sehr viel. Vergessen Sie bitte nicht, dass sie auch die Mutter Ihrer Kinder ist«, antwortete Henrik, der seine Worte gern sorgfältiger gewählt hätte.

Einige Sekunden starrten die Männer sich stumm an. Dann hob Simon die Pistole und schoss ein letztes Mal.

KAPITEL 70

Als kurze Zeit später vier Polizisten mit gezückten Waffen ins Haus eindrangen, trafen sie auf Henrik, der zärtlich das Gesicht von Ulrike streichelte. Er hatte die bewusstlose Frau auf das Sofa gelegt.

»Simon Tewes hat erst seinen Vater und dann sich selbst erschossen. Frau Tewes wurde anscheinend vorher zusammengeschlagen. Sie braucht dringend ärztliche Hilfe«, erklärte er.

Die Polizisten blieben vorsichtig, doch nachdem sie sich davon überzeugt hatten, dass Henrik unbewaffnet war, kamen sie seiner Bitte nach. 40 Minuten später hatte der Notarzt die Patientin untersucht und mit dem Rettungswagen abtransportieren lassen. Seine vorläufige Diagnose beruhigte Henrik.

»Frau Tewes hat einen gebrochenen Arm, mindestens drei gebrochene Rippen sowie diverse Prellungen. Nichts davon ist lebensbedrohlich, aber sie muss sofort ins Krankenhaus«, sagte er.

Nacheinander waren Sonja Martenson und ihr gesamtes Team in der Villa eingetroffen. Henrik musste schildern, wie er auf die Auseinandersetzung aufmerksam geworden war und was später im Arbeitszimmer von Reinhard Tewes passiert war.

»Das war sehr leichtsinnig von dir«, schimpfte Sonja.

Sie kämpfte mit widerstreitenden Gefühlen. Auf der einen Seite hätte sie Henrik am liebsten geohrfeigt, doch auf der anderen Seite war sie heilfroh, dass ihm nichts passiert war. Helga und Jo sichteten die Unterlagen aus der braunen Mappe. Auf einmal nahm die Oberkommissarin ein Dokument hoch und überflog mit erkennbarem Staunen den Inhalt.

»Was hast du gefunden?«, wollte Sonja wissen.

»Das ist die amtliche Bestätigung, wonach Reinhard Tewes im Februar 1945 den Familiennamen seiner Mutter angenommen hat. Sie hieß Lisbeth Augusta Tewes«, antwortete Helga.

Für alle war klar, dass die Oberkommissarin vermutlich soeben ein weiteres Rätsel gelöst hatte.

»Wie hieß denn sein Vater?«, fragte Henrik gespannt.

»Heinrich Christoph Petermann. In der Mappe befindet sich unter anderem eine Urkunde, die seine Beförderung zum Abteilungsleiter im Referat II A 3 des Reichssicherheitshauptamtes bestätigt«, antwortete Jo Fechner.

Bevor Henrik diese Information verarbeiten konnte, stieß Helga einen überraschten Ruf aus. Sie hielt einen Siegelring in die Höhe und starrte mit grimmigem Blick auf die Gravur.

»Was ist das?«, fragte Sonja.

»Diesen Siegelring erhielten nur die führenden Köpfe der ›Nordischen Gesellschaft‹. Auf der alten Fotografie, die Werner Koeppen zeigt, trägt er genau so einen Ring«, erwiderte Helga und schaute triumphierend in die Runde.

Als sie die verständnislosen Blicke ihrer Kollegen bemerkte, schnaubte sie verärgert.

»Wenigstens von dir hätte ich mehr erwartet«, schalt sie Jo, der sie verblüfft anstarrte.

Dann veränderte sich urplötzlich sein Gesichtsausdruck. Jo schaltete sein Notebook ein und suchte mit zunehmender Aufregung seine Bilddateien durch. Dann hob er den Blick und schaute Helga voller Bewunderung an.

»Dein fotografisches Gedächtnis ist hervorragend. Seht euch diese Aufnahmen an. Dann versteht ihr, worauf Helga hinauswill«, erklärte Jo und reichte das Notebook an Sonja weiter.

Sowohl Henrik als auch Bastian schauten ihr über die Schulter.

»Achtet vor allem auf die Hände«, warf Jo ein.

Zuerst betrachteten sie die Fotografie, auf der einige Offiziere der Reichskriegsmarine vor dem Stabsgebäude in Mürwik standen. Neben ihnen lächelte Koeppen selbstgefällig in die Kamera. An seiner rechten Hand war ein Siegelring zu sehen. Als Sonja den Bildausschnitt veränderte, konnte man die Gravur gut erkennen.

»Das ist der gleiche Ring«, stellte Bastian fest.

»Genau. Jetzt schaut euch die Gruppenaufnahmen an, die Jo aus Freiburg mitgebracht hat«, stimmte Helga zu.

Die Aufnahmen waren bei einer Tagung hochrangiger Juristen entstanden, die sich in Flensburg getroffen hatten. Damals ging es unter anderem um die Überleitung von Besitzansprüchen in Skandinavien. Sowohl in von Deutschland besetzten Gebieten als auch im neutralen Schweden sollten diverse Unternehmen der Erzgewinnung an zuverlässige Personen übertragen werden.

»Das war im Oktober 1943. Schon damals erkannte eine Gruppe unter der Führung eines gewissen Dr. Heinrich Christoph Petermann, seines Zeichens Abteilungsleiter im RSHA, welche wirtschaftlichen Vorteile für sie daraus erwachsen würden«, sagte Jo.

Seine Recherchen im Militärarchiv hatten ihn zu einem wahren Fachmann auf diesem Gebiet werden lassen. Henrik schaute zuerst auf die Gesichter der Männer in den grauen Uniformen mit dem scheußlichen Totenkopfemblem an der Schirmmütze. Dann wanderte sein Gesicht hinunter zu Petermanns Händen, und schon bevor Sonja diesen Ausschnitt vergrößerte, war der Siegelring gut erkennbar.

Bis ins Jahr 1955 trugen die Männer diesen Ring ganz offen, doch dann wurde die »Nordische Gesellschaft« verboten. Beim Abgleich der Namen der »Schattenkrieger« mit denen der Gesellschafts-Mitglieder sowie der Teilnehmer des Juristen-Treffens im Oktober 1943 wurde schnell eine weitreichende Übereinstimmung erkennbar.

»Wir nehmen diese Unterlagen mit ins Büro. Die Kollegen der Spurensicherung benötigen ihre Ruhe, und wir können auf der Dienststelle besser die Zusammenhänge aufklären«, ordnete Sonja an.

Henrik schloss sich den Ermittlern an, da er natürlich ebenfalls alles wissen wollte. Von Müdigkeit war bei ihm nichts mehr zu spüren, lediglich die Sorge um Ulrike machte Henrik zu schaffen.

KAPITEL 71

Zwei Tage später saß Henrik am Krankenbett von Ulrike Tewes. Der Anblick ihrer schmalen Gestalt unter den Laken rührte sein Herz. Sie hatte mittlerweile den Schock verdaut, dass ihr Ehemann seinen Vater erschossen und sich anschließend selbst gerichtet hatte. Was Ulrike offenbar aber immer noch nicht fassen konnte, war die Verbindung ihres Schwiegervaters zu den »Schattenkriegern«.

»Simon und ich haben Reinhard auch zu Treffen der Holding in Schweden begleitet. Bei diesen Gelegenheiten trug er diesen Siegelring. Ich dachte immer, das wäre so ein typischer Schmuck für Männer, die gern mehr darstellen möchten«, sagte sie.

»Von der Namensänderung wusstest du also nichts?«, fragte Henrik, den diese Tatsache wirklich wunderte.

Ulrike schüttelte den Kopf.

»Nein, das war nie ein Thema. Als ich Simon zum Ende des Studiums kennenlernte, lebten weder Reinhards Mutter noch sein Vater. Die Familiengeschichte blieb immer ein wenig im Dunkeln und war ein Reizthema für Simon«, erwiderte sie.

Unmittelbar nach Ablegung des zweiten Staatsexamens wurde Ulrike erstmals schwanger.

»Damals war es ein Einschnitt. Eigentlich wollte ich später einmal Richterin werden, doch die Schwangerschaft veränderte alles«, beschrieb sie ihre Situation.

Dem Wunsch ihres Ehemanns, sich komplett auf die Familie zu konzentrieren, kam Ulrike nicht nach. Sie fand in ihrem Schwiegervater einen Verbündeten, der ihr einen Platz in seiner Kanzlei einräumte.

»Schon bald übertrug Reinhard mir anspruchsvolle Mandate, was für Simon eine herbe Zurücksetzung bedeutete. Er war immer sehr schwach und hätte besser die Finger von den Rechtswissenschaften gelassen«, erzählte sie weiter.

Vermutlich entwickelte Simon schon zu dieser Zeit eine verrückte Theorie, wonach sich zwischen seinem Vater und Ulrike eine intime Beziehung anbahnte. Gelegentliche Eifersuchtsausbrüche bezog sie aber vor allem auf den beruflichen Erfolg, den sie erzielte und der ihrem Ehemann verwehrt blieb.

»Aus heutiger Sicht kann ich nicht einmal sagen, ob die beiden jüngeren Kinder nicht der Versuch waren, irgendwie doch noch ein harmonisches Familienleben hinzubekommen. Was für ein Wahnsinn!« Ulrike sah ihr bisheriges Leben offenbar in den dunkelsten Farben.

Henrik legte seine Hand auf ihren Unterarm und schüttelte nachdrücklich den Kopf.

»Du hast drei wunderbare Kinder, die du von Herzen liebst. Alles andere zählt doch überhaupt nicht. Zerbrich dir ja nicht deinen schönen Kopf über solchen Unfug«, sagte er.

Ihr aufblitzendes Lächeln ließ Henrik erleichtert aufatmen. Doch dann wurde ihr Blick wieder ernst.

»Wisst ihr mittlerweile, wer deinen Freund Andris ermordet hat?«, wollte Ulrike wissen.

Der Einfall, den Ermittlern in Wismar die Fotografien von allen Tatverdächtigen zu schicken, damit sie den Augenzeugen nochmals gezielt befragen konnten, erwies sich als Volltreffer.

»Ja, es waren Kay Adams und Schläger aus Riga. Er war es vermutlich auch, der Karsums in seiner Wohnung gefoltert hat. An den Folgen starb Karsums später. Da er diese Details bei seiner Aussage in Schweden unterschlagen hatte, wurde das gesamte Abkommen gekippt. Adams wird nach Deutschland ausgeliefert und hier vor Gericht gestellt«, antwortete Henrik.

Für einige Sekunden schwiegen beide. Dann seufzte Ulrike schwer.

»Diese ganze verdammte Geschichte, nur weil einige Männer vom Krieg wirtschaftlich profitieren wollten!«, stieß sie hervor.

Mit diesen komplexen Aspekten beschäftigten sich mittlerweile weltweit Juristen. In den Medien spekulierten selbst ernannte Fachleute über mögliche Schadensersatzleistungen und ähnliche Themen. Henrik ahnte jedoch, dass es juristisch sehr schwierig werden würde, alle Nachfahren der »Schattenkrieger« haftbar zu machen. Die schwedische

Regierung konnte gegen die Traubnitz-Holding immerhin als kriminelle Vereinigung ermitteln und die Aussichten standen sogar ziemlich gut.

»Darum kümmern sich nun Staatsanwälte und Gerichte. Wir können nur zusehen und hoffen, dass wenigstens ein Teil des Unrechts wiedergutgemacht wird. Mich interessiert zurzeit viel mehr, wie es mit dir und der Kanzlei weitergeht. Geht es denn weiter?«, fragte Henrik.

Sie nickte entschieden.

»Ich habe bereits mit vielen meiner Mandanten sprechen können. Sie wollen auch zukünftig meine Dienste in Anspruch nehmen, wodurch der Lebensunterhalt für mich und meine Kinder vorerst gesichert ist«, antwortete sie mit einem harten Lächeln.

Das war eine kämpferische Ulrike, die Henrik besonders gut gefiel. Er wollte sich bereits verabschieden, als sie doch noch den wunden Punkt ansprach. Henrik hatte absichtlich vermieden, über den Doppelmord an Tante und Nichte Siehm zu sprechen.

»In der Zeitung konnte ich lesen, dass es dir gelungen ist, die Unschuld des Oberbootsmanns Schlichting nachzuweisen. Aus den Andeutungen entnehme ich, dass der Vater von Adams der wahre Mörder war. Stimmt das?«, fragte Ulrike.

Er hatte versucht, ihr das schmerzhafte Detail zu ersparen. Henrik berichtete von Gent Karsums, der sich von dem Treiben der »Schattenkrieger« distanzieren wollte. Seine Kameraden hatten jedoch die Befürchtung, dass er sein Wissen preisgeben könnte, und deswegen sollte er auf der Flucht sterben. Sie spürten sein Versteck bei Gerda Siehm auf. Sowohl sie als auch Anneliese Siehm starben unter der brutalen Befragung, obwohl sie ihrem Folterer nichts über Karsums' Flucht erzählen konnten.

»Die armen Frauen. Wieso wurden aber die Unstimmigkeiten beim Prozess gegen Schlichting einfach ignoriert? Konntest du das auch klären?«, bohrte Ulrike weiter.

Für einige Sekunden zögerte Henrik noch, bevor er ihr schließlich reinen Wein einschenkte.

»Den Vorsitz am Kriegsgericht gegen Schlichting hatte Korvettenkapitän Horst Bastner, ein Schwager von Petermann. Auch der Pflichtverteidiger wurde aus den Reihen der ›Schattenkrieger‹ ausgewählt, ohne dass die Engländer etwas bemerkten. Schlichting hatte nie eine Chance«, erzählte er.

Damit kannte nun auch Ulrike den ganzen Umfang der Beteiligung ihrer angeheirateten Familie. Sie starrte eine Weile stumm an die Decke. Dann schüttelte sie den Kopf und schaute Henrik in die Augen.

»Es wird immer zuerst schlimmer, bevor es besser werden kann. Diese banale Weisheit stimmt wirklich, Henrik. Am liebsten würde ich auch meinen Geburtsnamen wieder annehmen, aber damit belaste ich die Kinder nur unnötig. Wir müssen abwarten, wie die Zukunft mit uns umgeht«, stellte sie fest.

Er beugte sich vor und hauchte Ulrike einen sanften Kuss auf die Lippen.

»Ich werde da sein, und so wie ich die Menschen kenne, verdrängt schon bald die nächste Schlagzeile die Familie Tewes. Bis dahin sind deine Kinder bei deinen Eltern gut aufgehoben, und hier im Krankenhaus kann dich auch keiner der Reporter belästigen«, sagte Henrik und ließ Ulrike dann allein.

Er wusste noch nicht, wie sich die Geschehnisse auf seine Beziehung zu Ulrike auswirken würden. Vorerst war Henrik nur froh, dass die »Schattenkrieger« künftig weder in ihrem noch in seinem Leben eine Rolle spielen würden. Als er vor dem Krankenhaus seine Handschuhe anzog, blinzelte er zufrieden im Licht der bleichen Wintersonne.

ENDE

LIEBLINGSPLÄTZE AUS DER REGION

PELTE / REIDT / SIEMS / WILKEN
Das Beste aus Nordfriesland

978-3-8392-2196-9 (Buch)
978-3-8392-5589-6 (pdf)
978-3-8392-5588-9 (epub)

AN DER SPITZE DES LANDES Nordfriesland übt auf Bewohner und Besucher gleichermaßen einen großen Reiz aus. Sylt verführt mit Luxus und malerischen Dünen, das einzigartige Wattenmeer zieht Naturliebhaber aus aller Welt an und Kulturliebhaber von nah und fern wandeln auf den Spuren Theodor Storms und Emil Noldes. Doch auch abseits touristischer Hotspots schlummern zwischen Eider und dänischer Grenze zahlreiche kulturhistorische Schätze, kulinarische Höhepunkte, beeindruckende Naturphänomene und betörende Sehnsuchtsorte – Anlass genug, dem Besten dieses vielseitigen Landstrichs auf den Grund zu gehen!

GMEINER KULTUR